Il faut savoir perdre de vue le rivage

Éditions Eyrolles
61, bd Saint-Germain
75240 Paris Cedex 05
www.editions-eyrolles.com

Cet ouvrage est paru pour la première fois en 2020
dans la collection
« Romans de développement personnel ».

Éditrice externe : Nolwenn Tréhondart

ISBN : 978-2-416-00242-7

SOPHIE MACHOT

Il faut savoir perdre de vue le rivage

Roman
EYROLLES

À Rose Egea Juvanon & Alphonsine Baron Machot,
mes divines grands-mères

À Thomas,
mon amour intemporel

On ne découvre pas
de terre nouvelle sans consentir
à perdre de vue, d'abord
et longtemps, tout rivage.

André Gide

Une vie heureuse : les dix commandements

Un ouvrage de Rose Baron, experte en psychologie positive

I. Ton âme d'enfant, tu sauveras
II. Tes émotions, tu exprimeras
III. Ton présent, tu habiteras
IV. Ton corps, tu soigneras
V. Ta résilience, tu renforceras
VI. Ta gratitude, tu offriras
VII. Ton pardon, tu accorderas
VIII. Ton amour, tu partageras
IX. Tes rêves, tu réaliseras
X. Heureuse, tu seras

1

Je m'appelle Rose Baron. J'ai 40 ans.

Je suis experte en psychologie positive – la science du bonheur.

Mon nouvel ouvrage *Une vie heureuse : les dix commandements* est n° 1 des ventes depuis plusieurs mois déjà. De conférences en plateaux télé, je distille la bonne parole et dévoile à mes semblables les secrets d'une vie harmonieuse et parfaitement heureuse.

Je m'appelle Rose Baron. J'ai 40 ans… et je suis épouvantablement malheureuse.

2

— Mais, bordel, c'est quoi le bonheur quand rien ne va plus, hein ? Quand on est malheureux ! Que tout n'est que mistoufle et contrariété ! Il est où l'bonheur, hein, il est où ?

La furie qui me fait face en agitant mon livre *Une vie heureuse : les dix commandements* peine à contenir son exaspération. Menaçante, elle me harangue et ordonne que justice lui soit rendue sur-le-champ.

— Tout ça, c'est de l'esbroufe, madame Baron ! Du business, moi, j'vous l'dis ! Du pognon gagné sur le dos courbé des pauvres gens.

Ben voyons, manquait plus que ça… Un panoramique coup d'œil me fait prendre conscience que le temps et les respirations viennent de se suspendre à mes lèvres. En plein cœur d'une Fnac Montparnasse bondée, plus une âme ne pipe mot. Seuls quelques toussotements gênés me rappellent que je suis en train de vivre un moment de grande solitude.

— Madame, je vous en prie, restez polie. Madame Baron va vous répondre. Vous n'êtes pas obligée de hurler comme vous le faites ni de vous agiter de la sorte.

D'une voix affirmée, Edgar s'empresse de rompre le charme de cet instant funeste. Quatre ans déjà que ce garçon est une mère pour moi. Mais pas que. Il est aussi mon attaché de presse, mon ami, mon bouclier, mon horloge et ma mémoire quand elle s'égare. Alliant le geste à la parole, Edgar fait volte-face et d'un hochement de tête me passe le relais.

Ô temps, suspends ton vol…

Hormis le fait que je me demande bien ce que « mistoufle » signifie, je me sens soudainement très lasse. Je voudrais glisser de ma chaise et disparaître sous la nappe bleu électrique de ma table de dédicaces. Être happée, aspirée, avalée d'un trait. Je voudrais que mon siège soit éjectable et qu'un petit coup d'index me catapulte hors de ce magasin. Je lève les yeux vers Edgar qui attend ma réponse, confiant. Une réponse qu'il suppute par avance empathique et dynamisante. Comme à mon habitude. Comme toujours.

Seulement, ce qu'Edgar ignore en ce 2 novembre, jour de commémoration des morts et, accessoirement, jour anniversaire de mes 40 ans, c'est que rien n'est et ne sera plus comme avant. Il n'y a plus de « toujours ». Plus de « comme d'habitude ». Désormais ne règnent en mon royaume que trouble et sidération. Tout a changé. Irrémédiablement changé. Et personne ne le sait encore.

Les doigts agrippés sur le bord de la table, je cherche désespérément les mots qui soulageront Miss Toufle. Après quelques secondes qui me paraissent des heures, mes lèvres pincées se fendent d'un sourire aussi large que mes hanches. Je me lance :

— Vous avez raison, madame. Et je comprends votre colère. Le bonheur nous échappe plus souvent qu'il ne s'offre à nous. La vie est pleine de rugosité. Mais elle est aussi remplie de moments de grâce que nous oublions parfois de vivre consciemment. Savoir reconnaître les petites joies du quotidien et les apprécier à leur juste valeur augmente notre sentiment de bonheur.

Je marque une courte pause. Je m'attends à ce qu'elle rugisse mais elle ne sourcille pas d'un poil et me toise du haut de son à-peu-près mètre soixante-quinze.

Dieu, qu'elle m'impressionne ! Je me sens si petite, si vulnérable clouée sur ma chaise. Exactement comme à l'époque où, cramoisie de peur, je faisais face à Mme Raymonde, la directrice de mon école primaire. Mme Raymonde avait l'architecture d'une cathédrale et son mono-sourcil la rendait impériale. Pourtant, son regard était doux et bienveillant. Pas comme celui de Miss Toufle qui, à cet instant, me torpille de mépris. Le mépris est une émotion primaire difficile à dissimuler d'après

Paul Ekman, expert dans l'étude des émotions et de leurs expressions faciales. Miss Toufle n'y échappe pas. La tête légèrement inclinée, le regard plongeant en piqué, la narine gonflée, le coin des lèvres remontant sur le côté gauche de son visage. Tout y est, ma foi... Son corps parle pour elle. Et quelque chose me dit qu'elle est sur le point de confirmer cette théorie ekmanienne.

— Ça va, Rose ? Tu es toute pâle.

Edgar chuchote et s'inquiète. J'opine de la tête sans même le regarder. Pourtant, rien ne va. J'ai la nausée, j'ai froid, j'ai mal à ma vie. Je revendique le droit à l'oubli.

Je prends une profonde inspiration et, dans un effort herculéen, enchaîne sur un ton faussement enjoué.

— Vous me demandez où se cache le bonheur, madame ? Eh bien, partout ! Derrière le sourire de votre cher voisin, dans le rire de votre enfant, face à une mer dans laquelle se baigne l'horizon, dans la douceur sucrée d'une gorgée de chocolat chaud dégusté au coin d'un feu de cheminée... Il se cache derrière chaque recoin de votre vie et si vous vous donnez la peine de le chercher, vous le trouverez. En petits morceaux, certes, mais vous le trouverez.

Finalement, les mots me viennent plus facilement que je ne le pensais. Je m'épate moi-même. La force de l'habitude, sans doute. Et puis elle a raison. Au cours de ma carrière, j'ai rencontré tant de personnes qui revendiquent, elles aussi, leur droit au bonheur et qui ne reçoivent que des miettes. Je connais par cœur les mots qui soulagent leurs maux. Mais, désormais, tout a changé… Même moi, je n'y crois plus. Et si le bonheur n'était qu'un leurre ? Une arnaque ? Et moi, une imposture ?

Après un silence qui me paraît une éternité, Miss Toufle lâche les chiens :

— Eh bien, madame Baron, vous en avez de la chance d'avoir pour compagnon Le-Grand-Saint-Machin-Bonheur et de le voir un peu partout. Sachez qu'en ce qui me concerne, même en cherchant bien, je ne trouve que des emmerdes. Mon « cher » voisin est un psychopathe qui vient tout juste de sortir de zonzon et, s'il vous sourit, vous pouvez commencer à courir, croyez-moi ! D'enfants, je n'en ai jamais eu et, pour cause, je suis aussi fertile que le désert d'Atacama. En guise d'horizon, je vois les fumées délicatement parfumées de l'usine Métalor et, enfin, je n'ai pas le droit au sucre puisque diabétique jusqu'à la moelle. À part ça, tout va bien, madame Baron. Tout va bien ! Allez, je vais être honnête, et vous accorder cela : j'ai une cheminée, c'est vrai… totalement inutilisable car mal entretenue par un cochon d'mari qui préfère largement ramoner la voisine que son propre foyer.

Je me sens lasse… si lasse. Me catapulter. Juste me catapulter.

— Mais, madame Baron, comme je suis têtue, poursuit-elle, vous savez ce que je vais faire ?

Eh bien, je m'en vais vous l'acheter votre torchon et je vais le lire en plus ! Et je verrai bien si j'ai raison de ne pas croire à vos balivernes. En tout cas, une chose est sûre, vous pouvez compter sur moi pour ne pas vous lâcher. Je ne vous ferai aucun cadeau, madame Rose Baron. Il en va de ma vie. Vous me promettez le bonheur et la paix intérieure en deux cents pages et dix commandements ? Y a intérêt que j'en ai pour mon argent. Sinon, je reviendrai, vous pouvez en être certaine, madame Baron. Je reviendrai !

3

— Eh, mais tu m'écoutes ou bien ? Qu'est-ce que t'as à la fin, Rose ?

— Luce, tu viens de me crever le tympan.

— Réveille-toi un peu ! Qu'est-ce que t'as ? J'te rappelle que c'est ton anniversaire. Tout le monde est là pour faire la fête avec toi, et tu nous fais une tête d'enterrement depuis ton arrivée. C'est parce que Baptiste n'est pas là, hein, c'est ça ?

— Je commémore les morts, voilà tout.

— Quoi ? Qu'est-ce que tu racontes ? Quels morts ? Allez, arrête de ruminer et viens danser. C'est ta chanson en plus ! A-ha ! *Take on Me !* Morten Harket ! Tu ne peux pas refuser. Oliv' t'a fait une playlist spécial 40 ans. Que des vinyles. C'est ta boum party, ma Rosette. Allez, hop, et lâche-toi un peu maintenant !

L'acharnée et plantureuse déesse à talons qui tente de m'entraîner, tant bien que mal, sur la piste de danse du Feliz, n'est autre que Luce Tardy, mon amie de toujours. Luce a deux passions dans la vie : son métier de professeure des écoles et materner son prochain. Sa mission sur terre : prendre soin des autres. Luce aime, s'inquiète, protège et aide autrui. D'abord le plaisir de ses semblables pour que le sien ait un sens.

— Luce, lâche mon bras. Je suis pas d'humeur. Vraiment. Je danserai plus tard, promis. Là, tu vois, tout ce que je veux, c'est me poser un peu.

— Te poser ? Te poser ? Nan mais, t'es sérieuse ? Le soir de ton anniversaire, le jour de tes 40 ans ! Tu te fiches de moi ? Ça fait des mois que tu attends cette soirée ! Tu trépignais comme une ado hystérique avant un concert d'Ed Sheeran et, là, tu oses me dire que tu dois te poser ? Non, Rose, tu vas me faire le plaisir de faire tournoyer ton petit cul jusqu'à l'aube. Tu as tout le reste de ta vie pour te poser où tu veux, quand tu veux et aussi longtemps que tu veux. Alors, ce soir, tu laisses les morts tranquilles et tu profites de ton anniversaire ! Okay ? Compris ?

— Oh là, oh là ! Qu'est-ce qui se passe ici ? Personne pour accueillir le grand manitou de la tarte citron ?

D'un seul et même mouvement, Luce et moi pivotons sur nos talons. Face à nous, Edgar nous offre son plus miroitant sourire et ce qui ressemble à s'y méprendre à une contrefaçon de tarte au citron en forme de… ?… en forme de phallus !

Je perçois un gloussement rauque à ma droite. Je devine le combat de Luce pour ne pas exploser de rire. Comme le mois dernier, lorsqu'il nous a présenté sa toute première création culinaire, un *gravity cake*. OPNI – Objet Pâtissier Non Identifié – fut le terme unanimement voté pour désigner la chose. Piqué au vif, il nous avait fait payer cher notre interminable fou rire et nous avait collés à la soupe à la grimace trois jours durant. Luce et moi essayons donc de garder notre sérieux. D'autant que, depuis peu, Edgar s'est mis en tête de participer à l'émission Top Cake, et ce, contre toute logique, car il semble évident qu'éclairs, mille-feuilles et marbrés finiront par avoir sa peau. Mais, têtu, notre ambitieux ami est bien décidé à réaliser son rêve.

— Regarde ce que je t'ai apporté, Rose, rien que pour toi, s'écrie-t-il avec enthousiasme. C'est plutôt réussi, tu ne trouves pas ?

— Euh... Je... je ne sais pas trop. Disons plutôt que c'est... original.

— Original, c'est ça, oui, c'est tout à fait l'effet recherché !

— Hum... Edgar, excuse-moi, mais... enfin... Je dois y voir un message particulier ? C'est Gauthier qui va faire la gueule. D'ailleurs, il est où ton chéri ?

— Il est encore retenu au boulot. Il viendra dès qu'on aura payé la rançon. Comment ça, un message particulier ? De quoi tu parles ? Ça me paraît explicite, non ? Dans le thème et tout.

Je tente d'accrocher le regard de Luce afin de vérifier que je ne suis pas la seule à être un poil déconfite.

— Quoi ? C'est moche, c'est ça ? s'offusque-t-il en voyant notre air dubitatif. Je me suis un peu foiré sur la flamme, d'accord, mais je me suis bien pris la tête pour la réussir cette foutue tarte en forme de bougie. Vous pourriez montrer un peu plus d'enthousiasme, quand même ! Je n'en suis qu'à mon quatrième cours de pâtisserie après tout.

— Une bougie ? Une bougiiie ! Ah, mais oui, bien sûr, voyons ! m'exclamé-je mi-soulagée, mi-amusée. C'est une bougie, évidemment. Qu'est-ce que ça pourrait être d'autre, hein, Luce ?

— Ben, ça ressemble plutôt à un pha…

D'un coup de talon dans les mollets, je sonne la fin du match quand déboule devant nous Chanelle Roy, patronne du Feliz et membre réactif de notre horde d'enragés.

— Eh oh ! Vous n'êtes pas venus là pour poser du lino que je sache ! Allez, venez gouloter un peu, tout le monde vous attend.

— Chanelle, tu tombes bien !

Edgar lui colle sa tarte érotique sous le nez.

— Que penses-tu de mon nouveau chef-d'œuvre pâtissier réalisé en l'honneur des 40 ans de Rose ?

— Edgar, je croyais que tes cours étaient réputés. Comment peuvent-ils accepter que tu pondes des trucs pareils ? Au prix que tu paies !

Et puis, ça veut dire quoi ? Un phallus… non mais j'te jure !

— Un QUOI ?!

— Allez, zou ! En route, mauvaise troupe !

Chanelle, suivie de Luce et d'un Edgar dépité, disparaît, happée par la foule gloutonne.

Je regarde autour de moi. Luce a bien œuvré. À vue de nez, il n'y a pas moins d'une centaine d'invités, dont la moitié m'est inconnue… ou presque. Une situation qu'habituellement je redoute et fuis car, parmi ces ombres dansantes, le « presque » fait toute la différence. J'ai toujours éprouvé une grande difficulté à retenir les visages et les prénoms des personnes que je rencontre. Ma mémoire capricieuse a des critères de sélection qui m'échappent parfois. Je peux tout aussi bien me souvenir d'un regard croisé dans les couloirs du métro il y a dix ans, et ne pas reconnaître quelqu'un dont j'ai fait la connaissance lors d'une soirée festive entre amis il y a cinq mois. Je ne compte plus le nombre de fois où je me suis retrouvée dans la « génance », comme dirait ma fille Lilou. La bouche ouverte, la ride du lion plissée et les synapses en grève.

Et voici, justement, que la loi de Murphy s'en mêle. Ce fichu Edward A. Murphy Jr. a décrété un jour que le pire est toujours certain et que tout ce qui est susceptible de mal tourner tournera mal. C'est donc sans surprise qu'une presque connue dodeline de la tête au loin et agite ses bras dans ma direction. *Mimir, dieu de la mémoire, j'implore ton aide. Help !*

Je fais une tentative d'esquive en attrapant au vol le serveur. « Je peux ? » lui dis-je en agrippant deux coupes de champagne que j'avale l'une et l'autre cul sec. L'homme à bulles lève les yeux au ciel. Je bougonne :

— Quoi ? C'est mon anniversaire après tout !

— Eh, Rose ! Comment vas-tu ? Ça fait longtemps !

Et merde… raté. Je prends une grande inspiration puis toupille sur mes talons.

— Bon anniversaiiiire ! *Elle m'attrape les épaules et me claque une bise sonnante sur chaque joue.* Quel bonheur d'être invitée et de revoir tout le monde ! Je n'ai cessé de remercier Luce d'avoir pensé à moi. Comment vas-tu, Rose ?

Mal. Je maudis Murphy et toute sa descendance sur plusieurs générations.

— Bien, merci… Euh, et toi, ça va ? Depuis… euh… *(Allez, Rosette, fais un effort)* depuis la dernière fois qu'on s'est vues ?

— Ça va… Ça va… *La presque connue baisse les yeux. Je sens une gêne l'entraver*. Enfin… disons que… Ça pourrait aller mieux… Tu te souviens de Paul, bien sûr…

— Euh… oui… oui, bien sûr… *(Au secours, Mimir !)* Bien sûr que je me souviens de Paul… Paulo, comme on l'appelle tous !

— Euh, non… On ne l'appelle pas Paulo.

— Ah… bah, moi, j'appelle tous les Paul Paulo… ou parfois même, Paupole… Ahahah… Paul… Paulo… Paupole… C'est kif-kif bourricot, non ?

Génance… Mon rire traduit ma détresse existentielle. Mais, à cœur vaillant, rien d'impossible, je m'enfonce un peu plus.

— Et que devient-il ce sacré Paulo ? Tu l'as revu, toi aussi, depuis… la dernière fois ?

— Ben oui… *Elle me regarde dubitative. Je suis démasquée.* C'est mon mari… enfin… C'était…

Sa voix s'étrangle et ses yeux débordent. *Oh non, pas ça…*

Elle se met à pleurer à gros sanglots. Le serveur repasse, je le harponne de nouveau et le déleste de son champagne et d'un tas de serviettes en papier. Je tends mon butin à ma compagne éplorée. Elle aspire d'une traite sa coupe et se mouche bruyamment. Je l'aime déjà.

— Ce salaud !

— Hein ?

Je la dévisage, interloquée.

— Ce vieux machin rabougri qui se prend pour un jeunot et qui se tire avec son arrière-petite secrétaire. Rose, dans quel monde vit-on si on ne peut plus faire confiance aux secrétaires de nos maris, hein ? Hein ? Dans quel monde vit-on ?

— Je… oui… je… c'est vrai… C'est terrible…

— Tu vois, ça fait dix mois et demi qu'il m'a quittée et c'est comme si c'était arrivé hier… Désolée de parler de ça alors que c'est ton anniversaire… Je pensais aller mieux mais… *Elle renifle et essaie de contenir un lourd sanglot.*

— Je me sens si nulle… Pardon.

Je m'approche et la prends maladroitement dans mes bras.

— Heureusement, il y a des couples comme Baptiste et toi pour remonter le niveau, poursuit-elle, parce qu'autour de moi, pas un de mes amis n'échappe au massacre. C'est la désolation !

Touché coulé… J'ai envie de pleurer.

Je bafouille et entortille mes mots autour d'un vague « T'inquiète pas, ça va aller ». Je ne suis capable de rien d'autre. Vite, une autre coupe.

— Je t'offre quelque chose à boire ? lui dis-je en me retirant doucement de ses bras.

— Non, merci, c'est gentil. J'ai la tête qui tourne. Je crois que je vais aller me rafraîchir un peu aux toilettes. On se voit tout à l'heure ?

Je regarde celle qui, cinq minutes plus tôt, m'était inconnue et qui, soudain, me paraît si familière. *Elle a raison… À qui peut-on faire confiance aujourd'hui ?*

Je me dirige d'un pas désœuvré vers le barman.

— Un mojito, s'il vous plaît.

— Eeeeeeeh ! Roooose ! Bon anniivvvvvvv…

Cette voix stridente… Oh non, pas elle. Pitié… C'est une malédiction ou quoi ?

Sans même me retourner, je tente une échappée mais la voix me rattrape.

— Eh, Rose ! Yououh…

Encore raté. Je toupille de nouveau et fais face à ma nouvelle interlocutrice, Mila. Manquait plus qu'elle. Va falloir que j'aie une discussion avec Luce sur le choix des invités. Je hais Mila autant que les salsifis.

La flamboyante Mila qui, à l'orée de sa trentaine, n'aspire qu'à une chose : gangrener la vie des autres. Et, particulièrement, la mienne depuis qu'elle a intégré, en fin d'année dernière, le service financier dans lequel Baptiste travaillait en tant que directeur depuis près de huit ans. Une intrusion invasive qui a détruit l'équilibre de mon écosystème familial. Dès les premiers jours, que dis-je !, dès les premières heures, mon cher et tendre n'a eu de cesse de prononcer son prénom à tous les temps. Et Mila par-ci et les géniales idées de Mila par-là, et les top compétences de Mila par-ci et les top bons plans de Mila par-là, et les top-gnagnagna… Je crois bien que j'ai fait une overdose par procuration. Le peu de fois où j'ai bien voulu consentir à l'inviter à dîner à la maison m'a confirmé mon aversion ferme et définitive pour les salsifis. Leur évidente complicité m'a longtemps fait douter de la nature de leur relation. Mais j'avais confiance en Baptiste. En notre amour. La confiance, ce vaccin contre l'empoisonnement de la jalousie. Seulement, à la lueur de ce qu'il m'arrive aujourd'hui, le doute n'est plus permis : la confiance, c'est de la merde.

— Salut, Mila…

Mon enthousiasme débordant ne la refroidit pas. Bien au contraire. Elle jubile et savoure mon agacement contenu.

— Eh bien, quelle fête ! C'est très réussi, bravo !

C'est fou ce qu'un mensonge se lit facilement sur le visage des gens.

— Bon, c'est un peu rétro comme ambiance, ironise-t-elle, mais c'est ton époque. Les années 60-70 !

— 80…

— Quoi ?

— Années 80… Pas 70… Et encore moins 60.

— Oui, enfin, c'est le passé, quoi… C'est très touchant d'entretenir cette nostalgie.

Je m'apprête à dégainer mon colt mais elle ne m'en laisse pas le temps.

— Au fait, Rose, je voulais te demander : comment va Baptiste ? Je n'ai pas de nouvelles depuis qu'il a démissionné le mois dernier… C'était si soudain… On a pas compris… Et euh… il ne donne plus aucun signe de vie à personne au bureau. Je pensais le voir ce soir. C'est ton anniversaire et… Je ne l'ai pas aperçu… Il est malade ? C'est ça ?

— …

Parfois, même en enfer, une lueur d'espoir jaillit. Gauthier déboule devant moi. Alléluia !

— Yeeaaaah ! Bon anniv, ma Rosette ! Désolé pour le retard. Ce boulot va finir par me tuer ! Allez, viens trinquer avec moi, j'ai une soif de mammouth !

Je ne me fais pas prier.

— Désolée, Mila, je dois y aller, on se revoit plus tard *(ou jamais...)*.

Je me laisse entraîner vers le bar où nous rejoignons Edgar en grande conversation avec le cuistot du Feliz. D'un air assuré, il semble lui donner des conseils en pâtisserie. J'échange un regard entendu avec Gauthier. Sacré Edgar ! Il n'a franchement pas froid aux yeux.

— Tu bois quoi, ma Rosette ?

— Un autre mojito, s'il te plaît. Je n'ai même pas senti passer le premier.

— Tout va bien, Rose ? s'inquiète Gauthier. Je te trouve... comment dire... pas très en forme en ce moment. Quelque chose ne va pas ?

Pitié... Cessez de me poser des questions. C'est une torture !

— Ça va, Gauthier. Ne t'inquiète pas... Je suis un peu fatiguée avec la promo du livre et Lilou qui est... enfin, tu sais ce que c'est, une ado, hein... Et puis la course après le temps... Tout ça, quoi...

Ma gorge se serre. J'étouffe. Gauthier me regarde. Je sens qu'il ne me croit pas. Mais, dans sa grande élégance, il n'insiste pas. Je suis soulagée.

— Bon anniversaire, Rose !

Combien de fois vais-je devoir me retourner sur des voix qui me souhaitent « Bon anniversaire » alors que je n'aspire qu'à une chose : devenir invisible ? Combien de temps vais-je réussir à faire semblant ? J'étouffe. J'ai besoin d'air.

Las ! Je fais volte face pour la quarante-quatrième fois.

— Eeeeeeh ! Bon anniiiv, Rose !

Je craque. Vite, de l'air !

4

Quatre… Peut-être cinq… Argh, ma tête… Je sais plus trop. Peut-être six ou sept… Trop, c'est sûr. Et pis tous ces mélanges. Je le sais pourtant. Pas de mélange, jamais… C'était trop… Tout était trop, d'ailleurs. Trop de bruit, trop de monde, trop de gnagnatages, trop de « BonnanivRooose ! », « 40 ans, alors, ça fait quoi ? », « On ne te demande pas si t'es heureuse, hein, Madame Bonheur ! Ahahah », « Ben, il est pas là, Baptiste ? ».

Mon lit est trempé de sueur… Oh ! Ma tête… Mes yeux… Mon corps… J'ai des courbatures partout. J'ai l'impression d'avoir été faxée… Faut que j'aille faire pipi, je tiens plus… Allez, sors de ta couette, Rosette !

Comment chui rentrée ? Je me sens si mal… J'ai froid… Non… J'ai chaud… Non, j'ai froid… En fait… J'ai froiche… Voilà, c'est ça, j'ai froiche… Je voudrais disparaître. Me dissoudre comme une aspirine… Combien de verres j'ai bus ? Je m'en souviens même plus.

Comment chui rentrée ? Faut que j'appelle Luce... Non, pas maintenant, je peux pas, je me sens trop mal... Ça doit faire vingt ans que j'ai pas bu comme ça. Ce trou noir ! Je me souviens de rien... Qu'est-ce que j'ai fait ? Qu'est-ce que j'ai dit ? Je crains le pire... Un truc du genre « Eh bé, t'en as fait de belles, toi ! ». En même temps, j'ai toujours eu l'alcool révolutionnaire. L'hystérique tapie en moi n'attend que ça pour surgir. Ce moment où tout dérape... Je veux même pas y penser... Oooh ! J'ai la bouche pâteuse. J'ai l'impression d'avoir avalé un cimetière.

Où est le papier toilette ? Oh non ! Y en a plus... Ma vie est un enfer ! À quel moment tout a déraillé ?

Un café, il me faut un café... Un café et j'appelle Luce... Où est mon portable ? Baptiste m'a peut-être laissé un message, c'est mon anniversaire, après tout...

Bon, il est où mon sac, merde ! Où sont mes fringues d'hier ? Mais c'est dingue, ça ! J'trouve rien... Rien ! Chui quand même pas rentrée à poil ! Si ?

Et si je m'étais tout fait piller pendant que je... pendant que je... pendant que je QUOI ? Je sais même plus ce que j'ai fait, c'est horrible ! Ooooh ! Je suis au bout de ma life *comme dirait Lilou. NAN ! Liloooou ! Oh, la mère indigne ! Je sais même plus si j'ai pris des nouvelles de ma fille. Elle devait dormir chez sa cousine. La honte...*

Faut que je l'appelle. Où est mon portable, bon sang ? Où sont mes affaires ?

Nan mais, attends une minute ! Je me serais quand même pas déshabillée devant la porte d'entrée ? J'aurais pas fait ça ? J'ai plus 20 ans ! Oh, non, ça va pas recommencer ! Ça, c'était avant ! Pas aujourd'hui ! Pas à 40 ans !

Allez, à 3, j'ouvre la porte… 1… 2… Oh nan, ça recommence ! Je l'ai fait ! Tout est sur mon paillasson. Ben voyons ! Mon manteau, mon top, mon jean, mes pompes, mon sac… Y a pas à dire, je suis une fille vernie. Le magasin est open *toute la nuit et personne ne veut de mon matos ! Nan mais, j'hallucine…*

Mon Dieu ! Pourvu que Piquet n'ait rien vu… Je vais plus oser regarder mes voisins dans les yeux. Me cacher… Non… Déménager ! C'est plus sûr. Encore mieux : quitter le pays. C'est ça ! Disparaître. Fuir. Loin. Au Costa Rica. Ou au Danemark, tiens… Y paraît que c'est l'un des pays les plus heureux au monde. C'est ça, je vais demander la nationalité danoise… Fini la France et ses râleurs compulsifs…

Bon, ça suffit, Rosette, rentre avant que Piquet surgisse de nulle part. Ce pot de colle a le chic d'apparaître quand on l'attend pas. C'est dingue, ça ! À croire qu'il m'épie. Et s'il m'épie, eh bien, c'est que… Je préfère pas y penser.

Si ça se trouve j'ai réveillé tout l'étage ?

Ah ! Mon portable… Enfin. Mon Dieu, j'ai au moins vingt-cinq appels en absence de Luce ! Mais pourquoi ? Et merde, aucun SMS de Baptiste… Tiens ? Un numéro masqué… Mais ? Qu'est-ce… Qu'est-ce que ça veut dire ?

Rose Baron,
Tes commandements, tu appliqueras.
M.

5

— Vous désirez ?

— Une autre vie…

— Pardon ?

— Non, je plaisante. Je me contenterai d'un Perrier tranche, s'il vous plaît. Sans glaçon, merci.

— Et un Perrier tranche, un ! Et sans glaçon, Maurice, s'il te plaît ! C'est pour la dame à la 14.

Je regarde s'éloigner le criminel qui vient d'assassiner le peu d'estime qu'il me reste encore. « *La dame à la 14.* » La dadame au fond du bar. Sans glaçon, s'il vous plaît ! Elle est déjà presque froide. Limite congelée. Voilà voilà ! Voilà ce que je suis désormais. Une madame périmée, réfrigérée, bientôt cryogénisée. Tout s'explique. Baptiste ne pouvait que me larguer. On ne vit pas avec un iceberg qui s'ignore. Une rombière dont la date de péremption est dépassée. Faut jeter. Pas bon. Sinon, on risque l'intoxication. Faut consommer frais. Vitaminé. Juteux. C'est bon pour la santé. Et celui qui s'entête à dire que c'est dans les vieux pots qu'on fait les meilleures soupes est sûrement un dépressif chronique qui a besoin d'une bonne coloscopie.

Mais qu'est-ce qui m'arrive ? Je ne me reconnais plus. Je dois reprendre mes esprits. Retrouver mon calme intérieur. Ma sérénité. Je me sens si… secouée. En ébullition. Incontrôlable.

— Hey, Rose ! Te voilà enfin !

À en croire la ferveur avec laquelle Luce se jette sur moi et m'enserre de ses petits bras bodypumpés, je suppose qu'elle doit être globalement heureuse de me voir. Je dirais même soulagée. Je profite de ce *free hug* providentiel pour me faire chouchouter. J'en ai terriblement besoin. Mais c'est raté. À peine s'est-elle jetée dans mes bras que, déjà, elle me repousse vertement, me pince le biceps gauche de ses longs doigts affûtés, tout en beuglant une sorte de mantra que je peine à déchiffrer. Je me sens soudainement rassurée de constater que je ne suis pas la seule à être tombée dans la barrique cubaine hier soir.

— Non mais, qu'est-ce que t'as fichu ? Tu te rends compte du souci que tu nous as causé ? T'as intérêt à avoir une bonne explication, Rose ! Je suis furieuse !

Furieuse ? Oh là… Jamais au grand jamais je n'aurais imaginé qu'un jour Luce Tardy puisse être furieuse contre moi. J'ai donc dû atteindre quelque sommet anthologique. Car, entre elle et moi, pas l'ombre d'une ombre depuis quarante ans. Nous avons grandi « copier-coller ». Nos mamans, éternelles amies elles aussi, ont eu la bonne idée d'accoucher la même année. Du plus loin que je me souvienne, Luce Tardy a toujours été là. À mes côtés. Et moi aux siens. De notre prime enfance dans le Sud jusqu'à... cet instant où ses yeux réprobateurs me dévisagent. *Décidément*... Et là, ce n'est pas du mépris que je lis dans ce regard mais un mélange de contrariété et de tristesse. Cela me touche et me surprend.

Elle répète : « Alors ? Qu'est-ce que t'as fichu ? »

« *Qu'est-ce que t'as fichu ?* » En voilà une question qui n'arrange pas mes affaires. Car après avoir rampé jusqu'à ma salle de bains pour prendre une douche rapide, puis validé par SMS que Lilou était toujours de ce monde et en sécurité chez sa cousine, j'ai immédiatement convoqué Luce au Chineur, le petit bistrot en bas de chez moi, pour qu'elle me raconte dans les moindres détails la soirée de mon anniversaire. Et, là, je commence tout juste à entrevoir le drame.

— Hein ? Du souci ? Mais pourquoi du souci ? Écoute... J'ai besoin que tu m'éclaires sur la soirée. En fait, je... je me souviens de rien... ou presque.

— ...

— Je plaisante pas, Luce ! Je me souviens de rien ! De rien du tout ! Il faut que tu me dises ce que j'ai fait, tu comprends ?

— Quoi ?

— En fait, non, ne dis rien ! En vérité, j'ai juste besoin que tu me confirmes qu'après avoir avalé la Havane cul sec, je me suis affalée dans un coin du Feliz et que vous m'avez laissée dormir parce que vous m'aimez. Puis vous m'avez ramenée devant chez moi où, après votre départ, j'ai eu la bonne idée de me déshabiller devant ma porte d'entrée afin de ne pas foutre le bazar dans mon appart, comme quand j'avais 20 ans, tu te souviens ? Et enfin, pour me punir, vous m'avez fait une blague débile en m'envoyant un texto flippant signé M. et vous avez passé une soirée délirante sans moi, mais en mon honneur ! Voilà ce dont j'ai ENVIE, ce dont j'ai BESOIN, ce que je CONSENS à entendre ! Alors ? Ça s'est bien passé comme ça, n'est-ce pas ?

— Tu te fiches de moi, Rose ?

Oh oh ! Le ton façon marin breton un poil irrité de Luce ne me dit rien qui vaille.

— Nous nous sommes fait un sang d'encre ! Tu t'es volatilisée ! Le temps de descendre trois coupes de champagne et quatre mojitos cul sec et pschitt ! Plus rien. Plus de Rose. Plus d'invitée principale ! Et non, tu ne t'es pas affalée dans un coin du resto. Tu as tout bonnement disparu. Sans prévenir personne ! Comment te dire... Le repas, le concert, les cadeaux, le gâteau d'anniversaire préparé par Edgar – enfin plutôt son Titanic d'anniversaire – la boum *seventies* mitonnée aux p'tits oignons par Oliv', tu as TOUT loupé ! Et, pour ta gouverne, sache que c'est moi qui ai soufflé TES bougies, qui ai déclamé TON discours de remerciements et qui ai reçu TES cadeaux comme lorsque la lauréate oscarisée est absente et que ce sont ses potes qui viennent chercher le trophée à sa place. Et NON, on ne t'a pas envoyé de texto flippant ! Je ne sais pas de quoi tu parles ! Tu te fiches de qui, Rose Baron ? Tu as une idée du temps que ça m'a pris d'organiser tes satanés 40 ans, Madame Bonheur ? Alors c'est moi qui te le demande : qu'est-ce que tu as fichu de ta soirée ? Allez, j'écoute ! Raconte !

Sidérée, je sonde intensément les yeux de mon amie afin d'y chercher quelque signe qui me montrerait qu'elle plaisante et que tout ceci n'est qu'une mauvaise blague. Mais dans le bleu maya de ses yeux perçants, je ne vois que dépit, colère et inquiétude. Ce qu'elle dit est donc vrai. Je n'étais pas à ma fête d'anniversaire. Du moins, passé une certaine heure… Oh, mon Dieu ! Qu'ai-je fait de ma soirée ? Pourquoi m'a-t-on envoyé ce message ? Et qui est M. ?

6

— Okay, Rose. Nous voulons la vérité, toute la vérité, rien que la vérité. Qu'as-tu à dire pour ta défense ?

Je regarde le tribunal qui me fait face. Installés en rang d'oignon sur la banquette en vieux cuir du Chineur, mes inquisiteurs me scrutent avec fermeté. Mes yeux s'arrêtent sur la présidente du jury. Ses cinquante-cinq ans d'expertise existentielle me tiennent en joue. Impossible de l'emberlificoter autour de mon petit doigt. Elle a déjà tout vu, tout vécu, tout entendu et tout essayé.

Que j'aime Chanelle ! Nous sommes amies depuis quinze ans. Chanelle n'est qu'émotion. Elle rit autant qu'elle pleure. Chuchote autant qu'elle beugle. Aime autant qu'elle pique. Donne autant qu'elle aspire. Sarcastique, féministe, généreuse, bruyante, Chanelle vibre, jouit, revendique et combat. Inégalités, mensonges, petits arrangements, gros privilèges, manipulation, mesquineries, rien ne lui échappe. Son credo : « Toute vérité est bonne à dire. La franchise est la seule voix audible. » Et comme si cela ne suffisait pas, voilà qu'elle a décidé, il y a quelques semaines, qu'aucun mensonge ne sortirait plus de sa bouche pulpeuse. Chanelle passera les trois cent soixante-cinq prochains jours à n'exprimer que ce qu'elle ressent et pense véritablement. Adieu bobards et autres salades indigestes. Désormais, il faut être suicidaire pour oser lui demander son avis sur notre poids, notre passion pour les pyjamas pilou-pilou, notre sexfriend du moment, notre tarte au citron faite maison... Bref, tout ce qui implique en temps normal une certaine diplomatie consentie. Seul Edgar, avec sa spontanéité légendaire qui l'empêche de réfléchir avant d'agir, continue à se prendre les flèches d'une Chanelle remontée comme un coucou suisse. Ceci dit, en ce jour funèbre, c'est ma pomme qui se retrouve sous les feux nourris de Chanelle et de ses jurés : Luce et Edgar.

— Dis, Rose, s'impatiente ce dernier, on va pas y passer Noël quand même ! Alors ? T'as fait quoi, hein ? Et avec qui ?

— Mais, bon sang, pourquoi vous ne me croyez pas ? Puisque je vous dis que je ne me souviens de rien. Le *black-out* total !

— Enfin, ce n'est pas possible ! s'étrangle Chanelle. Tu dois bien te souvenir de quelque chose ? Un détail, je sais pas moi, un lieu, un visage, une voix, une odeur ! Ça n'existe pas de tout oublier comme ça.

— Ben si, la preuve, je lui rétorque, désabusée. Tu crois que ça m'amuse cette situation ? Vous croyez que je suis fière de moi, là, tout de suite ? J'ai bien conscience de tout le souci que je vous ai causé. J'ai laissé sur le carreau la tripotée d'invités venus tout spécialement pour fêter mes 40 ans. J'ai…

— Oh, mon Dieu ! À moins que…

Je me tourne vers Luce qui me scrute étrangement.

— Quoi ? Quoi ? Pourquoi tu me dévisages comme ça ?

— Et si… Enfin, est-ce que tu crois que… Et si tu avais été… Enfin, tu comprends quoi ?

— Non ! Je ne comprends RIEN. Où veux-tu en venir ? Tu me fais flipper avec tes « Est-ce que… Et si… ». Et si, et si, et si et si QUOI ?

— Et si on t'avait droguée ? Oui, droguée ! Si quelqu'un avait mis une substance illicite dans ton verre ! Du GHB par exemple. Hein ! Pour te… couic !

— Me *couic* ?

— Tu sais, ça arrive plus souvent qu'on le pense ! enchaîne Chanelle. C'est pas une légende urbaine ! Dans mon milieu, c'est même hyper courant. Il y a un animateur très connu dont c'est la spécialité ! C'est super dangereux de lâcher son verre de nos jours. Un instant d'inattention et hop, ni vu ni connu, tu avales, on t'embarque et… couic !

— Mais c'est affreux ! Mon Dieu ! Rose, c'est affreux !

La main sur la bouche, Luce écarquille les yeux d'effroi. Ce qui n'empêche pas Chanelle de continuer son investigation.

— Si ça se trouve, c'est ton mystérieux M. qui t'a droguée et qui...

— Stop ! Ça suffit ! Arrêtez ! Vous me faites flipper grave ! Mince, quoi !

— Et qu'en pense Baptiste ? Tu lui as dit au moins ? Pourquoi il était pas là hier, hein, pourquoi ? Des semaines qu'on l'a pas vu ton mec. Rose, que se passe-t-il ?

Et voilà... Le moment que je redoutais tant est arrivé. Chanelle me presse de questions. Je suis coincée. Trois paires d'yeux me scannent de toutes parts. Je tente une échappée.

— Oui... bon... Mais, d'abord, c'est qui l'animateur connu qui met du truc, là... du HGB là, dans les verres ? Hein, c'est qui ? *Mes yeux rougissent. Ma voix déraille.* Parce que... C'est important de savoir... Il est connu quand même... ça s'fait pas... non ?

Ou l'art de détourner la conversation.

— On s'en fiche, peste Edgar. C'est pas le propos ! En plus, on dit GHB. Allez, zou, il est où Baptiste ? Hein, il est où ?

Luce surenchérit.

— Il a raison. Il est où Baptiste ? Que se passe-t-il, Rose ? C'est vrai quoi, ça fait des semaines qu'on l'a pas vu. Des semaines que t'es bizarre et irritable. Alors ?

Je ne peux plus reculer. Je dois leur avouer. Et, par là même, m'avouer à moi aussi l'impensable. Des semaines que je refuse de regarder la vérité en face. Des journées entières à faire comme si de rien n'était, figée dans mon déni. L'âme et le cœur anesthésiés. Vingt-sept nuits à attendre un signe, un appel, un retour. Vingt-sept matins à espérer qu'à mon réveil tout cela ne soit qu'un cauchemar. Des centaines de SMS et de messages laissés sur son répondeur, comme autant de bouteilles à la mer. Tous restés sans réponse. Des milliers de « *Non, ce n'est pas possible, ça ne peut pas arriver* ». Tout ça à cause d'un mot trouvé sur la table de la cuisine un nauséeux matin d'octobre.

Je pars. Pour elle.
Te recontacterai. Mais pas maintenant.
Prends soin de Lilou.
Pardon.

Un mot. Griffonné sur un Post-it vert. Un arrêt de mort signé avec un Bic. Suivi d'une exécution sans sommation. Vingt ans de vie commune exterminés en quelques mots-mitraille. La mort… Encore… Mon âme s'y refuse. Non. Non. NON. NON. NON.

— Rose ? Que se passe-t-il ?

J'entends à peine la voix de Luce. J'ai mal. La tête me tourne. Mon estomac se tord. J'ai envie de vomir… *Respire, Rose, respire…* Je baisse les yeux. Je n'ai pas le courage d'affronter la stupeur qu'engendrera mon annonce. Jamais je n'aurais cru devoir prononcer ces mots, confite dans ma certitude que rien ne pouvait nous arriver, à nous le *Golden Couple*.

Je touche instinctivement la médaille miraculeuse qui se balance autour de mon cou. Un héritage de mémé Jeanne. Je m'accroche à elle comme à une bouée lancée en pleine tempête.

— Rose ?

— Baptiste m'a quittée.

7

Mort. Raide mort.

Était-il encore en vie quand je suis rentrée hier soir ? Je ne me souviens pas.

Je le pousse du pied. Rien. Néant. Il est trop tard. Un suicide, une fois de plus. Je suis consternée. Trop, c'est trop ! J'ai pourtant tout essayé. Rond, rectangulaire, ovale. Rien n'y fait. Ils finissent toujours par s'aquariumnestrer. Comment je vais annoncer ça à Lilou, moi ? Bien qu'elle soit à la veille de sa majorité, elle n'en reste pas moins mon bébé. Et son cœur d'enfant se brise à chaque nouvel aquadrame.

Je regarde l'aquarium vide. Il ressemble à ma vie. Désertée par ses occupants, elle aussi. Mon frère, Raphaël, parti trop tôt. Baptiste qui se volatilise avec une autre. Lilou sur le point de prendre son envol. Et, maintenant, Bullet, notre poisson rouge, quatrième de sa lignée, qui met fin à ses jours tragiquement.

À l'instar du petit nid aquatique conçu par Lilou pour son poisson, j'avais le sentiment d'avoir construit, moi aussi, un joli nid douillet, agréable à vivre. Il faut croire que ce n'était pas suffisant pour retenir Baptiste.

Retenir Baptiste... Quelle étrange expression ! Peut-on retenir quelqu'un qui veut partir ? Peut-on l'obliger à nous aimer et à rester, comme ce poisson dans son bocal ?

Je n'avais pas prévu que le bonheur parte en claquant la porte. Ni que des pans entiers de ma vie se désagrègent sans que je puisse rien y faire. J'ai une vision. Celle d'une existence entière construite sur un lac gelé dont la glace fond peu à peu. Inexorablement. Bientôt, tout sera englouti. Il ne restera que Lilou et moi sur le rivage.

Je sors un mouchoir de ma poche et me baisse pour attraper feu Bullet mais la force me manque et mes jambes me lâchent. Elles tremblent tant que je finis par m'écrouler sur le sol à mon tour. Je me retrouve nez à branchies avec le pauvre bougre. Comme lui, je suis asphyxiée par la douleur. Comme lui, je voudrais ne plus me relever. Après un long moment, je bascule sur le côté, empoigne le défunt et m'agrippe au buffet pour me redresser. J'ai la sensation de m'extirper des enfers. Je comprends que c'est le cas quand mon regard accroche le patchwork de photos trônant au milieu du mur. J'ai mal à en vomir. Je fais face à vingt ans d'une vie de famille que je croyais insubmersible. Un pêle-mêle d'instantanés heureux défile sous mes yeux. Nos vacances basquaises où il avait plu cinq jours sur sept, nos fêtes normandes, enfin… plutôt nos cuites normandes, nos interminables soirées tarot, bruyantes et joyeuses. Nos virées parisiennes en scooter, le nez au vent et les mirettes éblouies. Au centre du patchwork trône fièrement Blaise, mon vieux chat que Baptiste adorait détester. Les têtes hilares de nos copains s'invitent ici et là. Mon cœur se serre à la vue des photos de Noël, chez tata Odile. Le sourire espiègle de Raphaël, habillé en mère Noël, me broie l'estomac. Et puis, il y a Lilou. Partout. Lilou à 5 jours, à 2 mois, à 1 an, à 4 ans, à 12 ans… Lilou à la plage, Lilou fait du vélo, Lilou danse à l'école, Lilou fait la gueule… Une photo de nos vacances en Corse attire mon attention. C'était l'été dernier. Je me rappelle l'avoir ajoutée à ce tableau sans grande conviction. Ce n'est pas un cliché heureux. Je m'approche et scrute nos trois visages. C'est Lilou qui nous prend en selfie. Contrairement à ma fille qui arbore un bronzage croustillant, je suis pâle. Livide, même. Baptiste, lui, regarde ailleurs. Déjà. Cet été-là, il a passé son temps sur son VTT ou bien il partait courir sur la plage dès le lever du soleil. Tous les prétextes étaient bons pour s'isoler. Peut-être pour l'appeler, *Elle* ? Était-elle déjà une passagère clandestine de notre vie ?

Je sens la colère monter en moi. Un sentiment de dégoût aussi. Les images et les émotions se percutent. Je le revois s'éloigner après cette photo. Prétextant une course à faire, il nous avait laissées, Lilou et moi, en plan, sur cette plage. Ma petite voix s'était alors réveillée. « Quelque chose ne va pas. Tu devrais te méfier. Je parie que dans trente mètres, il va prendre son téléphone en pensant que tu ne le regardes plus. Dix mètres, vingt mètres… vingt-cinq mètres… Bingo ! Tu vois… Je te l'avais bien dit ! Qu'attends-tu pour réagir ? » Réagir… Au lieu de ça, j'ai étouffé cette satanée petite voix. Et, aujourd'hui, la réalité me saute à la gorge.

Comment en est-on arrivé là ? Comment ce salaud a-t-il pu nous faire ça ? Pourquoi ne donne-t-il pas de nouvelles et pourquoi a-t-il démissionné de son travail ? Ces questions m'obsèdent. Et *Elle*, là ! Je suis sûre que je la connais. Je donnerais ma main à couper que c'est l'autre salsifis, la Mila-gnagna, et qu'elle est venue me faire son cirque l'autre soir juste pour noyer le poisson, alors qu'elle sait pertinemment où est Baptiste. Dans son lit !

Je peine à respirer. Je n'arrive pas à croire qu'il piétine notre amour, notre famille, nos projets avec tant de cruauté et de mépris. Le mépris, ce putain de mépris… C'est la première chose qui aurait dû m'alerter. Combien de fois ai-je été blessée, égratignée, humiliée par ce regard acéré qu'il arborait ces derniers temps et qu'il agrémentait de piques sarcastiques et de rires condescendants ? Stupide et inutile, voilà comment je me sentais devant lui. Je mettais cette attitude invraisemblable sur le compte de son travail, de la fatigue et du stress. Pire, je culpabilisais de ne pas être à la hauteur de ses attentes. Pendant que lui batifolait avec une autre dans mon dos. J'étais devenue une gêne, un obstacle, un caillou dans sa chaussure. *Quel lâche il est ! Quelle idiote je suis !* …

Je titube jusqu'à ma chambre. Je me sens si faible. Comme désincarnée. Je voudrais dormir et ne plus me réveiller. Je regarde mon lit. Il n'est défait que d'un côté. Le sien. Depuis un mois, je me couche invariablement à sa place. Le nez collé à son oreiller à renifler les moindres effluves de son parfum. Pas un matin je ne me suis réveillée au milieu du lit. Comme si j'espérais qu'il revienne dans la nuit et que cesse enfin le cauchemar.

Je me glisse tout habillée sous la couette et me recroqueville autour de l'oreiller. Un râle d'animal blessé s'échappe de mes sanglots. Les souvenirs crépitent de nouveau dans ma tête. Comme celui du jour où Baptiste est entré dans ma vie… par accident. Rien ne prédestinait nos chemins à se croiser si ce n'est ce feu rouge que je vis vert. Piètre conductrice d'un scooter emprunté le matin même à ma voisine, je roulais le nez au vent, libre et insouciante du haut de mes 20 ans, quand j'ai percuté une ombre. Nos vies auraient pu s'arrêter là mais il n'en fut rien. Bien au contraire. Tout commença à ce carrefour de Saint-Germain-des-Prés. Un petit matin de printemps.

Après, tout est allé très vite. Les urgences, un poignet dans le plâtre, un resto comme pénitence suivie d'une nuit d'amour passionnée. Puis dix. Puis trente. Nos nuits infusaient nos jours. Trois mois plus tard, je posais mes valises dans son petit studio de la rue des Saints-Pères. Deux ans après, Lilou devenait la troisième locataire de notre nouvelle vie.

Je ne serai plus jamais heureuse. Jamais. Cette pensée tourne en boucle dans ma tête.

Le téléphone sonne. Je sursaute. Et si c'était lui ?

J'attrape mon smartphone. La tête d'Edgar apparaît sur l'écran, affublée d'une perruque disco. Malgré ma peine, je ne peux m'empêcher de sourire à la vue de la photo de profil que je lui ai choisie. S'il savait, il me bannirait de son existence à jamais. Je décroche :

— Rose ? Mais t'es où, bordel ? L'émission est sur le point de démarrer ! Guillaume Louisor, l'animateur, commence sérieusement à s'inquiéter ! T'es où ?

— ...

— Rose ? On s'est mis d'accord tout à l'heure pour se retrouver à 18 heures devant la maison de la radio. Il est 18 h 15 !

— ...

— Dis-moi que tu es en route. Dis-moi que tu n'es plus chez toi ! Dis-moi que ton joli cul est posé sur la banquette d'un taxi à la minute où je te parle !

— ...

— ROSE !

8

— Eh bien, une chose est sûre, le bonheur sait se faire attendre, n'est-ce pas, Rose Baron ?

La voix de Guillaume Louisor trahit son exaspération avancée.

— Les auditeurs de *La Vie avant tout !* et moi-même avons bien cru qu'il nous échapperait. Ahahah ! Mais tout vient à point à qui sait attendre ! Et il nous reste quand même une petite demi-heure en votre compagnie avant la fin de l'émission. C'est toujours ça de pris !

— Je suis désolée, bredouillé-je. Je m'excuse auprès de vos auditeurs, j'ai été retenue par… euh… une affaire personnelle compliquée.

— Oh ! Si même Madame Bonheur a des malheurs maintenant, nous voilà bien !

Bullet s'est suicidé, patate, j'ai pris la cuite du siècle et je suis cocue jusqu'à la pointe de mes fourches. Chui pas d'humeur, là.

— J'espère qu'il vous reste encore quelques grammes de bonheur dans votre panier car c'est le thème d'aujourd'hui ! Nos auditeurs attendent avec impatience vos dix fameux commandements pour vivre une vie géniale… Alors, Madame Bonheur ! Dites-nous tout ! Quelles sont les options pour être plus heureux ?

Les options ! Nan mais, je rêve ! On croirait que je vends un robot cuiseur multifonctions.

Je cherche désespérément à capter le regard d'Edgar qui a revêtu, pour la circonstance, sa casquette d'attaché de presse. J'ai besoin de son soutien et de sa compassion. Je ne me sens pas stable du tout. Edgar a toujours su calmer mes angoisses d'un simple hochement de tête. Il sait me rassurer. Me canaliser. Mais, pour l'heure, môsieur fait la gueule. Il me fait payer mon absence à la soirée, le fait de ne pas lui avoir dit pour Baptiste et le retard d'aujourd'hui. Je suis tout bonnement punie. Je l'aperçois derrière la grande vitre qui nous sépare. Posté en régie près de l'ingénieur du son de l'émission, il papote sans vergogne. J'enrage et agite ma tête afin qu'il daigne tourner le regard de mon côté. Rien n'y fait. Il m'ignore royalement.

— Euh… Hum… Rose… Yououh… Vous êtes là ? Vous êtes parmi nous ? Ahahah…

Guillaume Louisor est au bord de l'apoplexie. Son visage soubresaute nerveusement. Son œil droit cligne façon spasmes et le côté gauche de sa lèvre tiraille vers le bas. Il semble sur le point de commettre l'irréparable. Je me reprends.

— Oui, oui… Pardon… Ayé ! Je suis là… Vous me disiez ?

— Je... Je disais donc que nos auditeurs ont hâte de savoir ce qu'il faut faire pour atteindre la sérénité, le bonheur, quoi !

— Moi aussi...

— Hein ? Quoi ? Ahahah... Quel humour !

Où est passé Edgar ? Je ne le vois plus... Je ne le crois pas ! Il est sorti de la régie ! Il va me le payer cher.

— En lisant votre ouvrage, on se dit que ça a l'air facile d'être heureux ! Y a qu'à appliquer les dix commandements, et hop !, le tour est joué... Action, réaction !

Il a dû sortir bavarder avec la programmatrice. Je suis sûre qu'il le fait exprès. Il sait que cela me déstabilise. Je le déteste.

— Hum... Rose ?

— QUOI ? aboyé-je, oubliant au passage que je suis en direct avec quelques centaines de milliers d'auditeurs.

L'animateur vedette me regarde, décontenancé. Sa voix chevrote. Je ne sais lequel des deux est le plus mal en point. En ce qui me concerne, une bouffée d'exaspération me gagne et rien ne semble l'arrêter.

— OUI. BON. Faut pas exagérer non plus, hein... Facile d'être heureux ! Facile d'être heureux ! Action, réaction ! Vous en avez de bonnes, vous ! Entre la théorie et la pratique... Hein, hein, on le sait bien, hein ! Si c'était facile, ça se saurait !

— Hein ?

Mes nerfs lâchent. La catastrophe est désormais inévitable.

— D'abord… Hein, d'aboord… C'est marqué où dans mon ouvrage qu'il est facile d'être heureux ? Hein ? Où ? Nulle part ! NULLE PART ! Et pourquoi ? Parce que je ne dis pas ça DU TOUT ! Parce que la vie n'est que mistoufle, môôôsieur ! Parce que nos voisins sortent de zonzon, nos fenêtres donnent sur des usines pourries, nos maris préfèrent ramoner la cheminée de la voisine d'en face ! ET QUE LE GRAND SAINT-MACHIN-BONHEUR EST COMME MON ATTACHÉ DE PRESSE, IL FAIT LA GUEULE ET SE BARRE SANS PRÉVENIR !

— Mais ?

La tête d'Edgar réapparaît enfin dans mon champ de vision. Trop tard. Le carnage a déjà eu lieu.

9

— Vous faites un burn-out, Rose.

— Un burn-out ? Ben voyons.

— …

— Vous vous foutez de moi ? Je sais ce qu'est un burn-out. Vous ne pouvez pas lancer des trucs comme ça à la légère. Je ne suis pas en burn-out. Je connais mon sujet.

— Vous avez raison, Rose, j'exagère ! Mais c'est parce que je veux vous faire réagir. Avec tout ce qu'il vous est arrivé ces derniers temps – le décès de votre frère il y a un an et le départ de votre conjoint –, vous êtes au bord du gouffre et vous vous entêtez dans le déni. C'est pourquoi vous êtes limite. Pas encore en burn-out mais pas loin quand même.

— Je ne comprends pas. Vous parlez de burn-out alors que ma vie professionnelle n'a jamais été aussi excitante. Mon nouveau livre est n° 1 des ventes. J'enchaîne les conférences et les interviews. Bon, c'est vrai, je suis plus sensible qu'à l'accoutumée. Pas sûr que Guillaume

Louisor me réinvite dans son émission de sitôt. C'est surtout ma vie personnelle qui déconne. Mais vous le savez puisqu'on vient d'en parler et que je vous ai tout expliqué.

— C'est bien ce que je vous dis, Rose : vous êtes en épuisement émotionnel, vous donnez le change en maintenant un rythme de travail effréné. Vous rendez-vous compte des dommages que cela peut engendrer sur votre santé ?

Je regarde l'homme qui me fait face et à qui je confie ma santé depuis des années. Le docteur Engelstein, médecin généraliste et énergéticien, est un être atypique et c'est ce qui me plaît chez lui. Pourtant, lors de notre première rencontre, vingt ans plus tôt, le pari n'était pas gagné. J'avais pris rendez-vous par hasard dans son cabinet qui se situait près de chez moi. Mais j'étais à peine entrée que, déjà, je cherchais la sortie. Quel médecin pouvait décemment convier sa patientèle dans une salle d'attente entièrement décorée en trompe-l'œil représentant une plage hawaïenne du sol au plafond ? Alors que je m'étais levée pour partir discrètement, un palmier s'était fendu sous mes yeux pour laisser apparaître un petit homme à la tête d'Einstein. La coïncidence était amusante : Engelstein *vs* Enstein à Hawaï. Une réincarnation peut-être ? Les mêmes cheveux, le même regard rieur, il ne manquait plus qu'il tire la langue et j'avais devant moi une parfaite réplique de la célèbre photo du malicieux savant prise par Arthur Sasse. Et même si la première chose qu'il avait faite en entrant dans la salle de consultation avait été d'allumer une cigarette – ce qui me laisse encore perplexe vingt ans plus tard –, je n'ai jamais regretté d'être restée ce jour-là. Je trouve en lui bien plus qu'un médecin généraliste. Un protecteur, un cœur éclairé, un sage et un masseur hors pair !

Pourtant, aujourd'hui, dans ce cabinet dont je connais chaque recoin, son analyse de ma situation m'irrite. Je me sens agacée. Incomprise. Ma bouffée d'exaspération revient. Il ne se rend pas compte ou quoi ? Pourquoi cherche-t-il à me faire craquer ? Je sais bien que mon bateau prend l'eau. Maladie, injustice, deuil, abandon, rien ne m'a été épargné néanmoins, je suis là, debout, et je tiens cette foutue barre dans la tempête. Que veut-il de plus ? Je sens la colère monter en moi. Je voudrais la retenir mais je n'y arrive plus.

— Oui, docteur, JE SAIS ! Je SAIS parfaitement les dégâts qu'a occasionnés la perte d'à peu près tout ce qui constitue mon équilibre et ma raison d'être. En un rien de temps, tout s'est disloqué. Mon frère et ce putain de cancer et, maintenant, mon mari qui me claque sa crise de la quarantaine en pleine figure. Et QUOI ? Je suis supposée faire QUOI ? Réagir comment ? Aux yeux de tous, je suis MADAME BONHEUR ! Et je n'ai jamais été aussi malheureuse de toute ma vie ! Toutes ces années d'études, de recherches, pour quoi ? POUR QUI ? Pour en arriver où ? À ça ? Nan mais, c'est une blague ou quoi ? Vous croyez que je vais continuer à m'intéresser à un sujet qui se désintéresse de moi ? Qui me nargue ? Qui me rejette ? Le bonheur ne veut plus de moi. Je ne veux plus du bonheur ! Qu'il aille se faire voir ailleurs ! Lui et tous ceux qui, comme moi, le survendent en nous faisant miroiter que tout ira bien, que ce monde est bon, que les hommes sont aimants et respectueux, que les femmes sont indépendantes, libres et leurs égales, que nos enfants sauveront la planète et notre avenir. Foutaise que tout cela ! Vous m'entendez ! FOUTAISE ! Ce ne sont que des mensonges, de la poudre de perlimpinpin comme diraient certains ! Non, fini, j'arrête, je vais…

— Rose, calmez-vous, vous êtes toute rouge…

— ROUGE ? Oui, je suis rouge ! Rouge de colère !

— Rose… S'il vous plaît, calmez-vous !

— Me calmer ? Vous plaisantez, docteur ! NON, je ne me calmerai PAS ! Pourquoi voulez-vous que je me calme, d'abord ? Calmez-vous, c'est la pire chose à dire à quelqu'un qui est énervé, VOUS DEVRIEZ LE SAVOIR, NON ?

— D'ACCORD ! NE VOUS CALMEZ PAS !

— …

— ALLEZ-Y, CRIEZ ! HURLEZ ! VOCIFÉREZ ! CETTE VIE EST MOCHE. LES HOMMES SONT MOCHES. LE MONDE EST MOCHE. LE BONHEUR EST UNE ARNAQUE ! UN FAKE !

— Mais, docteur ?

— TOUT ÇA, C'EST DÉ-GUEU-LA-SSE !

— M'enfin, calmez-vous, docteur ! Faut pas vous mettre dans des états pareils. Vous savez, vous devriez prendre quelques vacances, je vous trouve un peu pâlichon. Vous allez finir par nous faire un burn-out !

10

— Ah ! Te voilà enfin ! T'étais passée où encore ?

Luce semble furieuse et je la comprends. Cela fait plus d'une heure et demie qu'elle m'attend devant le Feliz.

— Chez mon médecin. Je l'ai trouvé encore plus mal fichu que moi, dis donc. Bon, alors qu'est-ce qu'on fait là ?

— Je veux t'aider à retrouver la mémoire.

— Ah... Et comment ?

— En te replongeant dans la soirée, en te replaçant dans le contexte. C'est-à-dire au Feliz.

— Et alors ?

— Et alors ? Et alors ? Pour pouvoir stimuler ta mémoire, tu dois refaire le parcours. Tu vois, moi, quand je perds mes clés, eh bien, je reprends tout mon trajet à zéro. Je me remets en situation. Je ferme les yeux et je me remémore mes faits et gestes, les endroits où je suis allée...

— Et ça marche ?

— Non, pas vraiment, je mets toujours autant de temps à les chercher pour finalement les retrouver toujours au même endroit.

— Ah bon ? Et où ?

— Dans mon sac à main.

— Ben, pourquoi tu vas pas regarder directement dans ton sac à main alors ?

— C'est ce que je fais !

— …

— Je sais pas comment ça s'explique mais je les trouve jamais du premier coup. Je regarde dans mon sac, je farfouille. Rien. Alors je cherche ailleurs. Puis, après avoir longtemps cherché ailleurs, je reviens à mon idée première. Je me dis « C'est pas possible. Elles doivent être dans mon sac ». Et je recommence à fouiller. Et là, ô miracle ! Elles sont là.

— …

— Alors, pour retrouver ta mémoire, c'est pareil, il faut aller là où tu penses qu'elle a été perdue : à ta soirée d'anniversaire. C'est pour ça qu'on y retourne. Allez, ferme les yeux et projette-toi. Il faut absolument réactiver la mémoire de ton cerveau reptilien.

— *Cerveau reptilien*, tu racontes n'importe quoi…

— Arrête de me regarder avec ces yeux de merlan frit. Ferme-les et écoute ma voix.

— Luce…

— Chuuut ! Ferme les yeux et laisse-toi guider par ma voix.

— Nan mais, on est pas dans un film, là, je vais me casser la gueule avec tes conneries.

— Chuuuuteuh ! Fais-moi confiance ! Alors, que vois-tu ?

— Bah, rien, patate, j'ai les yeux fermés.

— M'enfin ! Dans ta tête, tu vois quoi ? Tu te vois à la soirée ? Tu visualises les gens en train de danser, de boire, de fumer dehors ? Tu entends la musique ? Je sais pas moi, comme *Still Loving You* de Scorpions. Replonge-toi dans la fête. Tu entends ?

— Non, Luce ! Non, j'entends ta voix, c'est tout !

— Chuuuuteuh !

— Quoi, chut ? Tu me poses des questions, je te réponds.

— Mais non, tu ne dois pas répondre, tu dois juste visualiser la scène. Allez, laisse-toi faire ! Fais-moi confiance. Tu n'as rien à perdre à essayer, non ?

Luce a raison. Il faut que j'arrête de faire l'enfant. Je dois retrouver ma mémoire au sujet de ces heures perdues. Je sens que quelque chose d'important s'est produit cette nuit-là mais je ne sais pas quoi et cela me rend folle. Je ferme les yeux. Je prends une grande inspiration… *Apaise-toi, Rose*… J'expire doucement. Si je veux recouvrer mon calme intérieur et assouplir mon esprit, je dois appliquer ce que j'enseigne. Respirer… Me recentrer… m'ancrer… J'inspire de nouveau en comptant jusqu'à cinq, puis j'expire sur cinq temps également. Cette méthode appelée « cohérence cardiaque » est l'une des meilleures que je connaisse pour abaisser le stress. J'inspire... 1... 2... 3... 4... 5... J'expire... 5... 4... 3... 2... 1... J'inspire... 1... 2... 3... 4... 5... J'expire... 5... 4... 3... 2... 1... Comme un métronome qui donne le bon tempo. Une invitation à la quiétude. Je sens mon corps se détendre. Encore une respiration. Puis une autre. Soudain, un flash...

Je suis devant la porte. Je vois Edgar en pleine discussion avec Gauthier. Je leur souris. Edgar me rappelle que, demain, nous avons une émission radio à 18 heures. Il s'excuse encore de m'avoir collé une promo le lendemain de mon anniversaire. Je lui réponds que ce n'est pas grave. C'est un mensonge... Je n'ai pas envie d'y aller. Je vais devoir parler bonheur et je n'en ai pas le cœur. Mais je n'en dis rien à Edgar. Il travaille dur et je ne veux pas le décevoir. J'ai besoin d'air. M'échapper de la soirée. Juste quelques minutes. Mais pour aller où ? J'avance en direction d'une impasse qui se trouve de l'autre côté de l'avenue...

— Alors ? Tu vois quoi ? Raconte !

— J'ai des bribes qui me reviennent.

— Okay, on va par où alors ?

— Je... Je ne suis pas sûre... Je crois que je suis partie à droite dans cette impasse.

— Quoi ? Quelle impasse ? s'exclame une Luce tout émoustillée par cette étrange aventure.

— Celle-là en face.

— D'accord, allons-y ! Continue de garder les yeux fermés sinon tu vas perdre tes flashs.

— Luce, je vais tomber !

— Mais non, rhooo, je suis là.

Je m'exécute. Seulement, après quelques pas chaotiques et autant de coups de klaxons exaspérés, je finis par rouvrir les yeux. Je ne vais pas aller à l'hôpital juste pour retrouver ma mémoire.

— Écoute, on n'y arrivera pas comme ça, c'est ridicule. Je vais marcher toute seule et les yeux ouverts. Je suis sûre que je me rappellerai mieux si je vois l'impasse.

Nous avançons doucement. Je scrute chaque élément sans savoir ce que je cherche réellement. Autour de nous, des magasins fermés le lundi pour la plupart. Un peu plus loin, un bar ouvert dans lequel un serveur balaie en chantant. Il nous regarde passer. Certaines boutiques me semblent familières. J'ai un sentiment de déjà-vu, mais c'est normal, je la connais cette rue, je m'y suis déjà promenée. Nous arrivons rapidement au bout.

— Faisons demi-tour, Luce. Ça ne sert à rien. Rien ne me revient.

— Non ! Restons encore un peu, c'est important. Respire l'air, écoute les bruits, ressens les choses. La nuit tombe. Comme avant-hier.

— Comme tous les soirs…

— Rhoooo… Chut ! Ton corps a une mémoire. Il n'a pas oublié, lui. C'est ancré en toi. Tu sais tout ça puisque c'est toi qui l'enseignes !

— Oui, je sais, c'est vrai, mais là mon corps me dit que si je ne m'assois pas rapidement, nous allons avoir des soucis. Je ne me sens pas très bien. Je te rappelle que je n'ai pas eu une gueule de bois pareille depuis l'obtention de mon baccalauréat au siècle dernier. Depuis deux jours, la nausée ne me quitte pas.

— Bon, okay. Mais j'te préviens, on reviendra.

À regret, Luce obtempère. Elle me prend par le bras et nous remontons l'impasse. Nous repassons devant chaque magasin. Puis devant le bar. Le serveur est toujours là. Planté avec son balai. Il nous regarde passer. Les sourcils froncés.

Et alors que nous atteignons l'avenue, une voix s'élève derrière nous.

— Mademoiselle ! Hé, mademoiselle ! Attendez ! Revenez !

Je me retourne et vois ledit serveur gesticuler au loin. Il agite le bras.

— Luce, je crois que c'est pour toi. On t'appelle.

— Pourquoi moi ?

— Bah, parce que *Mademoiselle*… Je te rappelle que, même si je n'ai pas assisté à ma soirée d'anniversaire, je viens d'avoir 40 ans et pour les serveurs, maintenant, je suis une dadame, figure-toi.

— Bah, moi aussi, je vais avoir 40 ans dans quelques mois, j'te signale.

— Oui, mais tu les as pas encore. Quarante ans, ça change tout, tu verras.

— N'importe quoi !

Nous le regardons de loin. Il semble nous inviter à revenir sur nos pas et, malgré ma myopie avancée, je devine qu'il tient dans sa main un papier.

— Bah, t'as dû perdre un truc en passant devant le bar, dis-je à Luce.

— Bah, non, j'ai rien perdu.

— Bah, pourquoi il agite ce truc alors ?

— Bah, j'en sais rien.

— Bah, allons voir…

La beauté de ce jeune homme à l'allure élancée me trouble. Et, soudain, un flash. Je connais ce visage.

Il me sourit. Il rit même. Aux éclats. Nous nous parlons. Longtemps. Lui derrière son bar. Moi devant. Un mojito greffé dans la main droite.

Fin du flash.

— Hey ! Je ne vous ai pas reconnue tout de suite, mais, alors là, vous tombez bien, dites donc ! Je voulais vous remercier. Vous m'avez tellement aidé avant-hier soir. Vous n'étiez pas vraiment dans votre assiette pourtant ce que vous m'avez dit m'a complètement reboosté. Je vois les choses plus clairement désormais.

Respect, Rose Baron. Même complètement pompette, tu ne peux t'empêcher de coacher tous ceux qui se présentent et ça a l'air d'avoir marché. Lui, au moins, il voit plus clair. Moi, par contre…

— Je suis triste que ce soit si difficile pour vous en ce moment, enchaîne-t-il. Vous méritez de vivre le bonheur que vous transmettez aux autres. Ne perdez pas foi en votre religion de l'optimisme.

Ses yeux s'illuminent. Il rit aux éclats.

— D'ailleurs, êtes-vous finalement allée demander des comptes à Dieu ? Vous étiez hyper motivée ! Ça a dû chauffer.

— À Dieu ? Des comptes ? Je... Non, je ne vois pas... Comment vous appelez-vous, jeune homme ?

— Florian. Vous ne vous en souvenez pas ?

— Florian... Ah... Euh... Comment dire... C'est vrai, je ne me souviens pas de notre discussion. Les mojitos devraient être proscrits aux plus de 40 ans. Je suis sincèrement désolée.

— Ne le soyez pas. C'est mieux ainsi. Vous étiez si triste. Si perdue. Pourtant, vous m'avez encouragé à réaliser mes rêves. Jamais, auparavant, quelqu'un ne m'avait autant motivé. Je ne sais pas comment vous faites, mais ce que vous faites est fait pour vous, vous comprenez ?

— Merci, Florian. Vos mots me réconfortent. Je vous promets que je reviendrai prendre quelques bouffées d'optimisme auprès de vous de temps en temps.

— Je serai toujours là. Vous pouvez compter sur moi. Ah, au fait, j'ai quelque chose pour vous. Tenez.

Il me tend une enveloppe. Mon cœur s'emballe. Cette enveloppe... Elle aussi, je la connais. Elle semble tout droit sortie des entrailles de mon passé. J'avais exactement le même papier à lettres. Un coffret offert par ma tante Odile pour mes 8 ans. Il était d'une couleur rose pâle. Avec une fleur incrustée sur le papier en haut à droite. Le parfum entêtant de la rose emplissait votre nez.

Instinctivement, je me penche et renifle l'enveloppe. Oh, mon Dieu ! C'est la même. La même odeur, la même rose...

— Je ne comprends pas. Pourquoi vous me donnez cette enveloppe ?

— Pardi, parce qu'elle est pour vous ! C'est bien votre nom, Rose Baron, non ?

Je baisse les yeux sur l'objet. *Rose Baron* est écrit en toutes lettres sur le dessus de l'enveloppe. Des lettres manuscrites. D'une jolie calligraphie.

— Qu'est-ce que c'est ?

— Ah ça, j'en sais rien. C'est un type ce matin qui me l'a déposée à l'ouverture, en me précisant que je devais absolument vous la remettre en main propre. Il m'a offert un bon pourboire alors j'ai dit d'accord. Mais je ne pensais pas vous revoir si vite. Donc, je suis content de pouvoir vous la donner. Il avait l'air certain que vous reviendriez.

— Un type, mais quel type ? questionne vivement Luce. À croire que cette histoire est la chose la plus excitante qui lui soit arrivée cette dernière décennie.

— Ah ça, je suis désolé mais je ne sais pas. Un type, quoi. Un peu comme vous, mademoi... dame Baron.

— Un peu comme moi ? Ça signifie quoi ?

— Bah, un peu de votre âge, quoi ! C'était un monsieur-jeune homme. Un peu comme vous vous êtes une mademoidame !

— Euh… Késako ?

— Oui, sans vous vexer, à 40 ans on est plus proche d'une dame qu'une demoiselle mais, vous, c'est pas pareil, vous faites beaucoup plus jeune. Vous êtes une mademoidame, quoi.

Je regarde Luce en coin. Elle pouffe. Je la déteste.

— Lui, c'était pareil, continue-t-il. On voyait bien que c'était un monsieur mais qui faisait plus jeune que son âge. Comme vous.

J'ai le tournis. Entre les mademoidames, les messieurs-jeunes-hommes, Dieu et l'odeur de la rose, je sens que je vais vomir. Ce que je fais, d'ailleurs. Avec générosité.

11

1er commandement :
« Ton âme d'enfant, tu sauveras »

Rose,

Es-tu prête à sauver ton âme d'enfant ?
Si tu lis cette lettre, c'est que tu es prête.
Le voyage peut commencer.

Le chemin sera long. Tu t'es égarée.
Il te faut retrouver le goût du bonheur.
Réinventer ta vie.

Rose,
Que dirait l'enfant que tu as été,
Si elle te rencontrait aujourd'hui ?

Se sentirait-elle trahie ? Serait-elle reconnaissante ?
Te souviens-tu de ce qui la rendait heureuse ?
De ses petites et grandes joies d'antan ?

Il est encore temps de sauver ton âme et tes rêves d'enfant,
De libérer tes ressources enfouies, celles d'hier et d'aujourd'hui.
De faire tiens tes propres commandements
Ceux-là mêmes que tu enseignes.

<u>Engagement n° 1</u> : Souviens-toi !
Installe-toi confortablement, ferme les yeux, respire profondément, laisse venir à toi les souvenirs et ressuscite les mille et une petites joies de ton enfance. Ressens-les par tous tes sens : qu'entends-tu ? Que vois-tu ? Que sens-tu ? Que goûtes-tu ? Que touches-tu ?
Notre âme et notre corps ont une mémoire émotionnelle qui est une réserve naturelle de douceurs à portée d'âme. Ce sont des ancrages de ressources qu'il nous faut raviver afin qu'ils deviennent des petites bulles de bonheur qui pétillent en nous.
Replonge-toi entièrement dans ces instants de grâce. Puis ouvre le plus beau de tes carnets et dresses-en la liste consciencieusement.

Souvenirs de mes bonheurs d'antan :

....

....

....

....

....

....

....

....

....

....

Rose Baron,
Ton âme d'enfant, tu sauveras.
1er commandement.
Signé : M.

12

Sauver mon âme, et puis quoi encore ? Pour qui il se prend, ce Mister M ? J'ai pas besoin d'un illuminé pour me dire ce que j'ai à faire ! Comme si je ne connaissais pas mes propres commandements. De quoi j'me mêle ! Et d'abord, comment savait-il que j'allais revenir dans cette impasse ? C'est quoi cette blague chelou ! Ça me fait pas rire du tout ! C'est limite flippant ! Si ça s'trouve, je suis suivie par un fou et je le sais même pas !

D'un geste nerveux, je jette le coton imbibé de démaquillant dans le lavabo de ma salle de bains. Je donnerais cher pour connaître qui se cache derrière ce malotru. C'est forcément un de mes proches qui me fait payer ma désertion de la soirée d'anniversaire. Mais qui ? Cela ne peut pas être Luce. Impossible. Elle ne ferait jamais ça. Ni Chanelle d'ailleurs.

Edgar ? Peut-être. Je le sais tout à fait capable d'imaginer des blagues aussi tarabiscotées ! Peut-être veut-il se venger des multiples retards ou annulations de ma promo ces derniers mois ? Ou alors il a aperçu sa photo de profil sur mon téléphone ?

Avant de le condamner, il faudrait que je dresse la liste de tous les invités de la soirée dont les prénoms commencent par M. Quelqu'un m'a sûrement suivie jusqu'à ce bar. C'est évident. Mais qui ?

Je lève les yeux vers mon miroir. Son reflet me renvoie deux moitiés de visage. L'une démaquillée, l'autre pas. Un œil cerné d'eye-liner qui a bavé sur ma joue. Et l'autre, net, propre, sain.

Je tourne légèrement la tête sur la droite et jette un œil en coin sur mon profil gauche, celui qui est démaquillé. Il m'apparaît ouvert, expressif, bienveillant. Puis je pivote à 180° et offre à mon regard l'autre partie de mon visage. La face droite. Sa vue me fait frissonner. Elle semble plus sombre, mystérieuse, déformée. Triste.

Comme si deux personnes m'habitaient. L'une connue des autres : sociable, enthousiaste, empathique, optimiste. Et « l'autre », anxieuse, secrète, irritable et pessimiste. Je suis la somme des deux. Mais, finalement, qui suis-je au fond ?

Je lève une dernière fois les yeux vers le miroir. Cette fois, de face. Additionnée.

J'essaie de me souvenir de mon visage d'enfant. À quoi je ressemblais ? Ça fait si longtemps.

Je revois mes cheveux longs, bruns, brillants. Mes yeux en amande, couleur noisette, qui devenaient plus verts en été, je me sentais alors belle. Mes cheveux s'éclairaient d'or. Ma peau brunissait. Ma jeunesse était d'une insolente simplicité. Je ne me posais aucune question. Je vivais. J'étais. Point.

Vieillir, quelle injustice ! Je crois que si Rose-enfant me rencontrait aujourd'hui, elle commencerait par rire : « Bah ! T'as pas écouté les parents ? T'as mangé tous les chocos ! »

Que dirait-elle d'autre ? À quoi rêvait-elle en s'endormant le soir ? Je donnerais tout pour relire une seule fois dans ma vie le journal intime de mon enfance. Celui qui accueillait toutes mes pensées, mes amours secrètes, mes rêves, mes désillusions. Pendant des années, j'y ai consigné religieusement chaque jour qui s'écoulait. De mes 8 ans à mes 17 ans. Chaque événement y était raconté comme une épopée fantastique agrémentée de petits dessins, de photomontages, de collages.

À lui seul, ce cahier contenait mon âme d'enfant. J'aurais pu satisfaire la curiosité de cet inquisiteur de M. si je le détenais encore. Mais il y a bien longtemps qu'il a été égaré. Perdu lors de notre déménagement quand j'avais à peine 17 ans. Avec mes parents et mon frère, nous quittions le Midi pour nous emmurer dans l'enfer parisien. Je perdais tout d'un seul coup. Sécurité, amis, amoureux, lycée, pin centenaire, plage, mer, soleil… Et venait s'ajouter à cela l'innommable. Mes parents avaient égaré mon carton de déménagement. Celui qui renfermait tous mes trésors : mon journal intime, mes dessins, mes albums-photos, des lettres, des stylos et des gommes parfumées, de la colle parfumée à l'amande, un Polaroid, la dédicace de mon chanteur préféré – Morten Harket du groupe a-ha – que je comptais bien épouser, des posters, un Rubik's Cube, mes billes, des K7, un Bic pour rembobiner mes K7, ma collection de pin's, des puces d'amour, celles qui colonisaient mes cheveux, ma trousse Poivre Blanc, mes totoches, des scoubidous, un Kiki, un Télécran, un tac-tac, une boîte à musique chipée à ma cousine et, enfin, odieux sacrilège, mon Walkman et son casque audio tout rabiboché à l'oreille droite avec du scotch. Ne me restaient que mes rollers qui ne rentraient pas dans le carton. Mon monde avait disparu d'un seul coup, pulvérisé par un cruel déménagement.

Après cela, j'ai dû me reconstruire ailleurs et remplir patiemment un nouveau carton de souvenirs. J'en ai longtemps voulu à mes parents de détruire l'enchantement de mon enfance ensoleillée. J'ai dû me battre pour me projeter dans une nouvelle vie et une nouvelle ville. À présent, l'énergie des rues de Paris coule dans mes veines. Cette ville m'envoûte littéralement. Le Sud restera toujours mon chez-moi mais, j'ai compris, avec le temps, que le paradis est là où l'on veut bien qu'il soit. C'est-à-dire dans l'ici et maintenant.

L'ici et maintenant... Une sagesse que j'enseigne aux autres depuis près d'une décennie. S'ils savaient à quel point je suis devenue incohérente sur le sujet !

La vie est étonnante parfois. Depuis le succès fulgurant, il y a quatre ans, de mon premier ouvrage *L'Instant bonheur*, qui invite le lecteur à vivre lentement, en pleine conscience, en savourant chaque instant, je ne fais que courir. Quel paradoxe !

Dès sa sortie, mon agenda s'est affolé. Demandes d'interviews, de conférences, de consultations, de collaborations en tous genres. Des invitations toutes acceptées tant j'étais grisée par les honneurs. Submergée, j'ai même dû prendre un attaché de presse personnel, Edgar, devenu un ami précieux depuis. C'est lui qui m'a appris à instagramer ma vie de Madame Bonheur, à twitter, facebooker, linkediner à toute heure, à tous les temps ! J'ai dû également acheter une solide valise pour partir sur les routes de France, résilier mon abonnement à la salle de sport, remiser ma trottinette à la cave et j'ai prévenu mes proches que j'étais désolée d'être moins présente mais que ce tourbillon infernal allait bientôt s'arrêter… En fait, ça ne s'est pas arrêté. Mon deuxième ouvrage *Histoire d'être heureux* puis mon troisième *Une vie heureuse : les dix commandements* m'ont propulsée au rang des notoriétés publiques, des référents, des experts que l'on sollicite pour tout et n'importe quoi. Entre la promo du petit dernier, la tournée nationale de dédicaces, les engagements pour animer débats et conférences, mes recherches pour les besoins d'un prochain ouvrage et mon rôle de mère, de femme, d'enfant, d'amie, de voisine, je passe mon temps à planifier, optimiser, anticiper, me projeter d'avant en arrière, en espérant devancer le temps. Même la mort de Raphy n'a pas stoppé ma course folle. Au contraire, j'ai plongé encore plus dans le travail. Le pied sur la pédale d'accélérateur. Mon frère, mon pauvre frère, qui n'avait de cesse de pester que j'allais me tuer au travail, que je jouais avec le feu, que j'étais une sacrée hypocrite de vendre mes salades sans même y goûter. Lui qui buvait sa vie de plaisir jusqu'à la lie, il sera finalement parti avant moi. Avant nos parents.

J'ai pourtant tenu bon… Jusqu'à ce putain de Post-it… Le mur de trop. Contre lequel je me suis fracassée.

13

Le réveil a été difficile. Comme chaque réveil depuis des mois. Toute la nuit, j'ai repensé à Raphy, à Baptiste, à mon sentiment de m'être égarée. Où sont passées les valeurs que je prône dans mes ouvrages et qui me sont les plus profondes : la confiance, la quiétude, le partage, l'amour de la vie ? J'ai juste envie qu'on me foute la paix… Alors, ce matin, je me suis délestée de mes obligations professionnelles et j'ai décidé de prendre l'air. D'arpenter les rues de Paris. Direction Saint-Germain-des-Prés, où j'ai l'habitude de me poser pour faire la seule chose qui m'apaise réellement : écrire.

Avant de m'installer à la terrasse du Flore, je regarde la poubelle sur le trottoir. J'ai une furieuse envie d'y jeter la lettre de M. Mais je résiste. Je dois la conserver comme preuve pour confronter le coupable. Depuis que je l'ai reçue, j'oscille entre vexation et énervement. Je voudrais bien savoir qui se permet de me faire la morale à partir de mes propres commandements. On croit rêver !

Pourtant, ce fichu M. a tapé dans le mille. Je me demande bien ce que penserait l'enfant que j'ai été si elle me rencontrait aujourd'hui. Elle qui fut si heureuse, si insouciante. Seraitelle déçue ? Fière ? Ennuyée pour moi ? Un peu de tout ça, je suppose.

Je rêve tant de retrouver les saveurs de mon enfance. Me souvenir des belles choses, celles tatouées sur mes pupilles, sur ma peau, ancrées dans mon cœur. Ces petites pépites qui sommeillent et se réveillent parfois sans prévenir, me propulsant dans les couloirs du temps. Ceux que je rêve de parcourir de nouveau, ne seraitce qu'une heure au présent. Ne dit-on pas « *Qui garde son âme d'enfant ne vieillit jamais* » ?

Je fais un rapide tour d'horizon. La terrasse du Flore est bondée, comme d'habitude. Exaspérant. Je lève le bras en direction du serveur, Paul, afin qu'il me vienne en aide. D'un hochement de tête, il m'informe qu'il s'occupe de mon cas. Je me sens gonflée de l'orgueil des privilégiés. Je voudrais culpabiliser mais je n'y arrive pas. J'aime être privilégiée. Passer devant tout le monde dans les files d'attente des musées, des cinémas, des théâtres, avoir la meilleure place au restaurant ou dans les conférences. Avoir mon *backstage*.

Paul me fait signe et m'invite à m'asseoir à côté de deux Anglais qui ont pris place sur une table de quatre. Je les salue, ils me répondent d'un hochement de tête élégant.

Je m'installe et sors mon bullet journal, ma trousse d'écolière, pose mon portable sur la table, côté face afin d'avoir une vue constante sur l'écran. Peut-être m'appellera-t-il aujourd'hui ? Après avoir commandé un Perrier tranche à mon sauveur et m'être assurée que sa femme et son fils vont bien, j'ouvre mon carnet. Je bougonne dans ma barbe, me tortille sur la chaise et soupire de lamentation. Les deux Anglais me scrutent du coin de l'œil, l'air inquiet. Je leur tire mon plus beau sourire forcé et sors de ma poche une boule de papier froissé que je déplie et repasse maladroitement. La lettre de M. Si je décide de faire cette check-list de mes souvenirs d'enfance, ce n'est pas pour satisfaire l'arrogance et la vanité de ce fichu M., mais bien pour moi. Je ne suis pas en train de céder à un jeu stupide. J'ai juste besoin d'écrire pour ne pas étouffer. Écrire. Un acte fondamental de libération et d'ancrage. Les mots ont ce pouvoir extraordinaire d'attraper au vol l'instantané et de le rendre éternel, tout comme celui de ressusciter l'éternel et de le rendre instantané.

La blancheur de la page m'émeut. J'aime cet instant. Cet « avant » les mots. Je choisis avec attention un feutre fin qui glissera bientôt le long de la page. Je prends une profonde inspiration et me lance pour un aller simple vers mon enfance. L'été sera ma madeleine de Proust. Novembre me déprime.

Check-list de mes petites et grandes joies d'été et d'antan

- *Offrir mon visage au soleil*
- *Fermer les yeux et laisser sa chaleur pénétrer mon corps tout entier*
- *Frissonner*
- *Lécher le cône de ma glace italienne chocolat-vanille pour ne pas que ça goutte partout*
- *Lécher mes doigts chocolat-vanille pour ne pas que ça re-goutte partout*
- *Lécher mon tee-shirt*
- *Me faire engueuler par maman*
- *S'entasser dans la R6 de pépé*
- *Rouler à 30 km/heure sur la route des plages*
- *Se faire enguirlander par les automobilistes*
- *Arriver à la plage et déménager la voiture*
- *Mettre une décennie à étaler ma serviette tout bien comme il faut, pour cause de mistral... gagnant*
- *La pourrir de sable quatre secondes après... avec mes tongs*
- *Regarder papa rougir dangereusement en gonflant avec sa bouche nos matelas pneumatiques*
- *S'apercevoir après coup que nous avions finalement le truc qui gonfle avec le pied*
- *Enfoncer mes doigts dans le sable chaud*
- *Frissonner*
- *Devenir maître d'œuvre du plus gros chantier de la plage avec châteaux, ponts-levis et murailles de coquillages*

- *Ensabler presque entièrement mon frère Raphaël*
- *Lui mettre du sable dans les yeux sans faire exprès*
- *Me faire engueuler par Raphy puis par maman*
- *Lire* Picsou, Podium, Salut... *sous le parasol, un bob moche enfoncé sur les oreilles, tartinée de crème protection 80*
- *Lécher mes bras salés par l'eau de mer*
- *Avouer avoir « malencontreusement » oublié mes méduses à la maison*
- *Me faire enguirlander par mémé*
- *Pique-niquer sous 40 °C à l'ombre sur la plage sous un parasol jaune poussin*
- *Mettre du sable sur mon pan-bagnat*
- *Mettre du sable sur les œufs durs*
- *Mettre du sable sur les brugnons*
- *Me faire engueuler par papa*
- *Boire mon Orangina à la bouteille*
- *Mettre du sable dedans*
- *Attendre une vie pour aller se baigner après le déjeuner*
- *Mouiller sa nuque avant d'aller dans l'eau, sinon on meurt*
- *Nager jusqu'à l'horizon (3 m du bord environ) jusqu'à ce que le soleil se couche*
- *Faire le poirier*
- *Faire* Dirty Dancing
- *Faire la planche*
- *Couler*

- *Hurler en voyant une méduse (qui s'est déguisée en sac plastique)*
- *Arpenter la plage avec mes cousines à la recherche de copains qu'on ne connaît pas encore*
- *Rentrer bredouilles mais affublées d'un mioche qui ne veut plus nous lâcher*
- *Boire un grand verre d'Antésite… se demander pourquoi on aime ça*
- *Manger des tartines de beurre au Nesquik pour le goûter*
- *Manger le Nesquik à la cuillère*
- *S'étouffer*
- *Écouter* Forever Young *d'Alphaville avec mon Walkman*
- *Me faire enguirlander par mémé parce que je vais « devenir sourde si ça continue »*
- *Mettre sa serviette autour de la taille pour enlever son maillot de bain mouillé*
- *Montrer ses fesses à tout le monde (la serviette est une arnaque)*
- *Rincer ses pieds à la douche de plage*
- *Marcher dans le sable parce qu'on a oublié le ballon*
- *Se faire engueuler par pépé*
- *S'asseoir dans le coffre de la R6 pour balayer nos pieds ensablés avec la balayette de pépé*
- *Rentrer à la maison à 30 km/heure*
- *Se faire enguirlander par les automobilistes*
- *Encourager pépé qui accélère*
- *Se faire enguirlander par mémé*
- *Arriver en trombe à la maison*

- *Se faire courser par mémé avec une tomate coupée à la main pour soigner nos coups de soleil (Ah ! Satanées bonnes vieilles recettes de grand-mère !)*
- *Laver nos pieds dans le bidet*
- *Trépigner devant les œufs mimosa de mémé*
- *Se brûler les doigts en décortiquant les crevettes de la paëlla de papa*
- *Gober les montécaos de tata Odile*
- *Manger de la pastèque devant le JT de Jean-Pierre Pernaut*
- *Se balader sur le port en arpentant le marché du soir en attendant le début du bal... en attendant les slows*
- *Rentrer bredouille*
- *Écrire des cartes postales avec des soleils, des cœurs, des ratures et des taches de Nesquik*
- *Jouer au rami avec les copines de mémé*
- *Faire une balle au prisonnier avec mes cousins*
- *Marier Ken et Barbie*
- *Couper les cheveux de Barbie (mais pas la mienne... celle de ma cousine)*
- *Jouer aux billes avec Raphaël*
- *Faire des pichenettes et rentrer ma bille dans le trou du presque premier coup*
- *Échanger mes agates contre des « œil de chat » et mes « œil de chat » contre des calots*
- *Me faire escroquer*
- *Jouer au Jokari toute seule parce que mon frère ne veut pas et que mes cousins sont partis*

- *S'endormir le cœur lourd, les vacances sont finies*
- *Serrer pépé et mémé fort avec mes petits bras*
- *Les renifler*
- *Prier pour qu'ils soient éternels*
- *Enlever mes sandales rouges à fleurs blanches*
- *Les glisser sous le siège de la 2CV de papa*
- *Faire un signe à pépé et mémé jusqu'à ce que le virage les efface*
- *Pleurer*
- *Trouver le maximum de plaques immatriculées « 01 » sur l'autoroute avec Raphy*
- *Compter toutes les bandes blanches qui séparent les kilomètres*
- *Compter les arbres qui défilent*
- *Vomir*
- *Apercevoir le panneau « Sortie d'autoroute » dans un demi-sommeil*
- *Être trimbalée sur l'épaule de papa jusque dans mon lit*
- *M'enrouler dans mes draps, le cœur rempli de souvenirs ensoleillés*
- *Me demander si Tom, mon amoureux secret, m'aimera un jour*
- *M'endormir*

Je referme mon bullet journal. Mes yeux embués se posent sur l'horloge du bistrot. 11 h 47.

Déjà. Je n'ai pas vu passer le temps. Une bulle d'antan m'a enveloppée durant deux heures. Une échappée temporelle appelée le *flow*… Cet instant de grâce où nous sommes totalement présents à nous-mêmes, et, cependant, déconnectés du temps-horloge et de nos soucis quotidiens.

Pourtant, je ressens une certaine tristesse car ces souvenirs heureux ne sont plus. Pépé, mémé et Raphaël non plus. Tout est passé si vite…

Je laisse vivre en moi, pour quelques instants encore, ce doux mélange de tristesse et de joie que l'on nomme… la nostalgie.

14

— Et toi, alors ? T'en as des souvenirs heureux ?

— Maman, t'es devant la télé. J'vois rien.

— Allez, réponds ! Toi aussi, t'as des odeurs, des images, des chansons d'enfance ?

— Maman, pousse-toi ! C'est quoi cette question ? Je te rappelle que j'ai 17 ans et que tout reste à faire. On en reparle dans quinze ans, okay ? En attendant, pousse-toi, c'est la fin de ma série et tu vas tout me faire louper.

Ah, l'ingratitude des enfants… On devrait nous prévenir avant de les concevoir. Nous alerter qu'on en prend pour perpète et que, quoi qu'on fasse, ce sera mal fait.

— Rhooo, t'es pas drôle, Lilou. C'est sympa de papoter entre mère et fille de ce sujet-là. C'est pas parce que tu as 17 ans que tu n'as pas vécu. Tiens, tu te souviens du jour où on a été avec ton père à l'aquarium de La Rochelle ? Les grands squales, les poissons multicolores, c'était… waouh, non ? Et ce mec qui ressemblait trop à un mérou. Qu'est-ce qu'on a ri, hein ? Tu te rappelles ? Et ces glaces qu'on mangeait en cachette de ton père ? Ahahah... Combien de fois on a failli se faire prendre ! On avait aussi ce jeu pour tuer le temps sur l'autoroute quand on partait en vacances : chacun donnait un mot au hasard et le premier qui trouvait une chanson contenant ce mot la chantait et remportait une manche ! Qu'est-ce qu'on riait, non ?

— Maman, t'es devant la télé...

— Lilou... Allez ! Fais un effort ! Tiens, nos vacances dans les Landes au camping du Paradis bleu, tu peux pas avoir oublié quand même ?

— Maman, arrête ça ! J'ai pas envie. Je suis pas d'humeur. Et puis, c'est n'importe quoi. Je peux pas avoir oublié un truc que j'ai vécu il y a trois ans. Je te rappelle que c'est là-bas que je me suis fait larguer comme une misérable par Ryan. Bonjour le paradis ! Franchement, pour ton excursion à l'aquarium, la seule chose dont je me souviens, c'est que j'avais une gastro horrible et que j'étais au bout de ma vie. Ça te va comme « tops » souvenirs ? Tiens, un autre souvenir, la vie avec papa, tu te rappelles qu'il s'est barré ? Alors, tu vois, j'ai pas forcément envie d'y penser ni de parler de lui. Maintenant, est-ce que tu peux te pousser, maman, s'il te plaît ?

— ...

Mon désespoir est tel que je laisse Lilou à ses âneries télévisuelles et repars en traînant mes Stan Smith misérablement.

Le pire, c'est qu'elle a raison... C'était horrible cette excursion à l'aquarium de la Rochelle. Un cauchemar. On courait d'une toilette à l'autre. Et on n'arrêtait pas de s'engueuler avec Baptiste. Le gars-mérou, c'est celui avec qui je me suis agrippée parce qu'on l'avait bousculé dans notre précipitation gastrique. On en a ri après, c'est vrai. Mais pas sur le moment.

Je m'interroge. À partir de quand nos souvenirs se parent-ils de paillettes ? Il doit y avoir une date de péremption de la réalité. Un point de bascule où ce qui EST passe en mode fiction. Finalement, on est tous un peu mythomanes sur les bords.

Oui, Lilou a raison. Je me raccroche à des souvenirs travestis. Baptiste est parti et je ne sais quelle force absurde m'oblige à lui parler de son géniteur sans cesse. Depuis son départ, elle n'a reçu de lui qu'un SMS lui expliquant qu'elle ne devait pas s'inquiéter, qu'il l'aimait et qu'il la rappellerait bientôt. Pas un mot de plus.

Comment faire ? Dois-je éviter le sujet ? Faire comme si de rien n'était ? Comment savoir ce qui lui fait le moins mal ? Comment sonder son cœur et ses pensées ? Sa pudeur émotionnelle est un piège. Je la sais dévastée et je sens bien qu'elle n'ose pas exprimer ce qu'elle ressent pour ne pas me blesser davantage. Elle semble avoir intégré le fait qu'il se soit envolé sur un coup de tête. Peut-être croit-elle qu'il réapparaîtra un de ces jours dans l'encadrement de la porte d'entrée ? Tout contrit de culpabilité et de remords, implorant notre pardon, justifiant ses comportements et sa décision par cette putain de crise de la quarantaine, celle qui emporte tout. Jurant par tous les saints que c'était une terrible erreur, peut-être la pire de sa vie.

Lilou espère-t-elle cela ? Ou bien est-ce moi qui en crève d'envie ? Moi qui ne sais pas vivre sans lui. À l'image de ce matin… dans l'allée centrale du Monoprix. Devant les yaourts. Une simple question m'a foudroyée. J'étais incapable d'y répondre. Devais-je prendre un pack de huit yaourts ou bien seulement quatre ? Et les œufs ? Pourquoi douze ? Et cette bouteille de whisky dans mon panier… Je ne bois pas de whisky. La morsure du manque me pétrifie. L'absence de Baptiste est partout. Il est plus présent absent que quand il était là. Chaque geste du quotidien est devenu une épreuve. Je vis, je marche, je parle, je travaille comme un automate. Puis je me cache et je pleure. Je passe mon temps à pleurer. Je ne compte plus les lieux qui ont accueilli ma détresse. Des tombeaux au creux desquels s'est dissous un morceau de notre amour. Des fragments de nous qui se retrouvent éparpillés sur le carrelage de la cuisine, sous une douche brûlante, dans une rame du métro, dans les toilettes d'une multinationale, la main posée sur le pied gauche de sainte Rita, dans le fond d'un verre de chardonnay au Café de Flore, sur le parquet ciré du salon où résonne dans la nuit noire *Reprendre c'est voler* d'un Jean-Jacques Goldman qui chipote en faisant les comptes de ce qu'il nous reste quand il ne reste plus rien entre nous. « On partage les choses quand on ne partage plus les rêves. »

Autant de sols, de murs, de fenêtres qui ont, quelque part dans leurs rainures, l'ADN d'une vie volée. J'ai envie de vomir. Encore. Décidément.

— Maman ? Ça va ?

Lilou est derrière moi. Je n'ai pas le courage de me retourner. De lui faire face. Mes yeux se noient. Je dois absolument lui cacher. Je dois être forte pour elle. Surtout ne rien laisser paraître. Elle a besoin de moi. Son père parti, sa mère se doit d'être un pilier. Un roc. Une cathédrale au sein de laquelle se réfugier. Sans bouger, j'ouvre le premier tiroir devant moi et farfouille bruyamment dedans à la recherche de… strictement rien. Je panique. Mon dos me trahit. Mes larmes se font la belle. Je peine à trouver mon souffle. Vite, j'inspire… 1… 2… 3… 4… 5… Mes jambes ne me soutiennent que par miracle. J'expire. 5… 4… 3… 2… 1… Je me sens défaillir. Je fais appel à toutes mes forces pour ne pas fléchir.

— Oui, ma chérie, je vais bien… *1… 2… 3… 4… 5…* Je suis un peu fatiguée, c'est tout… *5… 4… 3… 2… 1…* Ne t'inquiète pas. Tout va bien. Je vais bien.

Je lui mens. Je me mens. Ma voix a tremblé. C'est fichu. Elle a compris. Je reste figée, les mains agrippées au tiroir qui menace de céder sous mon poids. Dans un effort qui me paraît largement inhumain, je plonge les doigts de ma main droite dans l'antre de cette caverne d'Ali Baba. Quelques microsecondes plus tard, je me vois saisir une carte représentant sainte Rita, un cadeau oublié de mémé Jeanne, et l'élève dans le ciel en signe de victoire.

— Ah, bah, voilà, je l'ai enfin retrouvée ! Depuis le temps que je la cherchais ! Ouf ! La voici...

Je suis toujours de dos. En apnée. J'espère que mon subterfuge a fonctionné.

Ça dure une éternité avant qu'elle se décide à capituler et à tourner les talons. Je voudrais la rattraper, la serrer fort, lui dire que je l'aime, que tout finira par s'arranger et qu'on a le droit de pleurer ensemble. Mais je n'en fais rien. Je suis figée. Je la devine s'emmitouflant dans son plaid. Ravalant son chagrin. Et se laissant hypnotiser par quelques mésaventures hystéro-marseillaises.

Cette fois, mes jambes me lâchent. Mon corps se tord. Je glisse contre le mur.

Je hurle... en silence.

15

— Bon sang, vous fichez quoi, sainte Rita ? C'est pourtant votre job de vous occuper des causes désespérées, non ? Alors ? Je ne suis pas assez « désespérée » pour vous ? Si c'est ça, ne le faites pas pour moi mais faites-le pour eux. Pour mes parents dont le chagrin n'a d'égal que leur dignité face à l'injustice d'avoir vu mourir leur fils. Pour Lilou, dont la toute jeune existence se fissure à l'heure où elle devrait déployer ses ailes. Faites-le pour eux, sainte Rita ! Je vous en prie !

Ma voix résonne sous le dôme de l'église de Saint-Germain-des-Prés où, depuis plus de vingt ans, j'ai pris l'habitude de venir quémander quelques coups de pouce divins. Et souvent à la même : sainte Rita, la sainte des causes désespérées. Celle que ma mémé Jeanne adulait. Justement, ça tombe bien, je suis un cas d'école, un monument de désespoir, en ce moment.

— Depuis le temps que je viens vous réchauffer les pieds avec mes cierges de réclamation, j'estime qu'il est largement l'heure de passer à l'action ! Nous avons besoin de vous et vous êtes en retard !

— Vous en avez pas marre de l'engueuler ?

Une voix sortie de nulle part m'interrompt.

— Pardon ?

— …

— Qui me parle ?

Je me retourne. Personne. J'ai pourtant clairement entendu une voix.

— Qui est là ?

— …

De deux choses l'une : ou l'on me fait une blague et je ne suis pas d'humeur, ou j'entends des voix, et, là non plus, je ne suis pas d'humeur. Je scanne l'environnement rapidement et n'aperçois que des badauds au loin. Trop loin pour que ce soit eux.

Et si j'étais fatiguée au point d'entendre des voix ? Doc Engelstein a peut-être raison. Je suis probablement au bord d'un gouffre nommé burn-out. Pas question. Je me ressaisis et décide de passer outre ce phénomène inexplicable pour reprendre ma conversation avec ma sainte fétiche.

— Bref, où en étions-nous ?

— Vous râliez…

— …

— Exactement comme l'autre soir.

— Non mais, c'est dingue : qui me parle ?

— …

Je frémis. Et si… ?

— C'est... C'est VOUS ?

Silence.

— Je veux dire... C'est Vous... Enfin, LUI ? Le LUI de Là-Haut ?

Manquait plus que ça, me voilà en train de parler à Dieu maintenant. On aura tout vu !

— Disons plutôt que je suis l'un de ses fidèles ambassadeurs sur Terre.

— ...

— Approchez-vous, n'ayez pas peur.

Après quelques instants de sidération, et non sans une certaine inquiétude, je me résous à suivre le son de cette voix chaude et amusée. Elle vient de la petite alcôve située juste derrière la statue de sainte Rita que je contourne avec prudence. Au passage, je caresse son pied gauche pour qu'elle me donne de la force, me signe rapidement et pénètre dans une petite pièce cachée. Un homme, le curé à n'en pas douter, est assis derrière un lourd bureau en chêne.

L'éclairage tamisé, son sourire, le silence, ici, tout respire la sérénité. L'ambassadeur de l'Impalpable m'invite d'un geste de la main à prendre place dans le fauteuil devant lui. Je suis subjuguée par l'intensité de son regard. Oui, cet homme semble habité par une instance divine. Sans le quitter des yeux, je m'assois en m'interrogeant : *Mais qu'est-ce que je fiche ici ? Je vais à confesse, maintenant !*

— Rose, avant de demander à sainte Rita de vous aider à passer à l'action, commence-t-il, ne croyez-vous pas que vous devriez d'abord faire une pause ?

— Comment connaissez-vous mon prénom ?

Sans même me répondre, il enchaîne :

— Ne pensez-vous pas qu'il est temps de prendre le temps ? Le temps de l'acceptation. L'acceptation de ce qui est. Le temps du cheminement. Le temps du deuil et de la guérison qui vous conduira au pardon. Ériger des murs de mensonges pour nous protéger n'empêche pas la vérité de nous atteindre de plein fouet un jour ou l'autre. Blessés, nous le sommes souvent. Écœurés, aussi. Apeurés, constamment. Nous passons notre temps à nous réparer. À panser nos plaies. Deuil, trahison, séparation, injustice, indifférence, insécurité, maladie, perte de repères, de valeurs sont intrinsèquement liés à l'expérience même de la vie. Sans eux, pas de retrouvailles, de guérison, de justice, de renouveau, de souvenirs, de solidarité et de conscience de faire partie d'un tout, tout en étant unique. Il nous faut des fins pour savourer les débuts. Pour que la vie ressuscite sans cesse.

Il marque une courte pause, se penche vers moi puis reprend en douceur.

— Et le bonheur, Rose, le bonheur y est présent à chaque étape. Il faut juste lui laisser un peu de place. Se battre pour la lui conserver. Parfois se montrer patient avant qu'il se montre de nouveau. Le ré-apprivoiser doucement, sans précipitation.

Je frissonne. Chacun de ses mots vient se poser délicatement sur mon âme accidentée. Je voudrais lui répondre mais je suis engourdie. Aucun son ne sort de ma bouche scellée. Je n'en ai pas la force. Et cette question qui tourne dans ma tête. *Comment connaît-il mon prénom ?*

— La sérénité n'est pas l'aboutissement d'une recherche de bonheur enfin trouvé, continue-t-il. L'apaisement réside au cœur même du cyclone et non lorsque celui-ci se calme enfin. Il faut trouver son œil, vouloir s'y poser, accepter d'être en son sein et que l'on puisse, malgré tout, s'y ressourcer et même y être heureux tout simplement. Parfois, il est vrai, le bonheur doit attendre. D'autres choses sont à vivre pour qu'il retrouve sa force et sa raison d'être. Sa puissance.

Ses mots sont les miens. Je n'en reviens pas. Je me revois parlant à Miss Toufle exactement de la même façon. Aussi, je m'interroge : si je suis capable d'écrire ces sagesses, pourquoi ne m'aident-elles pas au moment où j'en ai le plus besoin ?

— Pourquoi me parlez-vous comme si vous me connaissiez, mon père ? Comme si vous connaissiez mon histoire ? Je sais bien que je ne suis qu'une pécheresse parmi des millions, et que mon histoire personnelle est d'une affligeante banalité mais, tout de même, c'est flippant.

De nouveau, cette étrange impression de déjà-vu-déjà-vécu.

— Tout simplement parce que je suis le curé de cette paroisse, Rose ! Je m'appelle père Antoine et nous nous sommes déjà vus. Nous avons déjà eu cette discussion. Seulement, que Dieu vous pardonne, vous n'étiez pas en état de la retenir.

— Oh, Seigneur !

— Comme vous dites !

— Oh non ! Vous êtes en train d'insinuer que je suis venue vous voir le soir de mon anniversaire et que j'ai fait un scandale dans l'église ?

— Je crains fort que oui, Rose. Sauf que l'église n'était pas ouverte à cette heure tardive. Ce sont vos protestations divines qui m'ont prévenu de votre présence à l'extérieur. Et je peux vous assurer que Dieu, ses saints et moi-même avons bien reçu le message. Vous étiez bien décidée à en découdre avec sainte Rita que vous trouviez incompétente et boudeuse.

— Oh, mon Dieu !

— Lui aussi, Il en a pris pour Son grade ce soir-là !

— Sacrebleu ! Je... Je ne sais pas quoi dire, mon père... Je me sens si honteuse, si...

Et alors que je bégaie d'inaudibles excuses, mes yeux sont soudain happés par une enveloppe posée sur le bureau de mon juge divin. Mon cœur s'emballe. Cette enveloppe...

— Oui, Rose. Cette enveloppe est pour vous.

— Mais ?

— Un homme est venu me la porter le lendemain de votre escapade nocturne, m'informant de votre visite prochaine.

— Qui est-ce ? Le connaissez-vous ?

— Non, je ne l'avais jamais vu. Il ne m'a rien dit, à part que vous alliez revenir chercher cette enveloppe et qu'il me serait infiniment reconnaissant si j'acceptais de vous la remettre. Puis il est parti. Pour ma part, je savais que vous alliez revenir. Je vous ai déjà aperçue ici de nombreuses fois. Vous ne venez que lorsqu'il n'y a aucune cérémonie. Quand l'église est silencieuse, paisible. Vous allez toujours poser un cierge au pied de la croix du Christ puis vous vous dirigez vers sainte Rita. Un cierge de nouveau, quelques mots, un signe de croix, une caresse sur son pied gauche, et vous voilà repartie dans votre vie. Je suppose le cœur apaisé. Depuis de nombreuses années, je vous observe.

— Cela fait vingt ans, mon père. Ce lieu est unique pour moi. Il me protège, m'apaise. Mais je ne suis pas pratiquante, vous savez. Je n'assiste jamais aux messes. Elles m'ennuient. Je préfère avoir un lien direct avec Lui. Avec eux, mes anges gardiens. C'est ma façon à moi de vivre ma foi. Vous m'en voulez ?

— Non, pas du tout. La pratique de la foi est un acte personnel qui se décline autant de fois qu'il y a d'êtres humains sur cette terre. La seule chose dont vous vous privez peut-être, c'est de vivre des moments de communion incroyables. Cet égrégore miraculeux des âmes unifiées. Cette force qui naît des rassemblements en un lieu, en un temps. Peut-être y viendrez-vous, mais, en attendant, voici votre lettre. Ayez confiance, Rose. Quoi qu'il arrive, vous n'êtes pas seule. Il veille sur vous et a de grands projets pour vous. Revenez me voir quand vous le désirez. Si possible, en toute conscience. Tout comme Lui, je serai toujours là.

16

2e commandement :
« Tes émotions, tu exprimeras »

Rose,

Que fais-tu de ces émotions qui t'envahissent ? Sais-tu les reconnaître ? Les accueillir ? Les accepter ?
Écoute attentivement ce qu'il se passe en toi.

Te sens-tu :
Effrayée, troublée, inquiète, frustrée, blessée, bouleversée, dépassée, dépitée, détachée, écœurée, ébranlée, énervée, exaspérée, découragée, désenchantée ou bien te sens-tu enjouée, enthousiaste, apaisée, confiante, heureuse, reconnaissante, éveillée ?

Quelle émotion t'est la plus familière quotidiennement ?

La peur t'empêche-t-elle d'agir ? La colère gronde-t-elle en toi ? Te sens-tu triste ?
Fais-tu partie de ceux qui ont peur de leurs émotions au point de les nier ?

Ou bien les exprimes-tu ouvertement ?
Sont-elles des armes contre tes semblables ?
Contre toi ?

Nous n'avons pas été éduqués à exprimer nos émotions simplement. Depuis toujours, nous les bâillonnons. Une grosse colère d'enfant ? « Ah non, hein ! File dans ta chambre, tu reviendras quand tu seras calme. » Une grande joie ? « Chuuut, vous faites trop de bruit les enfants, calmez-vous un peu ou allez jouer dehors. » Des larmes de chagrin qui coulent ? « Tututu, quand on est grand, on ne pleure pas. Allez, calme-toi et sois fort, ça va aller... » Aujourd'hui nous en payons le prix fort. À l'heure du grand bilan, combien sommes-nous à regretter de n'avoir pas accepté nos émotions. Toutes ces colères ravalées, ces frustrations accumulées, ces peines niées, ces peurs muselées jusqu'à l'asphyxie.
Rose, tes émotions ont-elles droit de vie ?

<u>Engagement n° 2</u> : Libère-toi !
Si la colère gronde en toi, Rose, libère-la, car elle t'empoisonne. Allège-toi de ce fardeau et laisse place au soulagement grâce au protocole de libération de la colère.

Prends une feuille libre. Installe-toi au calme. Puis ferme les yeux et laisse monter en toi ta colère refoulée. Replonge-toi dans ce qui t'a bouleversée. À l'aide de ta plume, déverse tout ce qui est retenu. Écris sans réfléchir, sans prêter attention au style ou aux fautes, libère ce qui te blesse, ce qui t'indigne. Écris jusqu'à épuisement. Jusqu'aux derniers maux. Puis, brûle la lettre sans jamais la relire. Ta colère évacuée, tu ressentiras une délivrance qui t'apaisera durablement.

Ma lettre de colère :

....

....

....

....

....

....

....

....

....

....

Rose Baron,
Tes émotions, tu exprimeras.
2e commandement.
Signé : M.

17

— Perplexe ? Incrédule ? Hagarde ? Interdite ? Stupéfaite ?… Non, c'est pas ça… Contrariée ? Énervée ? Stressée ? On s'en rapproche ! Exaspérée ? Excédée ? Dégoûtée ? Dépitée ? Humiliée ? Voilà, c'est ça ! HU-MI-LIÉE !

— Chuuuut, Chanelle ! T'es pas toute seule, réplique Luce. Parle moins fort, on va se faire virer.

— HU-MI-LIÉE ! te dis-je. Il m'a tout simplement humiliée.

— Tu exagères toujours. C'est pas parce que MonPetitLu14 t'a posé un lapin hier soir que tu dois te sentir humiliée. Avec ces applications, Tinder et tout le tralala, ça arrive tous les jours. Et puis il n'a aucune raison de vouloir t'humilier, il ne te connaît même pas. Vous avez juste parlé par WhatsApp. C'est pas comme si t'avais été présentée à ses parents, y a une marge ! T'es juste vexée, en fait, c'est pas pareil.

— Je suis pas vexée, Luce. Je sais encore ce que je ressens, merci ! lui rétorque Chanelle, agacée.

— On a dit que le jeu, c'était de poser le bon mot sur la bonne émotion ! insiste Luce. Comme dans la lettre de M.

— Rose, dis-lui d'arrêter de dire que j'exagère ! Quand je dis que je me sens humiliée, je me sens humiliée !

— Chuuuteuh, tu enquiquines tout le monde en parlant fort, grommelle Luce.

Enquiquiner… Je crois bien ne plus avoir entendu prononcer ce mot depuis la fin des années 1970, lorsque mémé Jeanne nous intimait l'ordre, à mon frère et moi, de ne pas « l'enquiquiner avec nos turlupinades ». Habituellement, c'est Chanelle qui excelle dans la résurrection des expressions surannées. Cela a dû déteindre sur Luce.

Je regarde mes deux amies se chamailler. Et, pour la première fois depuis longtemps, je me surprends à rire en les entendant s'amuser à mettre en application le contenu de la lettre de M. La vision que j'ai d'elles à cet instant est anthologique. Elles sont le glamour personnifié. Leurs paires de fesses calées au fond d'un fauteuil massant de l'institut de beauté d'Alisha, notre *magisthéticienne*, les pieds plongés dans un bain bouillonnant, la tête renversée, le visage entièrement recouvert d'un soin à l'argile noire, elles gigotent dans tous les sens et exaspèrent les quelques malheureuses clientes qui les entourent. Pour ma part, je n'ai pas le cœur à me faire papouiller. À quoi bon d'ailleurs ? Pour plaire à qui ? Quand je pense à ces heures de torture sur la table d'Alisha à me faire défricher la broussaille pour plaire à Monsieur, et tout ça pour quoi ? Être quittée comme une malpropre pour une autre. Pour *Elle* ! Non merci, c'est fini ! Plus jamais ! Dorénavant, j'érigerai mon manteau de poils tel un bouclier me protégeant de la canaille masculine.

— Eh oh, Rose, t'es où ? Allô ! Je te parle !

Je sursaute.

— Oh, désolée ! Tu disais, Chanelle ?

— Je disais que ton M. a raison. Nous devons exprimer nos émotions ouvertement. On ne doit pas les garder en nous.

Mon humeur change soudain.

— Arrêtez avec ce M. à la noix. J'en ai plus qu'assez de cette blague stupide. Ça ne me fait pas rire. Et puis, c'est agaçant que, d'un coup, vous vous mettiez à écouter un mec, ou une nana d'ailleurs, qui vous répète ce que je vous rabâche depuis des lustres ! C'est limite vexant.

— Justement, Rose, nous, on t'a toujours écoutée religieusement. Mais, toi, t'en fais quoi de tes commandements ? Tes émotions, tu exprimeras ! Tu parles ! Rien, *nada*, *wallou* !

— C'est vrai, surenchérit Luce. Tu te rends compte que tu as gardé secret le départ de Baptiste pendant un mois ? Je te comprends pas !

— C'est pas parce que t'es la digne représentante du ravissement planétaire que tu n'as pas d'émotions à exprimer, mitraille Chanelle. Comment as-tu pu nous cacher que Baptiste était parti avec une autre ? Pourquoi tu n'as pas demandé de l'aide, à nous, tes prétendues meilleures amies ? Rose, je t'en veux terriblement !

Je regarde la nouvelle lettre de M. broyée entre mes doigts. Ce type commence sérieusement à me taper sur les nerfs. Oui, je sais ! Exprimer ses émotions est le b.a.-ba du développement personnel, le degré zéro de l'apprentissage du bonheur. Ça va ! C'est bon, je connais la chanson. Et si, moi, j'ai pas envie de parler de mes sentiments, ça dérange qui, hein ? Je veux juste qu'on me foute la paix ! C'est pas sorcier quand même !

Je me sens de plus en plus oppressée. Mes mains sont moites. Je suis fatiguée de ces montagnes russes émotionnelles.

— Rose… Tu as l'air bouleversée.

J'écrase encore plus le papier entre mes doigts. Je sens que mes résistances lâchent les unes après les autres. Que le sol s'ouvre sous mes pieds. Les émotions me submergent. Je fonds en larmes.

— Rose…

La voix de Luce se fait douce. Elle pose sa main sur la mienne. Je me lâche.

— En vérité, je suis tétanisée par ce qui m'arrive. Je me sens abandonnée. D'abord, Raphaël… Puis, Baptiste… Je ne reconnais plus ma vie. Je suis perdue. Je me croyais plus forte que ça.

— Mais tu l'es, Rose, et tu l'as toujours été, murmure-t-elle.

— Non, je ne le suis plus. Dès l'instant où Raphaël est tombé malade, elle est entrée.

— Qui est entrée ?

— La peur. Elle s'est installée en moi et, depuis sa mort, elle ne me quitte plus. Je cohabite avec elle chaque jour. J'ai peur de tout. Peur que la mort autant que la vie me volent ceux que j'aime. Peur de n'avoir plus personne à aimer et de n'être plus aimée par personne. J'ai peur du présent sans Raphaël. Sans lui, il n'a plus de sens. Il me manque atrocement. Une musique, une odeur, un paysage… Tout me ramène à lui. Constamment. Toutes ces choses que je ne peux plus faire. Ces rituels que nous avions instaurés. Chaque début d'année, nous avions l'habitude de choisir douze pièces de théâtre, une pour chaque premier dimanche du mois. Nous commencions toujours par un verre de chardonnay avant le début du spectacle, puis, une fois la pièce terminée, nous allions invariablement dans le même restaurant où nous commandions le même plat, un plateau de fruits de mer gigantesque, que nous dégustions tout en rejouant la pièce. Nos conversations duraient une bonne partie de la nuit. Pendant des années, cela a été notre moment à nous. Et il est tombé malade. Désormais, je ne peux plus entrer dans un théâtre.

Je baisse la tête. Je me sens si lourde de chagrin.

— Tomber malade… Ça aussi, c'est une peur nouvelle. Depuis son cancer, j'ai peur de la maladie. Avant, je n'y pensais jamais. Je n'avais pas peur de perdre la santé. Je me croyais éternelle. Et je n'imaginais pas non plus que mes proches puissent la perdre aussi. Aujourd'hui, j'ai peur pour Lilou, pour mes parents, pour vous… Pour moi, aussi… Une douleur dans le dos, un poids dans l'estomac, une toux plus prononcée et je suis sur internet à jouer les apprenties sorcières. Je suis devenue hypocondriaque, addicte à Doctissimo.

— C'est normal, Rose. Ce qui est arrivé à Raphy a changé notre rapport à la vie et à la mort. Nous devrions tous en tirer des leçons. Et prendre soin de nous. N'est-ce pas, Chanelle ?

Luce se tourne vers Chanelle qui ne répond pas et garde les yeux dans le vide.

— Je sais. Mais il n'y a pas que ça. L'avenir sans Baptiste me terrifie et me rend folle d'inquiétude. Est-ce que je vais être capable de vivre seule, de décider seule ce qui est bon pour Lilou, pour moi ? Depuis vingt ans, il gère à peu près tout ce que je ne veux pas gérer. Ça m'arrange, je l'avoue, c'est un confort. Nos vacances, nos achats, nos repas, parfois même ma tenue. J'ai toujours eu l'impression qu'il savait mieux que moi. Il semblait si solide, si sûr de lui. Nos rôles étaient plutôt bien définis. Lui, à l'organisation et moi, à notre sociabilisation. L'administration ne m'intéressait pas. Les comptes, les relations avec le banquier, le notaire, les impôts... Très peu pour moi. Je lui faisais une confiance aveugle pour toutes ces choses-là. Tenez ! Même pour me déplacer, je dépendais de lui. Ça fait des années que je ne conduis plus. Des années que je monte sans réfléchir à la place du passager. Comme si je n'avais pas vraiment conduit mon existence jusque-là.

— Pas du tout, me coupe Luce. Tu es décidément trop dure avec toi et injuste surtout ! Tu es la personne la plus indépendante que je connaisse. Tu es pleine d'audace et de courage. Et le fait que tu ne conduises pas ou que tu ne t'occupes pas des impôts n'a rien à voir avec cela !

Ses mots me réconfortent. Mais la peine est trop forte. Mes larmes redoublent.

— En fait, ce dont j'ai finalement le plus peur, c'est de notre passé. Je suis terrifiée à l'idée de me retourner et de découvrir que j'ai été trompée et abusée bien avant *Elle*. Là, c'est la colère qui me prend. La trahison est ce qu'il y a de pire pour moi. C'est un acte d'humiliation.

— Ah ! Tu vois, Rose aussi se sent humiliée.

— Chanelle... Tu ne peux comparer les deux histoires !

— Non, bien sûr, mais ce que je veux dire, c'est que... Rose ! Tu nous as toujours répété qu'une colère justifiée peut être salvatrice. La colère fait agir, la peur tétanise. Alors, si j'ai un bon conseil à te donner, c'est de suivre tes propres conseils ! Mets-toi en colère ! Et agis pour t'en sortir !

— Tu parles d'une solution ! proteste Luce. La colère est une réaction, pas une action. Elle est nécessaire mais ce n'est pas elle qui aide à guérir les blessures. Au contraire, elle les envenime.

Luce se penche vers moi, attrape mon menton afin de redresser ma tête, plonge son regard dans le mien et, d'une voix ferme mais émue, déclare :

— Tu te rappelles quand j'ai perdu ma mère et que je pensais ne jamais pouvoir y survivre ? J'étais si en colère contre l'hôpital qui avait commis une faute de négligence alors que son opération devait être bénigne. Et si terrassée de l'avoir perdue à jamais. Tu te souviens de la promesse que tu m'avais faite à l'époque ?

— Oui, mais je parlais sans savoir. Sans comprendre véritablement ton chagrin. La perte, l'abandon, le manque. Aujourd'hui, je sais. Et je me rends compte que cette promesse ne peut être tenue.

— Eh bien, tu as tort ! Attends… Ne bouge pas.

Luce se lève et se dirige vers Alisha pour lui demander l'accès au vestiaire. Lorsqu'elle revient, elle agite victorieusement son portable.

— Je l'ai ! Je l'ai enregistré et conservé pendant toutes ces années. C'est un message de toi, Rose. Je l'avais reçu comme un espoir de guérison. C'était un peu ma lettre de M. à moi.

Luce se racle la gorge comme si elle allait déclamer un discours d'intronisation à la Maison-Blanche.

« *Luce, ma chère Luce, mon amie de toujours, je suis consciente qu'à cet instant mes mots sont bien peu de chose. Que le chagrin s'est logé durablement dans ton cœur. Que la colère t'habite encore. Je sais qu'il n'y a pour l'heure ni lumière ni bout du tunnel. Mais un jour viendra, je t'en fais la promesse, où cette insoutenable douleur s'atténuera. Si le temps délave nos joies, il apaise aussi les brûlures de l'enfer. Même s'il paraît inconcevable d'être heureux de nouveau, le bonheur finit par revenir. Par la petite porte. Sur la pointe des pieds. Je t'en fais la promesse.* »

— Tu as tenu ta promesse. Cela a pris du temps. Beaucoup de temps. Mais j'ai fini par abandonner ma colère en la remerciant de m'avoir portée et gardée en vie. Et j'ai pardonné. J'ai accepté la longue traversée de la tristesse. Patiemment. Souvent, j'ai relu ton message, comme une prise d'oxygène quand j'étouffais. Comme promis, le temps a fait son œuvre. Aujourd'hui, après tant d'années, le souvenir de ma mère est toujours très présent toutefois, au lieu de la chercher vainement à l'extérieur de moi, ou de chercher des coupables à son absence, j'ai intégré sa présence en moi. Elle vit en moi. Elle rit en moi. Et quand je pense à elle, ce ne sont que les souvenirs heureux qui viennent se poser sur mon cœur. Alors, Rose Baron, déclame Luce en levant l'index au ciel, en ce jour pluvieux, au milieu de ces effluves de cire, de crème, d'algues et autres tortures féminines, je te fais la promesse qu'un jour viendra où le bonheur entrera de nouveau dans ta vie, par la grande porte, en chassant la peur, la colère et la tristesse ! Je t'en fais la promesse !

Après avoir prononcé ses derniers mots, Luce et son masque d'argile noire viennent s'écraser contre ma joue pendant que Chanelle et Alisha applaudissent à tout vent.

Leur amitié généreuse et indéfectible me fait un bien fou.

— Eh bien, moi, je suis hilare !

— Hein ?

En cette fin de matinée psycho-esthétique, nos quatre têtes se contorsionnent.

La petite voix chevrotante appartient à une élégante vieille dame assise sur le canapé d'attente. Son visage me fait penser à celui de Miss Marple. Tout du moins, à l'image que je me fais du visage de Miss Marple, l'héroïne d'Agatha Christie. Les cheveux blancs élégamment retenus par des épingles grises, le regard malicieux.

— Oh ! Quelle belle émotion positive ! clame Chanelle. Vous êtes celle qui vient redonner espoir à nous toutes. Puis-je savoir ce qui vous rend hilare ?

— Elle !

D'un geste vif, Miss Marple pointe son index dans ma direction.

— Moi ?

Interloquée, je me demande si je dois être flattée ou vexée. Vu les circonstances et son air de pas y toucher, j'opte plutôt pour la deuxième option.

— Je voudrais bien savoir en quoi je vous rends hilare, chère madame.

— Vous êtes drôlement photogénique, dites ! s'esclaffe-t-elle en me tendant le magazine *people* qu'elle feuilletait quelques secondes plus tôt. La photo en haut à droite, me lance-t-elle amusée.

Je baisse les yeux sur l'article du magazine. Il relate le retour inespéré sur scène d'un des plus grands chanteurs français, Jean-Jacques Goldman. Mon idole. Au début, je ne comprends pas le rapport avec ma photogénie. Puis mon regard glisse sur un encadré en haut à droite. Une brève relate un incident à la sortie du concert du chanteur le plus populaire de France. Une fan « probablement déséquilibrée » a fait un scandale épouvantable pour approcher son idole. Sur la photo, deux vigiles tentent désespérément de la maîtriser. Je fronce les sourcils et écarquille les yeux d'horreur. Coincée entre les deux molosses, l'hystérique au regard exorbité et aux cheveux hirsutes n'est autre que… MOI !

18

Bienvenue dans ma vie ! Entrez, je vous en prie, mais ne faites pas attention au désordre, je n'ai pas eu le temps de faire le ménage. Ici, tout est en pagaille. Renversé. Enchevêtré. Plus rien n'est à sa place. Alors, s'il vous plaît, regardez bien où vous posez les pieds car il y a des petits bouts de moi éparpillés un peu partout. Dignité, certitudes, valeurs… tout est sens dessus dessous. Un vrai capharnaüm ! Ma vie se craquelle sous la pression d'un étau géant : celui de la perte de contrôle. Des mois que j'essaie de sauvegarder les apparences alors que je fais l'exact inverse de ce que je prône dans mes ouvrages ! Allez-y ! Faites du sport ! Prenez soin de vous ! Respectez vos engagements ! Arrêtez de râler et exprimez vos émotions ! Vivez au présent ! Et moi, je fais quoi ? Je passe mon temps à trouver des excuses pour ne pas assurer la promo de mon livre, ma couette est devenue ma meilleure amie, je ne reconnaîtrais même pas la tête de mon prof de zumba si je le croisais dans la rue, je sais plus à quoi sert un épilateur, et pour finir je tape des scandales dans le Tout-Paris ! Nickel ! Parfait !

La tête écrasée contre l'édredon, le corps *encouetté* façon sushi, je me lamente bruyamment. Posée sur ma table de nuit, trône la troisième lettre de M. Elle m'a été remise sans surprise l'après-midi même, par Dylan, le videur en chef de la salle de concert où je suis retournée sans attendre. Dylan-le-molosse était chargé de veiller sur la sécurité du célèbre chanteur le soir de son concert-retour… soir de ma cuite – sans retour. Je commence à comprendre d'où viennent les bleus sur mes bras. D'après mon cerbère, je me serais présentée devant l'entrée de la salle de concert, bien décidée à en découdre avec Jean-Jacques, mon idole absolue. Lequel, ce soir-là, semblait être temporairement sorti de mes bonnes grâces pour une obscure affaire de chansons d'amour mensongères. Exactement comme lorsque j'ai voulu demander des comptes à Dieu au pied de l'église de Saint-Germain-des-Prés au cours de cette nuit tragique. Rien que ça ! Après plusieurs minutes d'âpres négociations qui firent le bonheur des paparazzis, m'explique Dylan, il a décidé en concertation avec son binôme de me coller *manu militari* dans un Uber. Il semble que mon chauffeur personnel fut appelé par un bon et généreux samaritain qui passait par là et qui avait l'application sur son portable. La question est : où m'ont-ils envoyée alors même que je n'avais plus toute ma tête ? À quelle adresse ? Suis-je directement rentrée chez moi ? Suis-je repartie ailleurs ? Seul mon providentiel samaritain détient la réponse et il me paraît peu probable que je retrouve sa trace un jour. Ou alors, c'est encore un coup de M. ! De toute façon, apparemment, Molosse & compagnie a été on ne peut plus clair sur le sujet : ce soir-là, c'était ou le Uber ou la police ! Il s'avérerait que, dans un éclair de lucidité, j'aie opté pour le Uber... Comme quoi ma raison n'était pas totalement égarée. Avec le recul, je crois que j'aurais préféré la cellule de dégrisement : cela aurait eu l'avantage non négligeable de laisser des traces factuelles de mon passage sur cette planète ce maudit samedi soir. Au moins, j'aurais eu quelques réponses à mes questions. Mais, là, bien sûr... L'histoire est tout autre. Et je reste sur ma faim. Une troisième lettre en main. Lettre que Dylan a trouvée, posée à l'accueil de la salle de concert, à son attention, quelques jours après mes exactions, avec pour consigne de me la donner le jour où je reviendrais.

Une envie furieuse de la déchirer me traverse l'esprit. Comme l'autre jour face à la poubelle de Saint-Germain-des-Prés. Je me ravise. J'ai si peu d'éléments que détruire le plus petit indice tiendrait de la folie.

Je fixe l'enveloppe. Qui s'amuse de moi ?

Allongée sur le dos, je repousse ma couette et attrape mon smartphone. Il faut que je regarde les photos de la soirée qu'Edgar m'a envoyées il y a quelques jours. Je suis certaine que M. faisait partie des invités. Mais qui est-il et pourquoi fait-il cela ? Quel intérêt retire-t-il à tout ce manège absurde ? Toutes ces mises en scène ? Je fais défiler les photos avec mon index. Je scrute chaque visage, chaque regard, chaque attitude. Quelque chose va peut-être le trahir ? Il y avait tant de monde à cette fichue soirée. Les visages qui se succèdent ne me donnent aucune indication. Ils me semblent tous coupables de toutes les façons.

Mon agacement est tel que je jette rageusement mon portable sur la couette. Geste malheureux s'il en est puisqu'il rebondit et finit sa course sur le sol de ma chambre. L'écran se fissure de part et d'autre. Je pousse un cri d'agonie et me laisse retomber lourdement sur le lit.

Après plusieurs minutes de râlements sourds, je tends la main et saisis la lettre de M. sur ma table de nuit.

Et alors que je la décachette, une citation de Pythagore tourne en boucle dans ma tête :

« Aucun homme n'est libre s'il ne sait pas se contrôler. »

Et en cette nuit de décembre, une chose est sûre… JE NE CONTRÔLE PLUS RIEN !

19

3e commandement : « Ton présent, tu habiteras »

Rose,

Que fais-tu de ton présent ?

Es-tu là ?
Lorsque tu regardes ?
Lorsque tu écoutes ?
Lorsque tu parles ?
Lorsque tu touches ?
Lorsque tu manges ?
Lorsque tu marches ?
Lorsque tu travailles ?
Lorsque tu danses ?
Lorsque tu aimes ?
Es-tu présente aux tiens ?
Es-tu présente à ton corps ?
À ton intuition ?
Vois-tu le beau ?

Sens-tu le bon ?
Caresses-tu le doux ?
Entends-tu la vie ?
… Chaque jour ?
Ou…
Te perds-tu dans les couloirs du temps ?
Ton passé t'enchaîne-t-il ?
Ton futur te vampirise-t-il ?
Rose… Habites-tu ton présent ?

Cette vie passe sans que nous ne la vivions vraiment. Et alors que nous nous pensons immortels, notre crédit de vie s'amenuise irrémédiablement dès lors que nous naissons.
N'attends pas un événement malheureux pour commencer à vivre ta vie. Vis-la et aime-la dès aujourd'hui. Ne regarde pas en arrière. Ne voyage pas encombrée. Allège-toi. Ne garde près de toi que ce qui te ressource. Ne t'accroche pas non plus au mirage du futur. Si tu veux qu'il soit beau, prends soin de ton présent et de ce qui est important pour toi. Là est le secret.
Chaque jour a son lot de bonheurs et de malheurs. Du plus petit agacement au stress le plus extrême. De la joie la plus infime à l'enchantement le plus absolu. Au lieu de t'accrocher aux contrariétés, apprends à poser ta conscience sur ces moments de grâce subtile. De petites joies additionnées qui te rendent la vie douce et plaisante. Apprécie, goûte, savoure. Lentement.

Et surtout, Rose, débraie ! Débraie ! Arrête de courir, arrête de vouloir être parfaite en tout temps, en toute heure.

Engagement n° 3 : Vis lentement !
Révise ton exigence, et lève le nez au ciel, sois attentive à la vie qui se faufile dans les rues de ta ville. Regarde tes semblables, aime-les. Accorde-leur ton attention car c'est en eux que réside ton trésor. Profite de chaque journée. Fais des choix, acceptes-en les deuils. Tout ne rentre pas, ne garde que l'essentiel. Le reste est superflu.

Rose Baron,
Ton présent, tu habiteras.
3e commandement.
Signé : M.

20

Non ! Non ! Et non ! Je refuse ce présent. Je veux l'autre présent. Celui d'avant. Celui où personne ne manque à l'appel. *L'essentiel n'y est pas, M. !*

J'ai envie de hurler : « Laissez-nous tranquilles ! Allez-vous-en ! Qu'est-ce que vous attendez ? Qu'est-ce que vous espérez ? Il ne reviendra pas ! Il est parti pour toujours. Et votre présence ne fait qu'accentuer l'insupportable, l'indicible. Sortez de cette maison ! Laissez-nous en paix avec notre chagrin. De toutes les façons, je ne veux pas être consolée. Je veux pleurer jusqu'à la fin des temps. Jusqu'à tomber inanimée. Ou bien alors rendez la vie à mon frère. Restez, si vous avez ce pouvoir ! Je veux que Raphaël revienne. Je veux qu'il rie de nouveau. De ce rire si exaspérant. Je veux le voir dans ses pulls moumoutes et ses chaussettes dépareillées. Je veux qu'il continue de me décoiffer chaque fois qu'il passe derrière moi, comme quand j'étais petite. Je veux pouvoir me fâcher contre lui et lui courir après dans toute la maison… Rendez-moi mon frère, mon protecteur. Celui qui faisait semblant de ne pas me connaître dans la cour d'école mais qui, en cachette, attrapait tous ceux qui osaient s'en prendre à sa petite sœur. »

Non, M., je ne veux pas me délecter de ce présent. Raphaël n'y habite plus. Et cette promesse d'une acceptation à venir n'est pas pour moi. Je veux vivre dans cet espace-temps où rien ne manque. Où tout est à sa place et où j'ai ma tribu à portée de cœur. Et puis je veux encore l'entendre s'égosiller sur *Hier encore* de son idole Charles Aznavour.

Hier encore, j'avais 20 ans, je gaspillais
le temps
En croyant l'arrêter,
Et pour le retenir, même le devancer
Je n'ai fait que courir et me suis essoufflé.

— Rose, qu'est-ce que tu fais ? Tais-toi, s'il te plaît, tout le monde te regarde.

— Mais quoi, maman ?

— Tu marmonnes dans ta barbe, les yeux dans le vide. Tu fais peur à voir. S'il te plaît, tiens le choc. Pour ton frère.

Je regarde autour de moi. Tout le monde est là. Enfin, je crois. Famille, amis, voisins, collègues. Tous sont venus rendre hommage à Raphaël, décédé il y a un an. Tous réunis autour d'un absent. Quelle aberration ! Tous ces gens avec leur tête de circonstance dans la maison de mes parents. Au creux du nid de nos souvenirs les plus intimes. Toute cette peine m'est insupportable. Je voudrais m'enfuir. Mon cœur se tord de douleur. Pourtant, je sais au fond de moi que c'est important pour mes parents, pour les amis de Raphy, pour Églantine, sa fiancée. Très certainement un peu pour moi aussi.

Pour l'heure, je ne sens plus l'intérieur de mes joues tant je les mords jusqu'au sang. J'étouffe. Mais je dois faire un effort. C'est un jour de communion. Je ne dois pas abîmer ce moment de recueillement. Ma colère ne doit pas noircir la mémoire de Raphy. Je dois me raisonner, respirer profondément et détendre mon corps qui n'est que contractures. Je baisse discrètement la tête et ferme les yeux. 1… 2… 3… 4… 5… Je sens les larmes monter… 5… 4… 3… 2… 1…

Je tâtonne et attrape délicatement la main de ma mère. Elle tremble. Je suis impressionnée par sa force et sa dignité depuis un an. Tout comme mon père. Chacun plongé dans une profonde tristesse. Ensemble mais seuls. Le deuil ne se partage pas. Il se vit intimement. Chacun à sa manière. Ma mère, elle, parle de Raphaël chaque jour que Dieu fait, en toute occasion. De sa vie, de son grain de folie, de son cancer et du jour de sa mort où nous étions tous réunis autour de lui. En boucle. Spirituelle, elle s'accroche à sa foi. Elle n'a pas le choix. Sans ça, vivre lui serait devenu insurmontable. Mon père, lui, évoque son fils du bout des lèvres.

Il ne peut pas en parler. Pour cela, il faudrait qu'il accepte cette absurde et insupportable réalité. Il a donc opté pour la fuite. Passant des heures calfeutré dans son garage à bichonner la voiture de son fils, une Ford Mustang que mon frère idolâtrait. Il l'entretient comme si Raphy allait revenir bientôt pour faire crisser de nouveau ses pneus dans l'allée de la propriété. Que ne donnerait pas mon père pour lui râler dessus une seule fois encore ! *« Raphy ! Arrête de jouer au con avec cette bagnole ou je la revends à ton cousin ! »*

Les doigts de ma mère se resserrent autour des miens. Je suppose qu'elle cherche un peu d'énergie ou bien qu'elle m'en donne. Sûrement un peu des deux. Sa présence me rassure. Comme toujours. Mon bouillonnement intérieur se calme. Mes mâchoires se desserrent. J'évacue les tensions de ma nuque en faisant pivoter ma tête doucement d'une épaule à l'autre. 1… 2… 3… 4… 5… 5… 4… 3… 2… 1… Puis j'ouvre les yeux et observe les invités. Tous avaient un lien fort avec Raphaël. Tous ont le cœur brisé. Leurs larmes se mélangent à leurs rires. Je les entends se raconter des récits de jeunesse, de bringues, de lycée… exactement comme il y a un an, à son enterrement. C'étaient déjà ces mêmes souvenirs qu'ils partageaient. Forcément, il n'y en aura plus de nouveaux. Pourtant, si j'écoute mon cœur à cet instant, je sens la présence de mon frère en chacun d'eux. Tous parlent de lui au présent. Il vit au travers de l'affection qu'ils lui portent encore. Raphaël peut-il ressentir tout cet amour de là où il est ? Veille-t-il sur nous ? Depuis sa mort, j'attends désespérément un signe de lui. Je crois aux « clins Dieu », comme dit ma mère. Ces petites synchronicités providentielles qui donnent du sens à ce qui n'en a pas et auxquelles on se raccroche. Je balaie le salon du regard de nouveau et ressens soudain de la gratitude pour tous ces gens qui ont contribué au bonheur de mon frère. Ma vision de cette journée vient d'en être profondément changée. J'en éprouve du soulagement. J'aperçois Églantine. Elle aimait tant son Raphy, son amour. Assise un peu à l'écart, elle tient son portrait serré contre elle. Je m'avance pour lui parler quand, soudain, une main se pose sur mon épaule.

— Bonjour, Rose.

— …

— Tu vas bien ?

Tom… c'est Tom.

— Oh… Salut. Oui, ça va…

— Tant mieux, me répond-il l'air peu convaincu.

— En fait, non, pas vraiment…

Ça y est, ça recommence. Chaque fois que je me retrouve face à cet humain, j'ai le cerveau d'une huître.

— Je sais. C'est dur, me dit-il dans un souffle. Il me manque aussi. Ça fait du bien de te voir. Ça fait longtemps.

— Un an… Jour pour jour.

— Oui…

Je regarde Tom. Je ne m'attendais pas à le croiser aujourd'hui. Je le pensais à New York où il vit avec sa famille depuis plusieurs années. Que j'ai aimé ce garçon ! Follement. Un frisson me parcourt le corps. Je suis troublée de le voir. Comme à chaque fois. Comme la toute première fois où mon cœur a explosé en le voyant. J'avais 7 ans et lui 8. C'était un mercredi après-midi. Mon frère venait de rentrer du foot avec son nouveau meilleur ami, Tom Carrère. Dès cet instant, ma vie fut dédiée à les espionner. Bien sûr, je n'avais pas le droit de jouer avec eux. J'étais une fille et les filles sont plus encombrantes que passionnantes, c'est bien connu. Enfin, jusqu'à un certain âge… J'ai donc dû prendre mon mal en patience et occuper mes journées à les épier. Plus le temps passait, plus j'affûtais ma technique. Jusqu'à devenir complètement invisible. Je ne compte pas les heures où je me suis languie, l'œil collé à la serrure de la chambre de mon frère, discernant de-ci de-là un bout de pied, un bout de doigt, un rire étouffé ou un chuchotement inaudible. Mais cela me suffisait amplement. Je savais qu'il était là, derrière cette porte, et j'étais comblée.

Tom me dévisage également. Se souvient-il de notre amour ? À 16 ans, j'avais enfin réussi à attirer son attention. C'était lors d'une soirée d'été sur la plage. À la lueur des flammes d'un feu de camp. Nos jeunes corps ensoleillés ondulaient sur les notes jamaïcaines d'un Bob Marley inspiré par l'amour. Soudain, je lui plaisais. Il s'est approché de moi, tout près de moi, puis contre moi. Pendant un an, nous nous sommes aimés passionnément. Jusqu'à mon déménagement à Paris. J'ai quitté d'un seul tenant le lieu de mon enfance et mon premier amour. Atroce.

— Comment vont Judith et tes enfants ? Charline et Georges, c'est ça ?

— Oui, c'est ça. Les enfants vont bien, merci... Judith aussi.

Sa voix trahit une infime gêne. Je me surprends à jubiler qu'il y ait de l'eau dans le gaz entre eux. Mais je me reprends et mens avec aplomb.

— Bien, tant mieux... Tu leur passeras le bonjour de ma part quand tu rentreras. Je garde un très bon souvenir de ta famille. Et New York, alors ?

— Ça va, c'est cool. J'aime cette ville. Elle me rend vivant, tu sais. Elle m'hypnotise.

En prononçant ces derniers mots, ces yeux plongent dans les miens. Je me sens troublée. Le temps s'arrête quelques secondes.

— Ne me dis pas que tu as traversé l'Atlantique juste pour être présent aujourd'hui ?

— Non. Je suis venu à Paris pour mon boulot. Je dois y rester le temps nécessaire pour ouvrir mon tout premier « Amazing Art Home » en France.

Je répète, intriguée :

— Amazing Art Home ?

— Oui, c'est un concept entre la maison d'hôte et la résidence artistique. J'en ai déjà créé un à New York et un à Montréal. Aujourd'hui, j'aimerais amener le concept en Europe et, en tout premier lieu, en France. En ce moment, je cherche le lieu idéal.

— Et ça consiste en quoi ?

— Eh bien, je crée des lieux de résidence, des maisons d'hôtes la plupart du temps, où se côtoient à la fois des voyageurs de passage et des artistes qui s'y installent le temps de leur création. Un peu comme si la Villa Médicis ouvrait quelques chambres à des touristes afin de partager des moments de création avec des sculpteurs, des auteurs, des peintres, des comédiens en toute quiétude et dans le respect de leur besoin d'isolement et de calme. Ce sont des endroits inspirants et sereins.

— Oh, quelle belle idée !

— Et toi, comment vas-tu ? Comment vont Baptiste et Lilou ?

— Mal ! m'exclamé-je en riant nerveusement.

— Oh... Désolé. J'espère que ce n'est pas grave au moins ?

Je le sens décontenancé de me voir rire à mon propre malheur et j'avoue l'être quelque peu également.

— Ça va, ne t'inquiète pas. Disons que je suis un peu à fleur de peau. Cet hommage à Raphy et tout le reste...

— Je comprends. Beaucoup de choses ont changé depuis son départ. Je ne suis plus tout à fait le même non plus, je crois.

Pourtant, Dieu que cet homme n'a pas changé. Si ce n'est quelques timides cheveux gris égarés dans sa belle chevelure brune, on parierait que le temps l'a oublié. Je me demande ce que nous serions devenus si nous étions restés ensemble. Serions-nous mariés ? Aurions-nous des enfants ? Comment les aurait-on appelés ? Est-ce que je vivrais à New York ? Aurait-il fini par me tromper, lui aussi ?

Amants, mariés, divorcés ! L'inéluctable fatalité... Quelque chose en moi me dit que nous aurions peut-être été heureux. Que l'amour inconditionnel que je lui portais aurait suffi pour traverser une vie entière et ses Everest. Mon cœur se serre. Fait-on jamais le deuil de son premier amour ?

— Je suis heureuse de savoir que tu restes un peu sur Paris. Et si nous prenions un verre ensemble ? Nous avons tant à nous raconter.

— Avec plaisir. Demain ?

— Demain ? Je... oh, j'aurais adoré, mais j'ai cours de plumologie.

— Cours de plumologie ?

Alors que je tente d'expliquer à Tom l'inexplicable, mon sac se met à vibrer. Disons plutôt mon portable. C'est un SMS. Je suis étonnée de voir que, pour la première fois depuis des semaines, mon cœur ne s'emballe plus à cette simple vibration. Je suis même plutôt détendue. La présence de Tom n'est certainement pas étrangère à cette soudaine sérénité. Je plonge ma main dans mon sac et pars à la recherche de mon smartphone. Après plusieurs longues secondes, je capitule et finis par verser son contenu sur la table sous le regard amusé de Tom. Mon portable apparaît et son écran éclaté avec. Tu n'as pas changé, c'est cool, me murmure-t-il. Je lui souris.

— C'est un message de Lilou, ma fille, lui dis-je en secouant la tête de désappointement. Je te jure ! Elle m'envoie un SMS alors qu'on est dans la même maison. Je ne m'y ferai jamais.

— Les miens s'envoient des SMS à table alors qu'ils sont l'un en face de l'autre, c'est pas mieux. Rose ? Ça va ? Tu es toute pâle.

Mes jambes se dérobent à la lecture du message.

Maman… Papa m'a téléphoné. Je pars le rejoindre. T'inquiète.

— Tom… *Ma voix déraille…* Tu m'excuses mais j'ai un coup de fil à passer.

21

Qu'est-ce qui te prend ?... Pourquoi tu fais ça ? Pourquoi tu ne réponds pas à mes appels depuis des semaines ? T'as peur de quoi ? De moi ? Et pourquoi tu appelles Lilou, sans me prévenir ? Tu crois quoi, qu'elle sera plus conciliante ? Pourquoi tu te caches ? C'est si compliqué d'assumer ? De faire face à tes actes, à ta TRAHISON ? Ça doit être difficile de s'apercevoir qu'on est un lâche, non ? Tu pars pour une autre, tu détruis notre vie, tu disparais puis tu reviens... Tu décides de tout, sans même te demander ce que, nous, nous vivons, ce que nous voulons. Tu sais quoi ? C'est pas le fait que tu partes pour une autre qui me détruit le plus, ça, c'est si... COMMUN ! Mais c'est cette mise en scène, cette fuite qui m'écœure. Que tu ne m'aies pas considérée comme une adulte capable d'entendre nos failles, nos ratures. Que tu ne m'aies pas laissé le droit de te répondre, de te faire face. Toi qui incarnais à mes yeux tout l'inverse. La droiture, la fiabilité, la confiance... Je n'en reviens pas... Tu as bien joué ton rôle, BRAVO !

Baptiste, écoute-moi bien. J'en ai marre de parler à ton répondeur depuis des semaines. Alors, par respect pour nos vingt ans de vie commune, aie le courage de m'affronter en face ! Ne te sers pas de Lilou pour régler tes comptes. Assume tes choix ! APPELLE-MOI !

Ah, et si tu as peur que j'essaie de te retenir par tous les moyens, sache que je n'ai pas l'intention de me battre pour sauver notre couple... Je n'en ai aucune envie ! Je ne me vois pas passer le restant de mes jours à côté d'un TRAÎTRE et d'un MENTEUR !

22

— Lilou, ouvre-moi !

La tête appuyée contre la porte de sa chambre, j'attends qu'elle me laisse entrer. Mais rien n'y fait et mes supplications n'y changent rien.

— S'il te plaît, ouvre-moi… Parle-moi. J'ai besoin de savoir que tu vas bien.

— Laisse-moi tranquille, maman. Je veux pas parler.

— Lilou, s'il te plaît…

— Ça va. T'inquiète… Je suis juste fatiguée.

« Juste fatiguée »… Combien de fois ai-je entendu ces mots. « Juste fatiguée » chez Lilou et sur la planète Ado, cela signifie « Je vais mal. Je suis triste. Fiche-moi la paix ».

— J'ai besoin de savoir.

— …

— Lilou…

— …

— S'il te plaît…

— Ça suffit, maman, arrête. Je veux être seule…

— …

— Demain, promis… Pardon…

L'âme en peine, je capitule. Je ne veux pas la blesser davantage. Je dois la protéger. Depuis son retour, elle s'est enfermée dans sa chambre et ne veut plus en sortir. Pire, elle refuse de m'expliquer ce qu'il s'est passé et ce qu'il lui a dit. J'enrage. Pourquoi nous fait-il subir cela ? À quoi joue-t-il ? Ma poitrine se serre. Je sens de nouveau monter en moi une colère sourde. Je voudrais hurler mais je me retiens. Il n'est pas question que Lilou m'entende m'effondrer. Comment faire ? Je tourne dans l'appartement comme une lionne blessée. J'étouffe. J'ai besoin d'air mais je ne veux pas sortir et la laisser seule.

J'ouvre les fenêtres en grand. L'air glacé de décembre me brûle les poumons et fouette mon visage. Le vent s'engouffre dans l'appartement et fait claquer violemment la porte du salon. Les papiers posés sur mon bureau s'envolent dans un tourbillon. Je les ramasse en gémissant. Au milieu des factures, les lettres de M. Ma rage redouble. Je les froisse et les lance contre le mur avant de m'écrouler face contre terre. Je reste ainsi à hoqueter de douleur. C'est alors que je repense à la lettre de colère de M… La lettre de colère… La lettre de colère… Si ça marche sur les autres, ça doit marcher sur moi !

Voilà ce que je dois faire. À défaut de la hurler, je vais vomir ma haine sur le papier. Après tout, cet exercice est l'un des plus puissants que je connaisse. Avec difficulté, je me relève et me dirige vers mon bureau pour prendre de quoi écrire puis m'enferme dans ma chambre. Mon sanctuaire. Je ne veux pas rester dans le salon. Lilou peut sortir à tout moment et je dois être seule pendant tout le rituel.

Assise en tailleur sur mon lit, je pose une tablette sur mes jambes ainsi que la feuille qui me servira d'exutoire. Ma respiration est forte et saccadée. Ma gorge serrée. Vite ! De l'air ! Ma plume commence à noircir la blancheur du papier.

« *Cher Baptiste, très cher lâche devant l'Éternel, les mots me manquent pour te dire combien à cet instant je te hais…* »

Pendant de longues minutes, j'écris avec frénésie. Comme possédée. Presque décorporée. Je ne peux pas m'arrêter. L'encre doit couler. Elle doit laver ce qui est infecté. Je ne veux pas garder tant de haine en moi. Ce poison me tue à petit feu. De grosses larmes viennent s'écraser sur mes mots de souffrance. La bille de mon stylo traverse le papier par endroits. J'écris jusqu'à épuisement. Puis, vidée de mon arsenic, je plie minutieusement la lettre afin que pas un seul mot ne s'en échappe. Ne pas relire, surtout ne pas relire. Jamais. Le poison a quitté mon cœur. Il ne me reste qu'une seule chose à faire : brûler cette lettre.

Je m'extirpe du lit et ouvre la porte de ma chambre. Le salon est plongé dans l'obscurité.

Un silence religieux plane sur la nuit. Lilou doit dormir. Sa lumière de chambre est éteinte. Mon corps est endolori comme après une semaine de fièvre intense.

Après avoir glissé la lettre de colère dans une enveloppe et y avoir inscrit sur le dessus le prénom Baptiste, je prends un pot en fer, des allumettes et dépose le tout dans l'évier de la cuisine.

« *Ma colère n'est plus en moi… Ma colère est sortie de mon cœur… Ma colère part en fumée…* » Je me répète ces affirmations comme l'on déclame un mantra. Puis, avec solennité, je gratte l'allumette contre le grattoir, prends l'enveloppe et l'approche de la flamme. Elle s'embrase doucement. Je regarde ma colère se consumer et partir en fumée.

Enfin, vidée de ma substance toxique, la tête lourde, les yeux gonflés d'avoir trop pleuré, les membres courbaturés, je retourne me coucher et me laisse sombrer dans les abysses de la nuit.

23

— Plume !

— …

— Vous êtes une plume ! Pas une enclume !

— …

— Plume ! Plume ! Pas enclume !

— …

— Fermez les yeux et plumez avec vos bras. Virevoltez dans les airs !

— Hein ?!

Les yeux d'Edgar s'écarquillent de stupeur.

— Vous êtes léger… si léger… léger comme une plume !

— Tu parles d'une légèreté, je suis boudiné comme un loukoum, grommelle-t-il.

— Chut, Edgar ! Tu vas nous faire virer, sifflé-je en lui donnant un discret coup de coude. Vous êtes intenables tous autant que vous êtes.

— C'est ce cours qui est intenable, Rose ! Dans quoi tu nous as encore embarqués ? Je croyais qu'on allait à un cours de sophrologie, pas de débilologie, surenchérit Luce... Une plume ? Nan mais, j'te jure, et pourquoi pas un édredon pendant qu'on y est !

— Plumez ! Plumez comme la plume !

— Plumez ! Plumez ! Ah ça ! On a bien été plumés, c'est sûr ! À 120 balles la séance, c'est ce qu'on appelle du plumage organisé, où je ne m'y connais pas !

— Chuuut, Chanelle ! Tais-toi !

Je jette un œil craintif sur Lorena, notre professeur de plumologie, mais rien ne semble la perturber. Elle rayonne et virevolte gaiement autour des participants. Bien que sa joie soit communicative, l'envie de sauter par la fenêtre ne me quitte pas. Aussi, docile comme une poule, je plume avec obéissance. Je ne doute pas un instant du ridicule de la situation mais je me suis promis de jouer le jeu et de m'impliquer afin de changer les choses. Après tout, peut-être que cette pratique a des effets insoupçonnés sur nos corps et notre santé mentale comme semble l'attester le dépliant trouvé dans la salle d'attente de mon dentiste et qui promet un lâcher-prise quasi instantané. Pour l'heure, c'est loin d'être gagné. Je me sens électrique et prête à gnaquer qui me frôlera.

Malgré tout, j'ai décidé de suivre les conseils de M. J'en ai besoin. Il faut que j'arrive à me détendre un peu. Je laisse à Lorena le soin d'alléger ma vie. Ce cours de plumologie doit m'aider à habiter mon présent avec plus de légèreté et à devenir aussi aérienne qu'une plume.

En d'autres termes, à lâcher prise sur les événements actuels et à accepter que l'on ne maîtrise pas tout. Seul bémol, j'ai des pieds de plomb depuis que Lilou a revu son père.

— Et alors, raconte ! Qu'est-ce qu'elle t'a dit ?

Luce tourbillonne autour de moi comme une mouche cocaïnée.

— Luce, tu me donnes le mal de mer… Elle ne m'a pas dit grand-chose. Tu connais les ados. Il suffit de leur poser des questions ouvertes pour qu'ils te ferment la réponse au nez.

— Mais comment allait-elle à son retour ? s'inquiète Edgar.

— Mal. Elle est bouleversée. Elle essaie de comprendre pourquoi il est parti et avec qui. Avant tout, je crois qu'elle a été rassurée d'avoir vu son père en bonne santé… Physique, j'entends. Car, mentale, rien n'est moins sûr. Elle a imaginé le pire pendant ce mois de silence radio. Elle lui a avoué avoir pensé qu'il s'était éloigné car il avait appris qu'il allait mourir d'une maladie grave et qu'il ne voulait pas nous faire souffrir.

— Quoi ? Il va mourir ?

— Mais non, Luce ! C'est Lilou qui a pensé cela. Sûrement à cause de ce qui est arrivé à Raphy. Baptiste va très bien ! Il semble même qu'il ait rajeuni de dix ans depuis qu'il vit chez *Elle*.

— Tu m'*Elton John* ! ironise Chanelle. Si ça s'trouve, sa nouvelle pépette est à peine majeure !

— Chanelle ! Ça se dit pas, ça ! s'exclame Luce, en la mitraillant du regard.

— Bien sûr que si, ça se dit ! Il faut regarder la vérité en face ! Tout ça n'est qu'une question de sexe. C'est une histoire universelle. Il fait sa crise de la quarantaine et cherche à satisfaire ses besoins les plus primaires.

— Ça suffit ! peste Luce.

— Non, c'est vrai… Chanelle a raison.

Luce me regarde interloquée.

— Toute cette histoire est banale à souhait. Tellement cliché ! Ça fait vingt ans que l'on est ensemble. Fallait s'y attendre. C'est si commun. Je crois que c'est cela que j'ai le plus de mal à accepter. C'est vrai, quoi. Une histoire d'amour, on s'imagine toujours que c'est pour la vie, non ? Enfin, moi, j'y ai cru. J'ai cru que j'allais échapper à la routine, à l'agacement, aux infidélités. Quelle hérésie ! Je me suis leurrée comme des millions de personnes. Hommes et femmes confondus.

— Mais c'est tout à ton honneur !

La voix de Luce résonne dans la salle.

— Tu as eu raison d'y croire. Il faut croire que l'amour d'une vie existe quelque part. Que des âmes sont faites pour se rencontrer. Et des cœurs pour fusionner. Sinon, à quoi bon ! Je crois aux couples karmiques. Je pense que l'on se reconnaît. Qu'à peine les yeux posés sur l'autre, on sait. Sinon, à quoi nous servirait de construire un avenir à deux, si, dès le départ, on le pense fichu d'avance ? S'il n'y a aucun espoir d'écrire une belle et longue histoire ?

— Ouais ! C'est beau ce que tu dis Luce, ironise Chanelle, mais, moi, je dis qu'on n'est quand même pas à l'abri de tomber sur une contrefaçon d'âme sœur. On est persuadé pendant des années avoir la version originale et, bing, on se retrouve avec une imitation pendue au bras.

— C'est écœurant. Tu ne peux pas comparer l'amour à un sac de luxe contrefait, s'indigne Edgar.

— Si si ! Tout à fait ! C'est même métaphoriquement ce qui s'en rapproche le plus. On se le met en bandoulière le temps de pavoiser avec, et puis, un jour, on s'en lasse, on s'en débarrasse et on en cherche un nouveau.

— Ce que tu peux être cynique ! À croire que tu n'as jamais aimé.

— Youhooou, s'il vous plaîîîît, il est important de plumer en silence !

Lorena nous regarde, agacée.

— Je vais lui voler dans les plumes, moi, si ça continue.

Chanelle agite ses bras de plus en plus vite. Je la sens sur le point de craquer. Et vu sa toute nouvelle prédisposition à la vérité, je crains fortement pour la survie de Lorena qui, sans le savoir, prend des risques inconsidérés. Mais comment la prévenir ? Inconsciente du danger, Lorena enfonce le clou.

— Tout en plumant, iiiinspirez profondément et imaginez l'air pur pénétrer vos narines, s'engouffrer dans vos poumons, les nettoyer de toutes les impuretés puis expiiiirez par la bouche en recrachant toutes les mauvaises ondes accumulées.

Dans un même élan, l'intégralité des autres participants s'exécute et expire bruyamment ses pêchés. Je soupçonne même certains d'avoir littéralement craché sur le sol.

— C'est un cauchemar... Je vais me réveiller, se lamente Chanelle.

— S'il te plaît, tiens encore... Il ne reste qu'une demi-heure.

— Une demi-heure ! s'étrangle-t-elle au bord de l'hémorragie cérébrale.

Les bras de Chanelle papillonnent de plus en plus vite. Cela ne me dit rien qui vaille d'autant que je la vois clairement se mettre en orbite autour de Lorena. Elle ressemble à un aigle affamé sur le point de fondre sur sa proie. Je ne suis pas la seule à remarquer le danger imminent. Edgar la suit de près comme pour parer à toute attaque soudaine.

— Houston, nous avons un problème. Chanelle est sur le point de décrocher. Il faut tenter une échappée d'urgence avant qu'elle n'explose en vol et qu'il n'y ait des victimes.

— Il nous faut un plan d'attaque pour sortir d'ici *illico presto*, surenchérit Luce. Quelqu'un a une idée ?

— Nan mais, les gens, ça va pas ? Vous arrêtez un peu votre délire. On est juste à un cours de plumologie, d'accord. Pas à l'armée ni en guerre ! Ça suffit, reprenez-vous !

— Reeeeeeespiiiirrezz ! Cracheeeeeez ! Inspireeeeeez ! Cracheeeeeez ! Iiiiiinspirez ! Cracheeeez !

Sacrebleu ! Qu'est-ce que c'est que ce truc ? Je sursaute, la main sur le cœur. Que se passe-t-il ? Qui a crié ? Autour de nous, une dizaine de participants en transe respirent bruyamment en suivant religieusement les consignes d'une Lorena possédée. Je commence à croire que mes amis ont raison. Ce cours est flippant au possible. Il faut sortir d'ici au plus vite !

C'est alors qu'une alarme assourdissante retentit soudain. Tous les participants gesticulent et s'entrechoquent en tous sens. C'est la panique à bord. Au milieu de l'agitation, j'entraperçois Edgar, le sourire en coin, l'œil malicieux. Il vient de déclencher l'alarme incendie. Quel génie !

24

Pourquoi ne suis-je pas plus en colère ?

Je regarde Baptiste tourner comme un lion en cage. Après des semaines de silence, il a fini par m'appeler et le voici, devant moi. Dans notre cuisine. Je l'observe mais ressens une étrange impression. Je me sens comme décorporée. Absente à mon tour.

Pourquoi ne suis-je pas plus en colère ?

Assise à la table de la cuisine, j'écrase mes paumes contre le mug brûlant de mon thé vert au jasmin. Habituellement, la chaleur du mug m'apaise. Mais, là, le feu qui consume mes mains ne sert qu'à détourner la souffrance des mots-flèches qu'il décoche à tout va. À peine s'est-il excusé d'être parti en laissant un simple Post-it et en me coiffant de cornes d'antilope préhistorique que, déjà, je l'entends parler de notre histoire, de nos erreurs, des miennes surtout, de cette vision édulcorée que j'ai de la vie, de cette désinvolture qui, selon lui, me caractérise et qui l'a poussé à s'en aller… dans les bras d'une autre.

— Tu vis dans le pays des Bisounours, Rose… Tu crois quoi ? Qu'il suffit de se déclarer heureux pour l'être ? J'ai tout sacrifié pour Lilou et toi. J'ai toujours été présent pour mes parents, mes sœurs, mes amis, mes collègues… J'ai passé ma vie à donner aux autres en m'oubliant. J'ai été le bon petit soldat qui a réussi toutes ses missions : diplômes, travail, couple, enfant, maison… Mais à quel prix ! Celui de ma liberté, Rose… Désormais, j'ai besoin de penser à moi et rien qu'à moi ! Paris m'étouffe… Ma vie m'étouffe… J'ai besoin d'ailleurs…

Pourquoi ne suis-je pas plus en colère ?

« Besoin d'ailleurs »… Mon regard s'évade par la fenêtre. Je regarde les toits de Paris. Une lune-louve veille sur les Parisiens lovés dans leur nid de béton. J'aime la façade des immeubles la nuit. Chaque fenêtre illuminée est la promesse d'une histoire de vie unique. Il m'arrive souvent de me demander ce que voilent les rideaux de ces écrans lumineux. Quels héros ordinaires abritent-ils ? Quel amour naissant éclôt parmi tous ces scintillements ? Combien de futurs nouveaux Terriens attendent leur tour ? Est-ce l'ombre d'un criminel aperçue furtivement ? Combien de secrets muselés ? De promesses non tenues ? De trahisons inavouées ?

« Je suis désolé… Je fais sûrement la pire erreur de ma vie… »

La voix brisée de Baptiste me ramène brutalement à ma réalité. Ce soir, le rideau de notre amour s'abat sur le dernier acte d'une comédie romantique commencée vingt ans plus tôt. Mais il n'y aura pas de *happy end*. L'histoire vire au drame. Le héros s'en va. Oh ! Rien de glorieux. Il part sans combattre, sans honneur. La queue entre les jambes. Il vire sa belle pour une autre belle, sûrement arrachée des bras d'un pauvre bougre aussi dépité que moi, le tout sous le regard impuissant de leurs enfants éplorés. C'est l'effet papillon. Combien de personnes vont être impactées par cette désertion ? Combien d'enfants, de parents, de frères et sœurs, d'oncles, de tantes, de filleuls, d'amis, de voisins ? Lorsqu'un amour se meurt, c'est toute une communauté qui agonise avec lui et doit se réinventer.

Mais, bon sang ! Pourquoi ne suis-je pas plus en colère ?

La lettre de colère aurait-elle eu un effet sur moi ? Ou bien suis-je en train de me rendre compte que notre couple était à l'agonie bien avant que Baptiste n'explose en vol ? Assise à cette table de cuisine, alors que je l'écoute narrer, dans les moindres détails, sa folle crise de la quarantaine, je m'interroge : avons-nous fait le bon choix, ce fameux matin de printemps il y a vingt ans ? Étions-nous un couple karmique, comme l'évoquait Luce tout à l'heure ? Je me suis souvent demandé ce qu'auraient été nos existences si elles ne s'étaient percutées ce jour-là. Je rêvais de théâtre, de cinéma, de foule sous les *sunlights*... Lui rêvait de voyages, de solitude, de silence... Deux personnalités que tout oppose. Deux destins déviés.

Je vivais la nuit, il était du matin. J'aimais la Méditerranée, il ne jurait que par l'océan. J'étais aussi bavarde qu'il était taiseux. Aussi cigale que lui fourmi. Je rêvais mariage, c'était son pire cauchemar. Je voulais trois enfants, il n'en voulait qu'un. Je me délectais de mon désordre organisé, il érigeait l'ordre et la propreté en valeurs absolues. J'aspirais à la légèreté, il respirait l'exactitude. Je parlais pédagogie, il incarnait l'autorité. Notre couple était donc le fruit d'une association improbable et Lilou, notre trait d'union, en était peut-être la seule raison d'être. Et, pourtant, Dieu que l'on s'est aimés... envers et malgré nous.

Baptiste s'assoit enfin. Les coudes posés sur la table en formica, il plaque son visage dans le creux de ses mains. Son pied droit martèle nerveusement le sol. Son dos se courbe. Le poids de la culpabilité ? J'en doute. Quelque chose cloche. Je sens qu'il hésite. Qu'il n'a pas encore tout dit. J'en frémis d'avance. Je me passerais volontiers d'une nouvelle attaque. Que veut-il de plus ? Après m'avoir rendu coupable de notre séparation, après m'avoir juré qu'il m'aimait encore mais que, avant de quitter cette terre, il avait besoin de tester d'autres vies, après m'avoir expliqué en long, en large et en travers que, bien qu'entrée dans son lit quelques mois plus tôt, *Elle* n'était en rien responsable de notre situation… Que veut-il de plus ? Que peut-il me faire de plus ? Je suis déjà à terre. Laminée. Et s'il voulait Lilou ? Non, c'est ridicule. Il ne me ferait pas ça. Pour quoi faire ? Lui qui voue un culte sacré au travail, pourquoi s'encombrerait-il d'une enfant ? À plus forte raison d'une ado ! Et puis notre fille est bientôt majeure. Bon, en même temps, il a démissionné… Pourquoi a-t-il fait ça ? Soudain, je repense à la réaction de Lilou et à son renfermement depuis sa dernière rencontre avec lui. Elle doit sûrement savoir.

— Baptiste… Si tu dois m'achever, fais-le rapidement. Ne sois pas plus cruel que tu ne l'es déjà. Si tu as quelque chose à dire, fais-le maintenant.

— Je vais partir, Rose.

— Ça, je le sais déjà. C'est pas un scoop.

— Non, tu comprends pas. Je pars. Je quitte la France. Pour longtemps. Peut-être pour toujours.

— Pardon ?

Je sens les battements de mon cœur s'accélérer.

— On m'a proposé une mission de deux ans à Johannesburg en Afrique du Sud.

Ma gorge se serre.

— J'ai accepté… C'est pour ça que j'ai démissionné.

Respire, Rose, respire… 1… 2… 5 !

— Et il est probable que je ne revienne pas. Que je m'établisse définitivement là-bas.

J'ai chaud. Je bouillonne.

— Tu sais que c'est mon rêve. L'Afrique... L'occasion est trop belle. C'est maintenant ou jamais.

Avant que ma mâchoire ne se verrouille, je lui lâche :

— Et Lilou ? Tu as pensé à Lilou ?

— Lilou est grande. Elle n'aura bientôt plus besoin de moi.

— Plus besoin de toi ? Tu te fiches de qui ?

— Elle va avoir 18 ans.

— Et alors ? J'comprends pas.

— ...

Mon regard se plisse et s'arme d'une ride du lion rugissante.

— Parce que tu crois sincèrement que, passé la majorité, les enfants ne ressentent plus d'amour pour leurs parents et qu'ils n'ont plus besoin d'être aimés et protégés par eux ? Qu'ils deviennent autonomes et responsables en une seule nuit ?

Mes oreilles bourdonnent dangereusement.

— Bien sûr que non... mais elle viendra me voir pour les vacances d'été. Je lui ai promis.

Mes poings se serrent.

— Pour les vacances d'été ? Tu es en train de me dire que tu ne verras ta fille qu'en été ? Tu fais quoi du reste de l'année ? De tous ces moments où elle aura besoin de toi ? Elle passe son bac cette année, je te rappelle. Elle doute d'elle et se sent mal dans son corps d'adolescente... Tout ça, tu t'en fiches ? Tu crois pas qu'elle a besoin de nous pour la soutenir ? Elle te voue une adoration sans bornes depuis toujours, et toi, tu fais quoi ? Tu la chasses de ta vie !

— Non, tu ne peux pas dire ça, Rose ! Je te l'interdis !

— Ah oui ? Tu penses que ça ressemble à quoi ce que tu fais alors ?

— Ce n'est pas parce que l'on se sépare et que je vais vivre en Afrique que, pour autant, ce n'est plus ma fille. Je l'aime plus que tout. Mais ce projet, je dois l'aboutir. Elle comprendra.

— NON ! Comment veux-tu qu'elle comprenne ? QU'ELLE COMPRENNE QUOI D'AILLEURS ? Que son père efface sa famille d'un coup d'éponge pour tout recommencer ailleurs ?

Cette fois-ci, ça y est ! Je suis bel et bien dans une colère noire !

— Écoute-moi bien ! persiflé-je tout en le mitraillant de mon index. NON, JE NE VIS PAS DANS LE PAYS DES BISOUNOURS ! ARRÊTE AVEC CETTE EXPRESSION À LA CON ! Et, NON, tu n'as pas sacrifié ta vie pour combler la nôtre ni celle de ta famille. NON, tu n'as pas été le bon petit soldat. Tu t'es donné le destin que TU désirais. Et si tu as l'impression de l'avoir subi, alors C'EST QUE NOUS N'AVONS PAS VÉCU LA MÊME HISTOIRE ! OUI, tu as été présent à nos côtés comme nous l'avons été aux tiens pendant toutes ces années. Ta fille, tes parents, tes sœurs, tes amis, tes collègues… Tu sembles avoir la mémoire bien courte, Baptiste.

Nous avons été heureux, TU as été HEUREUX ! Et, surtout, TU AS TOUJOURS ÉTÉ LIBRE ! Que tu veuilles quitter notre vie pour vivre ta folle quarantaine avec une autre femme, même avec dix autres femmes, je m'en fous, tu m'entends ! JE M'EN FOUS COMME DE L'AN QUARANTE ! Je préfère être seule qu'être avec un type qui étouffe et SE SENT COMME LE PRISONNIER D'ALCATRAZ À PARIS !

Debout au milieu de la cuisine, je tremble de tous mes membres et pleure ce qu'il me reste de larmes. Baptiste s'approche et tente de me prendre dans ses bras. Je le repousse sans force et me dirige vers la porte d'entrée. Tout en l'ouvrant et sans le regarder, je lui souffle :

— Reprends ton air, Baptiste… Mais, s'il te plaît, ne nous piétine pas en partant.

25

— IL VA FAIRE QUOI ?

— Il part vivre à Johannesburg.

— Où ça ?

— À Johannesburg, en Afrique du Sud.

— Mais non ?!

— Si…

— Mais, pour toujours ?

— Oui, apparemment.

— Mais non ?!

— Si…

— Mais il part quand ?

— Dans trois semaines.

— Mais non ?!

— Si…

— Mais non ?!

— Si…

— Mais…

— Edgar, ça suffit !

— Mais… et Lilou ? Comment peut-il lui faire ça ? C'est atroce !

— Edgar, s'il te plaît, n'en rajoute pas. Je suis au bord de la crise de nerfs. Si tu ne veux pas que je recommence comme avec Guillaume Louisor, tiens-toi à carreau.

— Ah non, hein ! Merci bien ! Mais ça me rend malade. Quel égoïsme ! *(Edgar se tourne vers Myrtille, la maquilleuse de l'émission* Tout n'est pas perdu.*)* Euh ! Dites, mademoiselle… Pouvez-vous lui éclaircir un peu cette zone du visage ? Quand c'est trop foncé, ça la vieillit. Et faudrait aussi me raviver un peu tout ce crin de cheval, lance-t-il en tripotant les pointes de mes cheveux.

Je jette un regard noir à mon incorrigible attaché de presse.

— C'est agréable. Merci.

— Rose, laisse-moi faire mon travail.

— Un peu de tact ne ferait de mal à personne. Je te trouve légèrement raide !

— Et t'as encore rien vu ! Sérieux, regarde la tête que tu as dans le miroir ? On dirait qu'on vient de te déterrer ! Même Myrtille ne peut rien pour toi ! Tu ne vas plus au sport, tu ne te maquilles plus, tu te coiffes avec une fourchette, tu t'habilles comme tata Ginette. Tu peux pas continuer comme ça ! Il faut que tu réagisses ! Je sais que tu traverses un moment douloureux mais ce n'est pas en te laissant couler que tu referas surface !

— Eh bien, toi, au moins, tu sais comment remonter le moral des gens !

— Je fais comme toi, exactement.

— Non, pas du tout ! Je ne me permettrais jamais de dire des choses pareilles à qui que ce soit !

— Faux ! Tu passes ton temps à clamer exactement cela. Pire, avec tes dix commandements du bonheur, tu ordonnes aux gens d'être en forme, cohérents et heureux en permanence. Si c'est pas raide, ça !

— Je n'ordonne rien à personne ! Ce sont des commandements de bon sens. Les gens sont libres de les appliquer ou non.

— Tu parles !

— De toutes les façons, je m'en fiche maintenant, j'ai plus envie. Je ne suis pas heureuse. J'ai tout raté. Je ne vois pas comment je pourrais donner des conseils sur ce qu'il faut faire pour avoir une vie épanouie alors que je suis moi-même en mode survie !

En plateau dans 10 minutes ! La voix du régisseur résonne dans la loge.

— Déjà ? s'étrangle Edgar.

— Oh non ! Edgar, s'il te plaît. Dis-leur que je ne peux pas. Que je ne me sens pas bien. Que je m'excuse. Trouve quelque chose pour annuler ma présence. S'il te plaît !

— Jamais ! Il faudra que tu me passes sur le corps !

— D'accord, allonge-toi !

— Rose, arrête de faire l'enfant ! Cette émission est le moment phare de ta promo et tu y iras même s'il faut que je te traîne par les pieds.

— Tu répète ça pour toutes les émissions !

— Faux ! Avec cette émission, tu vas doubler tes ventes de livres. Au minimum. Hors de question de te laisser reculer !

— M'en fous, j'te dis ! Je me sens pas de parler bien-être et tout le tintouin aujourd'hui.

— Non, tu ne t'en fous pas !

— Je n'irai pas ! Le bonheur m'emmerde !

— Ça suffit, Rose ! Ne recommence pas ! Tu ne penses pas un mot de ce que tu dis !

— SI !

— NON !

— SI !

D'un geste vif, la jusqu'alors très discrète Myrtille fait pivoter mon fauteuil, attrape mes mains et plonge son regard vert d'eau dans mes yeux brouillés.

— Madame Rose Baron, vous allez m'écouter maintenant !

La surprise est telle que je ne pipe mot. Idem pour Edgar.

— Je ne connais pas votre vie. Par contre, je connais votre œuvre : votre voix m'accompagne depuis des années. J'ai téléchargé toutes vos conférences. Et je crois en vos valeurs et vos conseils. Ils m'ont personnellement aidée à prendre conscience de mes forces et de mes petites victoires sur la vie. Vous avez vraiment du talent : vous utilisez des mots simples, votre bon sens, pour nous aider à comprendre que le bonheur n'est pas un luxe réservé à une certaine élite et qu'il faut le cultiver au quotidien pour qu'il ne fane pas. Vous savez, j'ai appliqué vos préceptes religieusement.

— Il ne fallait pas !

— Comment pouvez-vous dire ça ? Vous êtes injuste avec vous-même. Les gens ont besoin de vous. Ce n'est pas parce que vous êtes malheureuse aujourd'hui que votre enseignement ne vaut plus rien ! Bien au contraire ! Cela vous rend plus humaine encore, plus vivante.

— Je regrette d'avoir écrit tout ça !

En plateau dans 5 minutes !

— Edgar a raison. Vous ne pensez pas ce que vous dites. J'en suis certaine. Écoutez-moi bien, madame Baron. Grâce à vous, aux messages transmis dans vos livres, je n'ai pas perdu pied quand j'ai appris mon licenciement de la banque où je travaillais. Je suis tombée, mais je me suis battue. J'ai cherché à m'en sortir. Et surtout à trouver ma voie. Je me suis formée pour devenir maquilleuse. C'était mon rêve d'enfant. J'ai suivi vos commandements, un par un. Tous n'ont pas fonctionné, je vous l'avoue. Certains m'ont aussi exaspérée. Mais ce que vous m'avez offert n'a pas de prix. Dans votre livre *Une vie heureuse : les dix commandements*, vous avez cette phrase : « *La vie finit toujours par vous sourire de nouveau pour peu que vous lui accordiez votre confiance inconditionnellement. Car il y a toujours un cadeau caché. À vous de le trouver.* » Cette phrase, je me la suis répétée comme un mantra chaque jour pendant des mois. Je n'ai pas compris tout de suite la signification du cadeau caché. Il m'a fallu du temps pour lui donner du sens. Aujourd'hui, je sais. J'ai compris. Il me fallait perdre pied pour mieux me trouver. Alors, madame Baron, je vous le dis droit dans les yeux : ne vous détournez pas du bonheur ! Il vous offre certainement en ce moment même la plus belle occasion de votre vie, celle de vous éveiller et vous élever encore plus haut. Cherchez votre cadeau caché et accordez à la vie une confiance inconditionnelle !

En plateau dans 2 minutes !

— On y va, Rose ? me demande doucement Edgar.

Les mains toujours accrochées à celles de Myrtille, je me lève. Est-ce l'intensité de son regard, le tremblement ému de sa voix, ou la force de sa conviction, le fait est que ses mots ont fait mouche. Je me sens le courage d'aller sur le plateau.

— Merci, Myrtille. On croise parfois des anges-Terriens sur notre chemin. Vous êtes mon cadeau caché du jour.

— Rose...

— Oui, Edgar. Je te suis.

Mon portable se met à vibrer. Un SMS.

Salut, Rosette
Alors, on se le boit quand ce verre ?
Bisous
Tom

26

Je remonte les allées du cimetière Montparnasse comme on remonte les couloirs du temps. Je nous revois, Raphaël et moi, serpentant dans les artères ombragées de ce lieu de villégiature divin aux illustres habitants. Nous y passions des mercredis après-midi entiers à chercher les tombes de morts célèbres. Sartre, Simone de Beauvoir, Marguerite Duras… Nous adorions nous lancer des défis : « *Le premier arrivé à la tombe de Maupassant se fait payer une glace. Le dernier arrivé à celle de Gainsbourg chante* Le Poinçonneur des Lilas *à tue-tête.* » Insouciants et immortels, nous n'avions aucune conscience de ce que signifiait mourir ni de la souffrance que pouvait générer la perte d'un être aimé. Nous n'avions perdu personne. La mort était abstraite. Lointaine. Pour les autres. Si, par hasard, elle venait frapper à notre porte, c'était toujours une vieille tante du Sud ou un cousin éloigné qui s'en allait tutoyer Dieu. Mais pas de parents ou d'amis proches. Nos grands-parents étaient encore bien vivants et nos parents en pleine santé. L'adolescence a un goût d'éternité. Et puis, un jour, la mort nous enrhume. Et nous passons le restant de nos jours la goutte au nez, les yeux gonflés et le cœur enfiévré.

C'est exactement l'état dans lequel je me trouve alors que j'arrive devant la sépulture de Raphaël. Je tiens une grippe carabinée. Aussi bien psychologiquement que littéralement. Je ne devrais pas être ici. Premièrement, parce que mon frère ne devrait pas se trouver là. « *Ce n'est pas dans l'ordre des choses* », martèle tristement ma mère. Et, accessoirement, parce que depuis trois jours, je flirte avec les 38,9 °C de température et que je peine à contenir les tremblements bouillonnants d'un corps à l'agonie. Les courants d'air assassins du plateau de l'émission *Tout n'est pas perdu* ont eu raison de ma santé.

J'attends Tom. Il ne devrait plus tarder. Drôle d'endroit pour des retrouvailles. D'autant que je ne suis pas venue sur la tombe de mon frère depuis le jour de son enterrement. Il m'est tout simplement insupportable de le savoir prisonnier à tout jamais au milieu d'autres morts, aussi illustres soient-ils. Je n'ai jamais eu besoin d'un lieu de recueillement. Au contraire, je les fuis car ils symbolisent la punition éternelle. Je préfère imaginer l'âme de mes défunts papillonnant dans les airs. Libre, aérienne, affranchie de toute frontière. Délivrée de toute entrave. Que j'aimerais ressentir la même chose sur cette planète ! Me sentir légère. Pour l'heure, je pèse trois tonnes et mes jambes ne me portent plus. La poche de mon jean se met à vibrer. Un SMS.

Je suis coincé à la station Champs-Élysées.
Métro arrêté pour cause de colis suspect.
J'arrive dès que je peux.
Si tu veux te réchauffer dans un café pas loin, n'hésite pas.
J'ai hâte de te voir.
Bisous
Tom

Ne tenant plus sur mes jambes, je m'assois sur le bord de la pierre tombale de mon frère sous le regard outré d'un vieil homme bougon qui désherbe avec minutie la tombe d'en face. J'ai envie de m'allonger mais la sépulture de Raphy est entièrement recouverte d'amour. Je ne peux retenir mes larmes. Au milieu d'une profusion de fleurs, des plaques de marbre en pagaille. « *À notre fils adoré* », « *À mon amour pour toujours* », « *À notre collègue qui nous manque tant* », « *Reviens ! Sans toi, c'est comme un été sans soleil, un apéro sans olives, une moto sans essence. Tes potos* », « *Au-delà et à l'infini ! Ta filleule* ». Et puis, il y a la mienne sur laquelle sont gravés quelques mots issus d'une chanson de Charles Aznavour qu'il aimait tant. « *Je n'ai commis qu'un seul délit, celui de faire chanter mes jours et mes amours… À ma manière.* » Je voudrais prendre Raphy dans mes bras. Le serrer. Lui dire que je suis fière d'être sa sœur. Que son rire et sa folie me manquent.

Mon corps se plie de douleur. Je me contorsionne pour approcher mon cœur du sien. Je glisse ma tête entre une jardinière de roses de Noël et un pot de perce-neige. Je me sens protégée. Calfeutrée. « *Raphy, aide-moi, je t'en supplie. Ma vie s'effrite depuis ton départ. Je n'y arrive pas. Je n'ai pas de forces. Guide-moi. Ne me laisse pas seule. J'ai besoin de toi.* » Je ferme les yeux. Des larmes brûlent mon visage boursouflé de chagrin et de froid. Je suffoque de tristesse. Rien ne se passe. Pas un signe. Mes prières sont vaines. Comment puis-je croire un instant qu'il les reçoit ? Qu'il me répondra ? Il est mort, enterré et cela m'est insupportable. Désespérée et éperdue de colère, je pousse un cri d'animal blessé.

— Eh ! Mais que faites-vous ?

Je me relève brusquement. Ma tête heurte le pot de perce-neige et la jardinière. Les roses de Noël s'envolent.

— Vous pouvez pas rester comme ça ! Vous allez attraper la mort !

Face à moi, le vieux bougon. Que me veut-il ? On ne peut plus hurler à la mort tranquille maintenant ?

— C'est déjà fait ! je lui rétorque, agacée. J'ai attrapé la mort il y a un an.

— Cessez de dire des âneries, jeune inconsciente. Ceux qui ont attrapé la mort sont ceux que vous profanez avec vos lamentations. Ce n'est pas vous qui êtes enterrée six pieds sous terre. Mais eux ! Et lui, ajoute-t-il en décochant un coup de menton en direction de Raphy. Vous, vous êtes bien vivante. Et vous devez le rester. Vous devriez célébrer le fait d'être en vie. C'est le meilleur hommage à lui rendre. Célébrer cette existence qu'il semblait apprécier au vu des nombreux messages qu'il reçoit. Sa mort doit vous enseigner la vie.

— De quoi vous mêlez-vous ? Je ne vous ai rien demandé et j'ai le droit d'être malheureuse si je le veux.

Qu'est-ce que c'est que ces gens qui n'arrêtent pas de me dire ce que je dois faire ! C'est insupportable !

— C'est vrai, vous avez raison. C'est votre droit le plus strict. Mais n'oubliez jamais que votre malheur est né d'un grand bonheur.

— Je ne comprends pas où vous voulez en venir.

— Pour être triste comme vous l'êtes à cet instant, il faut avoir quelqu'un à pleurer. Quelqu'un que l'on a aimé de son vivant et qui nous a aimé en retour. Moi, je n'ai personne à pleurer et personne ne me pleurera.

— On a toujours quelqu'un à aimer et à pleurer.

— Non… Pas toujours, dit-il en baissant les yeux. Regardez autour de vous, il y a tant de morts que personne ne visite. Pas une larme, pas une fleur, pas un mot. Certains même ont fini par être effacés de l'histoire de l'humanité.

— Ce que vous dites est affreux. Et, d'ailleurs, qu'en savez-vous ? Peut-être y a-t-il des gens qui viennent se recueillir et vous n'êtes pas là pour le voir ? Vous ne passez pas vos journées entières au cimetière que je sache.

— Eh bien, détrompez-vous, ma mie. C'est même la seule activité qu'il me reste désormais.

— Quoi ? Vous êtes le gardien du cimetière ?

— En quelque sorte, oui. Mais pas l'officiel. Je suis le gardien du souvenir des vies oubliées. Je leur rends visite chaque jour, je nettoie leur tombe, je les fais revivre à ma façon. Et il y en a un paquet, croyez-moi.

— Je ne comprends pas... Pourquoi faites-vous cela ? Pourquoi vous occuper des tombeaux de personnes que vous ne connaissez pas ?

— Pour qu'ils vivent encore dans le souvenir de quelqu'un. Je me demande ce qu'ils ont fait de leur vie pour en arriver là. Et, pourquoi, contrairement à d'autres qui reçoivent une abondance d'attention, eux sont délaissés ? L'éternité nous est acquise à partir du moment où des gens se souviennent de nous avec amour.

Le vieil homme se baisse pour déraciner une longue tige de pâturin récalcitrant et grommelle dans sa barbe clairsemée.

— Les mauvaises herbes prolifèrent dans ce cimetière. Tout se perd... Ça, ça serait vraiment terrible, murmure-t-il.

— Qu'est-ce qui serait terrible ? De mourir ?

— Mourir, non. Mourir n'est rien à côté de l'oubli. Ce que je redoute le plus, c'est que ma tombe disparaisse, ensevelie par les mauvaises herbes. Et mon existence avec. C'est ce qui arrivera, je le sais. Personne ne viendra les combattre. Pourtant, j'aimerais que quelqu'un fasse pour moi ce que je fais pour lui.

Il caresse quelques secondes la tombe qu'il vient de désherber de sa longue et frêle main piquetée de taches de vieillesse. Il prend appui sur celle-ci pour se redresser. « Dieu que la terre est basse », marmotte-t-il. Je m'approche pour l'aider. D'un geste maladroit, il me repousse mais, voyant qu'il n'y arrivera pas seul, s'accroche à mon bras et finit par retrouver son équilibre. Il me jette un regard noir comme si je venais de découvrir un secret férocement caché : celui de sa vulnérabilité. J'enchaîne pour ne pas le gêner davantage.

— Vous exagérez, j'en suis certaine. Vous avez sûrement de la famille ou des amis qui viendront pleurer et honorer votre mémoire. Et je vous souhaite que ce soit le plus tard possible.

— Non, ma mie. Personne ne viendra et je sais que c'est pour bientôt.

— Ne dites pas cela !

— J'ai fait des choix de vie qui m'ont conduit à ce cimetière aujourd'hui. Des décisions que je regrette amèrement. Mais il est trop tard pour changer le cours de mon histoire.

— Il n'est jamais trop tard.

— Oh que si…

Je regarde ce vieil homme. Il a dû être diaboliquement beau dans sa jeunesse. Ses yeux bleu ciel ont dû faire bien des ravages. Il est de ces hommes millésimés dont la beauté se bonifie avec le temps. Alors que s'est-il passé pour qu'il termine ses vieux jours au milieu des âmes perdues ?

— Je suis certaine qu'un cœur vous a aimé.

— Peut-être. Mais je ne me suis jamais laissé avoir par qui que ce soit. Je n'en avais pas le temps. Ça ne m'intéressait pas. Ma maîtresse s'appelait Ambition. J'étais quelqu'un, vous savez, lorsque je travaillais ! Je dirigeais des centaines d'individus. Je dominais le monde du haut de ma tour de béton. Je me sentais libre et puissant.

Il attrape son arrosoir d'un geste nerveux.

— Un jour, on m'a remercié. Quelle drôle d'expression pour virer quelqu'un ! En moins de cinq minutes, je me suis retrouvé sans statut, sans identité, sans famille. En somme, sans présent ni avenir.

— On a tous une famille. Même de cœur. Et on ne perd pas son identité en perdant son travail.

— Pour vous peut-être, mais pour moi... Plus vous touchez les cieux, plus vertigineuse est la chute. J'étais mon travail. J'étais mon statut. Il faisait partie intégrante de mon ADN. J'incarnais le pouvoir. Et je m'en délectais. Sans lui, je n'étais plus. Tout simplement. Et pour ce qui est de la famille, mes parents sont morts lorsque j'avais à peine 20 ans dans un accident de la route. J'étais leur unique enfant. Tout est dit. Je n'ai jamais su créer de véritables liens avec mes semblables. Aujourd'hui, je suis seul et probablement proche de la sortie. Je regrette tant de choses, vous savez…

— Vous n'avez aimé personne ? Jamais ?

Le temps d'un silence, j'entraperçois une larme voiler son iris. Je le sens soudainement très loin d'ici. Comme errant dans le passé. Il se ressaisit.

— Qui c'est ce Raphaël pour vous ? m'interroge-t-il.

Je réponds en soufflant sur le bout de mes doigts gelés.

— C'est mon frère.

Les tremblements fiévreux de mon corps s'intensifient. Je peine à rester debout.

— Vous êtes bien grippée, jeune demoiselle. Dépêchez-vous de rentrer au chaud. Ce cher Raphaël ne va pas se sauver. Il sera là demain encore.

— J'attends un ami. Il ne va pas tarder.

— Comme vous voulez, ma chère, dit-il en avançant dans l'allée. Mais souvenez-vous de ceci : cessez de pleurer sur votre sort. Cela n'aide ni votre frère ni vous. Offrez-vous ce qu'il n'aura plus… et moi non plus d'ailleurs. Une vie longue, pleine de sens, de joie et d'humains. N'attendez pas d'avoir des regrets. Vivez maintenant.

Je le regarde s'éloigner et le vois tourner dans l'allée centrale.

— Attendez !

Il ne m'entend déjà plus et continue d'avancer.

— Monsieur ! Attendez ! S'il vous plaît.

Sa frêle silhouette s'estompe peu à peu.

— Comment vous appelez-vous ? Dites-le-moi, s'il vous plaît !

Sans se retourner, il disparaît dans le brouillard hivernal.

Que la vie est étrange ! S'il y a bien une chose que j'ai apprise durant toutes ces années de recherches sur le bonheur, c'est que, comme dit le très perspicace Paul Éluard, « il n'y a pas de hasard, il n'y a que des rendez-vous ». Parfois, ce sont des rendez-vous manqués. Parfois, nous répondons présents. En cette fin d'année, j'avais rendez-vous avec ce vieil homme. Est-ce Raphaël qui me l'envoie ? J'aimerais tant le croire. Ce serait tout lui. M'envoyer un vieux grognon qui m'engueule pour que je sois heureuse. Ça ressemblerait bien à mon frère, ça !

Je sens poindre en moi une once de bonheur. Peut-être le signe que j'attendais. Je me retourne vers la tombe de Raphy, le sourire en coin. Je constate les dégâts occasionnés par le pot et la jardinière. L'un fendu en deux, l'autre suspendue entre deux plaques funéraires, leur contenu entièrement déversé sur le marbre mordoré. Un grand nettoyage s'impose. Avec précaution, je ramasse les roses et nettoie la terre éparpillée avec un vieux mouchoir trouvé dans mon sac.

C'est alors que mon regard accroche un papier collé sous la jardinière. Je me penche pour le décoller. Abîmé par les intempéries, il s'enlève avec difficulté. Par chance, il ne se déchire pas mais de grosses marques de couleur rouille ornent le papier. Quelque chose est inscrit sur le dessus de ce qui se trouve être une enveloppe. Mon cœur se contracte. Serait-ce ce que je crois ? Non, impossible ! Malgré l'encre imbibée d'eau, je découvre avec stupéfaction mon nom inscrit en toutes lettres. C'est à n'en pas douter une nouvelle lettre de M. Mais qu'est-ce que… ?

— Tout va bien, Rose ?

Je sursaute. La main qui vient de se poser sur mon épaule est celle de Tom. Décidément. Ce garçon a le chic pour me faire peur. Sans comprendre vraiment pourquoi, je tombe en pleurs dans ses bras. Le vieux bougon, la lettre, la fièvre, c'en est trop ! Je m'effondre. Je le sens resserrer délicatement son étreinte. La chaleur de son souffle dans mon cou et l'effluve délicat de son parfum me transportent. Un frisson court le long de ma colonne vertébrale. Je n'arrive pas à savoir si ce sont des frissons de fièvre ou de désir.

Quoi qu'il en soit, les addictives pattes d'oie de ses yeux rieurs sont les dernières images que j'entraperçois… avant de m'évanouir.

27

Le ciel est chargé de colère. Des nuages noirs s'amoncellent au loin. Je me trouve là où le ciel est encore bleu. Ça ne durera pas. Ça ne dure jamais. Déjà, l'ombre approche. Un verre de mojito à la main, je titube et chantonne « Il y a tant d'envies, tant de rêves… qui naissent d'une vraie souffrance… ». Maintenant, les éclairs déchirent le ciel. La foudre tombe sur le clocher. Je demande au cochet de me ramener à l'amour, mais il ne veut pas. Ce n'est pas l'heure. Pas encore. Et puis, il ne vole pas assez vite à mon goût alors je saute en marche. La dame blanche me rattrape dans ses bras mais elle ment. Je m'enfuis avec son or. Il pleut sur la tombe de Raphy qui ne veut pas rester tranquille chez lui. Je n'ai plus le temps. Le temps d'avant. J'en pleure. Et m'endors.

— Rose… Rose… Je suis là.

Ma tête est lourde. Mes yeux verrouillés. Je peine à respirer.

— Rose, ouvre les yeux, s'il te plaît.

Je me sens bien. J'ai la sensation d'être englou-tie dans de la barbe à papa. Comme quand j'étais malade, sous l'édredon en plumes de mémé Jeanne qui m'apportait une orange coupée avec un sucre à l'intérieur.

— Rose… Rose… Réveille-toi. Je t'ai préparé une tisane de thym.

— Mémé… Mémé, c'est toi ?

— Non, c'est moi, Tom. Je suis là, n'aie pas peur.

— Tom…

Je tente de me redresser. Ma tête tourne. Je retombe lourdement sur le lit.

— Tom…

Mes paupières sont scellées. Je réussis malgré tout à en entrouvrir une. Le visage sculptural de mon amour d'enfance est penché sur moi.

— Je suis là.

— Tom… Attends-moi… s'il te plaît… Attends-moi… Je le trouve pas…

— Je suis là, Rose. Je veille sur toi.

— J'veux pas aller à Paris… Tom… J'veux pas te quitter…

— Je sais, Rose…

— Pardonne-moi… Je l'ai perdu… J'ai plus le temps…

Sa main caresse doucement mes cheveux tres-sés de sueur. Une voix familière se fait entendre.

— Elle va s'en sortir ?

— Oui, Lilou, ne t'inquiète pas. C'est une mauvaise grippe mais elle va guérir.

— Qu'est-ce qu'elle a à délirer comme ça ? De quoi elle parle ?

— Je ne sais pas... C'est la fièvre. C'est normal. Dès que sa température retombera, elle ira mieux. On va soigner ta maman, rassure-toi et, bientôt, elle rira de nouveau.

— Ah ouais... J'en doute fort, je ne l'ai pas vue rire depuis des mois.

Les carillons de l'église retentissent bruyamment. Il faut que je porte plainte pour tapage nocturne. Ce prêtre est insupportable.

— Ce doit être le docteur, Lilou. Va lui ouvrir, s'il te plaît.

Les éclairs redoublent de ferveur. Les plaques en marbre s'envolent. Je marche le long d'une allée boisée. C'est l'automne. Les arbres bordant le sentier sont d'une implacable régularité. Je m'arrête et m'enfonce dans des sables mouvants. Baptiste me regarde en riant. Derrière lui, une ombre.

— Que pouvons-nous faire, docteur ?

— Il faut absolument faire tomber la fièvre. Restez près d'elle tant qu'elle ne baissera pas.

Pourquoi ris-tu, Baptiste ?

— Ne vous inquiétez pas. Nous allons veiller sur elle.

Mon corps s'enfonce dans le sable. Je me laisse glisser. Sans résister. Je redresse la tête pour regarder le ciel. Il est redevenu clair. Il ne reste plus qu'un seul nuage avec une drôle de forme. À quoi peut-il ressembler ? À des montagnes ? Non... À des triangles ? Non... À quoi alors ? Un M. !

28

4e commandement :
« Ton corps, tu soigneras »

Rose,

Que fais-tu de ce corps qui abrite ton âme ?
Est-il un ami à chérir ou un ennemi à combattre ?
Est-il cabossé ou plein de vitalité ?
As-tu conscience de ce qui se joue en lui ?
Tiens-tu compte des signaux qu'il t'envoie ?
La santé est le plus grand trésor de notre vie.
Notre corps est l'écrin au creux duquel se posent les 21 grammes de notre âme.
Préserver cette alliance est le socle d'une existence harmonieuse.
C'est un capital précieux qui nous est accordé à la naissance.
Une ressource qu'il nous faut chérir et protéger religieusement.
Fragile et périssable, la santé est une richesse inconnue pour celui qui la possède.

Une richesse invisible qui n'apparaît en pleine lumière que lorsqu'elle disparaît.
Considérant la plupart du temps qu'elle nous est due et acquise, nous nous évertuons à en ignorer les rituels de bon sens. Excès, maltraitance, empoisonnement, déni, voici ce que nous offrons à notre corps quotidiennement.

Engagement n° 4 : Que la tempérance soit !
Toutefois, nous le savons, une belle et longue vie tient en un fragile équilibre entre nos besoins et nos envies. Pose-toi un instant et réponds à ces quelques questions :
Ta nourriture te régénère-t-elle ?
Ton sommeil est-il d'or ?
Respires-tu consciemment ?
Es-tu en mouvement ?
Reviens dans ton corps avant que ton âme ne veuille s'en échapper. Ne gaspille pas toutes tes ressources. Il n'y a de véritable plaisir que dans l'équilibre et la conscience de soi. Habite-le pleinement. Fais-le vibrer. Savoure, respire, dors, câline, vibre, jouis, cours, nage, danse et ris. Ris aux éclats. Offre-toi la belle vie, Rose !

Rose Baron,
Ton corps, tu soigneras.
4e commandement.
Signé : M.

29

Habiter mon corps… Tu parles d'un œuf ! Pour l'heure, j'agonise.

Alitée et délirante, je lutte contre la fièvre et l'ennui depuis trois jours. Les membres désarticulés, deux grosses huîtres laiteuses plantées à la place des yeux, je ressemble à Madame Patate montée à l'envers. Je suis pourtant mitonnée aux petits oignons par Lilou et mes amis qui se relaient à mon chevet comme si j'étais mourante.

Mais rien n'y fait. J'incarne l'ingratitude. Je bougonne, je mesquine et passe le plus clair de mon temps à divaguer. Même Tom en est pour ses frais. Lui qui n'a quitté cet appartement que pour aller dormir dans son studio, se laver et continuer les recherches pour son futur Amazing Art Home. Bref, une vraie peste d'après Lilou. État qui m'offre, je l'avoue, quelques menues réjouissances. Notamment lors de la visite de Baptiste venu prendre de mes nouvelles pendant un épisode fiévreux. Il semblerait qu'à sa seule vue, je me sois mise à beugler comme Regan, l'adolescente hystérique du film *L'Exorciste,* en proie à d'effrayants spasmes incontrôlés. Peut-être aurait-il été plus judicieux d'appeler un exorciste plutôt que le docteur Engelstein ?

D'autant que ce dernier, convoqué en urgence ce matin après une énième crise de délirium fiévreux, m'ordonne une semaine de « quarantaine non négociable » afin de donner une chance à mon rétablissement. Avec interdiction formelle de mettre le nez dehors et un droit de visite réduit au strict nécessaire.

À deux jours de Noël, le timing est donc parfait. Je vais me retrouver seule, au régime sec, avec pour seuls compagnons mes Kleenex menthol, mon « pisse-mémé » au thym et ma télécommande toute rafistolée à l'heure où le monde entier fera bonne chère, en riant grassement noyé sous moult cadeaux moches et inutiles. Pitoyable.

Pire, je suis sommée de rester à Paris alors que ma famille célébrera les fêtes comme chaque année dans le sud de la France. Je ne peux pas tomber plus bas.

— Intransportable ! assène l'inflexible docteur Engelstein. Et contagieuse qui plus est ! Quand on a une grippe carabinée, on reste au lit ! En plus, ça lui fera le plus grand bien. Repos forcé ! Alléluia ! jubile-t-il sous le regard dépité de mes parents venus me rendre visite.

Prenant ma mère à part, il continue :

— Je comprends votre déception mais comprenez bien ceci : le plus beau cadeau que vous puissiez offrir à votre fille pour Noël, c'est une cure de sommeil et un repos complet. Façon ermite. Je serais même tenté de vous dire qu'après sa guérison elle ferait bien de se mettre au vert quelque temps. Sa fatigue est générale et date de bien plus longtemps que vous ne l'imaginez. Elle est épuisée et a besoin de se retrouver.

Je fulmine.

— Je vous entends, Mister Hide ! Cessez d'inquiéter et de manipuler mes parents. Je vais bien. J'ai juste chopé un putain de virus comme plus de la moitié de la France à l'heure actuelle.

— Non, Rose, dit-il en s'approchant de mon lit. Cette grippe n'est pas le fruit du hasard et vous le savez bien. On ne tombe pas malade par hasard. Notre corps nous parle. Il nous alerte sur quelque chose de bien plus profond qu'un problème de santé physique. Il nous dénote d'un déséquilibre souvent de nature psychologique. C'est…

— Rhooo, cessez vos turlupinades ! Ça va ! Une grippe est une grippe, un point, c'est tout !

— Ça suffit, Rose, tu parles comme mémé, me rabroue sèchement ma mère. Laisse s'exprimer le bon docteur. Ce qu'il dit m'intéresse. Docteur, ne faites pas attention à elle, elle est insupportable depuis trois jours. Parfois, je me demande si elle ne prend pas un malin plaisir à « délirer », lui glisse-t-elle en ouvrant les guillemets avec ses doigts.

— M'enfin, maman ! T'es en train d'insinuer que je simule ? Nan mais, je rêve !

Le Doc reprend sentencieusement :

— Rose, vous le savez mieux que personne. Enfin, puisque vous semblez atteinte d'amnésie soudaine, je vais vous le répéter. Dans notre monde occidental, nous admettons difficilement que nos émotions refoulées puissent être intimement liées à notre état de santé. Nous privilégions l'explicable, le palpable. En vérité, les émotions sont la matrice de nos maladies. Être à l'écoute émotionnelle de notre corps, être attentif à ses doléances, ses alertes, c'est comprendre la racine du mal, et lui donner une chance de le combattre avec plus de force. Notre corps a un fort pouvoir de guérison !

— Hum… Cher docteur Engelstein…

Aïe, mon père vient de se racler la gorge. Cela n'annonce rien de bon. D'une nature plutôt joviale et habituellement ouvert d'esprit, il y a toutefois des sujets sur lesquels mon paternel est épidermique. La maladie et la mort en font partie, et déclenchent toujours les mêmes réactions : l'opposition ou la fuite.

— Je dois bien avouer que je n'adhère pas du tout à votre propos.

Ce sera donc l'opposition.

— Tout ça, ce sont des discours de charlatan, continue-t-il sur un ton solennel. Une maladie est le résultat de l'attaque d'un virus, d'une bactérie, d'un dérèglement de notre corps dû à une mauvaise hygiène de vie ou à une fatalité génétique, un point, c'est tout. Pas le résultat de nos pensées. Je connais beaucoup de personnes qui se disent heureuses et qui tombent malades quand même. Votre théorie ne tient pas la route.

— Et tac ! Bien dit, papouillou ! Votre théorie n'est qu'une théorie et on en a marre des théories et les miennes y compris ! meuglé-je avec frénésie.

— Rose, tu délires encore ! Dors !

— Maman, cesse de me parler comme si j'avais 12 ans !

— Je cesserai quand tu cesseras de faire l'enfant !

Une fois de plus ma mère me renvoie dans mes vingt-deux. Trop, c'est trop ! Va falloir que j'aie une discussion avec elle. Cela ne peut plus durer ! J'ai une réputation d'adulte saine d'esprit à tenir tout de même !

Le docteur Engelstein, toujours aussi docte, enchaîne en se focalisant sur mon père.

— Je comprends vos doutes, cher monsieur, c'est bien normal. Pourtant, notre corps a bien un langage émotionnel qui se traduit par des dérèglements physiologiques. Nos pensées anxieuses vont affaiblir notre système immunitaire et nous serons plus sujets « aux attaques », comme vous le dites si bien. Elles sont également à l'origine de nos comportements autodestructeurs comme l'addiction, la malbouffe, le manque d'activité. La plupart du temps, nous créons nos propres maladies.

Le regard en coin, mon père s'évertue à épousseter une commode déjà propre. Je le connais. Il cherche à se donner une contenance. Il essaie de ne pas montrer d'intérêt à ce que dit le « bon docteur ». En vain. Sa gêne le trahit et prouve qu'il est à l'écoute et que cela le touche.

Imperturbable et lancé à pleine vitesse, le Doc poursuit sa démonstration.

— Prenez le mal de dos ! « En avoir plein le dos », « avoir bon dos », « avoir le dos large », « prendre sur soi », vous les connaissez ces expressions populaires qui nous parlent du poids des responsabilités qui pèsent sur nous, et le fait de ne pas se sentir soutenu dans son quotidien. Trop souvent, nous nous rendons responsable du bonheur ou du malheur des autres. Nous préférons faire au lieu de « faire faire ». La douleur dorsale peut alors venir révéler un ras-le-bol, nous prévenir que la pression est trop forte. Apprendre à dire non, à déléguer ou faire le deuil de certains comportements est très salvateur et soulage généralement le mal de dos. Croyez-moi : qui voyage léger, voyage heureux.

— Vous êtes si passionnant ! s'exclame ma mère sous le charme.

— Pfffff… Et blabla ! Et blabla ! On croirait entendre Mister M.

— Rose Baron ! *Cállate !*

Voilà que ma mère me houspille en espagnol maintenant ! Elle me lance un regard noir. Je me retourne vexée et enfonce ma tête sous la couette. Mon père, quant à lui, sort de la chambre en haussant les épaules de dépit.

— Et le mal de gorge, docteur ? enchaîne-t-elle. Qu'est-ce que cela signifie ?

— Le mal de gorge est souvent lié à notre incapacité à exprimer ce qui nous pèse. Quand quelque chose nous « reste en travers de la gorge », cela peut indiquer qu'un comportement ou une situation ne passe pas. On va ressentir une gêne, une difficulté à déglutir, de la toux ou des irritations. Cela peut aussi signifier que l'on cherche sa voi(e). V-O-I-E.

— C'est exactement ce qui arrive à mon mari ! s'écrie ma mère. Quelque chose le gêne dans la gorge depuis des mois ! Je suis persuadée que c'est à cause du décès de notre fils.

— Peut-être bien, madame.

— Et la grippe alors ?

— Mômaaaan, tu vas pas passer en revue toutes les maladies de la planète !

— Faire de la fièvre peut être synonyme de colère. Une colère prête à exploser. Les bouffées de fièvre sont le seul moyen d'extérioriser le trop-plein d'énergie retenue. La grippe, par exemple, oblige votre fille à stopper sa course folle. Elle la contraint à rester couchée. Dans son cas, c'est salvateur car elle ignore consciemment son état de fatigue, et ce, malgré toutes les mises en garde. La question qu'elle devrait se poser alors est : « Que dois-je accepter ou changer pour guérir ? »

Soudain, une voix de colère s'élève du fin fond de l'appartement.

— AVEC VOS THÉORIES À LA NOIX, VOUS ÊTES EN TRAIN D'INSINUER QUE NOTRE FILS A CRÉÉ SON PROPRE CANCER, C'EST ÇA ?

30

— Et regarde celle-ci ! Nan mais, la tête que j'ai ! C'est quoi cette coiffure ? On dirait Louis XIV en Perfecto sur une moto ! Ahahah !

Tom éclate de rire à la vue d'un cliché pris alors que nous avions 16 ans.

— Tu plaisantes ! Tu étais le mec le plus craquant de toute la Côte d'Azur !

— Arrête ta charrette, Rosette ! Tout ce que je vois, c'est que mon problème existentiel à l'époque était capillaire !

Calés sur le canapé, Tom et moi feuilletons le passé depuis plus d'une heure. Hier soir, ma mère est arrivée avec un cadeau inattendu. Un de mes albums-photos retrouvé au fond d'un placard alors qu'elle faisait du ménage. J'ai été particulièrement bouleversée par cette trouvaille car c'est l'un des rares objets m'appartenant rescapés du déménagement. Tous les autres albums que j'avais patiemment créés étaient dans mon carton égaré. Et mis à part les films capturés par la caméra super 8 de mon père sur lesquels notre enfance est gravée sur pellicule et les propres albums-photos de ma mère, il ne me reste de souvenirs d'enfance que peau de chagrin. La vue de ces images sorties tout droit d'un passé heureux m'émeut.

— Tiens, et lui, là, comment il s'appelait déjà ?

Tom me tend une photo de classe où surgissent ici et là des visages et des prénoms oubliés.

— Gaspard. Gaspard Duponnois. Il était en seconde B avec moi.

— Ah oui ! C'est ça ! Gaspard ! Je me souviens, je jouais au foot avec lui.

— Tom ! Regarde celle-ci !

Assis sur une plage, Tom et moi enlacés. Autour de nous une tripotée de copains festoient devant un feu de camp. Au milieu, Raphy fait le pitre avec sa guitare. Je l'entends encore reprendre à tue-tête *Santiano* d'Hugues Aufray ou encore *La fille du coupeur de joints* d'Hubert-Félix Thiéfaine. Cette photo est prise quelques mois avant notre départ pour Paris.

— Qu'est-ce que tu étais belle, chuchote-t-il songeur.

— Tu parles… Tu les trouvais toutes belles à l'époque, les filles.

— Décidément, la fièvre te fait dire n'importe quoi.

Il se penche doucement vers mon oreille et murmure :

— J'étais fou amoureux de vous, mademoiselle Rose Baron.

Un frisson digne d'une décharge électrique de 20 000 volts me traverse le corps de part en part. Je le repousse d'un petit coup d'épaule et minaude :

— N'importe quoi ! Je n'ai pas arrêté de te courir après depuis l'âge de 7 ans ! Il t'a fallu presque une décennie pour t'apercevoir que j'étais une fille. À peine un an avant que tout s'arrête et que nous quittions le Sud.

Je me penche à mon tour et colle ma bouche contre son oreille :

— Je vous déteste, monsieur Tom Carrère.

— J'espère bien.

Ses yeux se plantent dans les miens. L'espace d'un instant, le passé et le présent se confondent. Mon cœur joue les tambours du Bronx. Nos visages se rapprochent. Mais la réalité s'accroche et le visage de Judith, sa femme, m'extirpe avec force de notre palpable attraction. Je me recule vivement.

— Que se passe-t-il, Rose ?

— Je ne peux pas...

— Rose...

Tom n'a pas le temps de finir sa phrase. Lilou déboule comme une tornade :

— Mamaaaan ! Je peux aller chez Elyne ce soir ? Elle organise une fête et tout le monde y sera.

— Je... je sais pas, Lilou. Je peux pas venir te chercher. Je suis pas en état de sortir.

— Je peux aller la chercher après sa fête si cela t'arrange ?

— Merci mais personne n'a besoin de venir me chercher puisque tout le monde dort sur place. Allez, maman, steuplaît ! J'en ai marre d'être enfermée. Demain après-midi, je pars avec papy et mamy pour les fêtes. Je reverrai pas mes potes avant le jour de l'an. Allez... dis oui !

Après une demi-seconde de suspense, je capitule.

— Oui, bon, okay... C'est d'accord.

— Oh, trop cool, mam' ! Merci ! Ah, et au fait, euh... chacun doit apporter un truc et je peux pas venir les mains vides alors, euh... t'aurais pas 10 ou 15 balles pour acheter genre une pizza, un gâteau ou du coca ?

— ...

— Allez, môman... C'est la honte si je viens sans rien...

Je soupire et abdique sans combattre. Je n'ai pas la force de négocier avec elle. D'ailleurs, elle a raison. L'air est vicié ici. C'est les vacances, les copains y a que ça de vrai et ça s'fait pas de venir les mains vides.

— C'est bon... Mon sac est dans la chambre.

— Oh ! T'es la plus chouette, maman ! Si t'étais pas un virus sur pattes, je te ferais un bisou mais là, il sera virtuel, tu m'excuses ! D'ailleurs, Tom, je te conseille de t'éloigner de ma mère, si tu ne veux pas finir... comme elle !

À peine a-t-elle achevé sa phrase que, déjà, elle disparaît.

— Quelle négociatrice tu fais ! Chapeau bas !

— Oh, toi, ça suffit ! Arrête de chambrer ! Je veux rien entendre ! On verra bien quand tes gamins auront son âge !

Tom éclate de rire et ajoute :

— Tu crois que c'est une recommandation ou une menace qu'elle m'a faite ?

Il me fait un clin d'œil et dégaine son plus beau sourire en coin. Je lève les yeux au ciel et déclare :

— À ta place, je me méfierais…

31

Je suis seule.

Le constat est sans appel. Un silence assourdissant règne dans l'appartement. La mort dans l'âme, mes parents et Lilou sont finalement partis dans le Sud pour les fêtes, après d'âpres bagarres pour rester près de moi. Mais je m'y suis opposée catégoriquement.

Je voulais que Lilou ait un vrai Noël. Entourée de sa famille. Qu'elle se sente protégée au milieu des siens. Je voulais que ses yeux scintillent devant l'impérial sapin et son abondance d'offrandes. Que ses papilles s'émoustillent à la vue des délices mitonnés par sa grand-mère et mes tantes pour le réveillon et tout au long de cette semaine gargantuesque. Que la farandole d'huîtres, de saumon fumé et de langoustines endimanchées la régale de bonheur. Que les senteurs de mandarines, de pain d'épices et les effluves de fumet frémissant l'enveloppent de douceur. Que la chaleur et les crépitements du bois qui se consume dans l'âtre de la cheminée la fassent frissonner de quiétude. Que les rires espiègles de mes petits-cousins atténuent son chagrin. Que la gouaille et la mauvaise foi légendaire de mon oncle Eugène la fasse rire aux éclats et qu'elle triomphe au Scrabble en immortalisant la tête déconfite de son grand-père sur Snapchat.

Je connais les moindres vibrations de ces moments partagés. Les plus infimes ressentis de cette semaine festive où l'amour, les rires et les bulles coulent à flots.

Mais, depuis la mort de Raphaël, chaque instant de bonheur est délavé par le désespoir, et les instants de joie sont tamisés. Il n'était donc pas question que mes parents restent au chevet d'une malade pour les fêtes. Ils ont déjà tant donné. Et tant perdu.

Et puis, je voulais suivre les conseils du Doc et prendre le temps de me retrouver. C'est également ce que j'ai dit à mes amis qui étaient fin prêts à bousculer leurs traditions pour être près de moi.

— Pas question ! leur ai-je asséné avec fermeté. J'ai besoin de me retrouver seule. L'heure est au bilan. Allez rejoindre vos familles. Elles ont besoin de vous. Nan mais !

Résultat, je m'ennuie à mourir. Plantée au milieu du salon, mon regard harponne l'horloge. 19 h 48. Verrines saumonées et toasts de lompes avortés sont, à cet instant, les stars des millions de foyers qui festoient grassement. Quelle idée ai-je eue de vouloir être seule au monde le soir le plus calorique de l'année ? Certes, je ne reconnaîtrais pas une huître d'un morceau de chevreuil tant mon odorat et mon goût sont anesthésiés ; pour autant, je suis loin d'être anesthésiée contre la solitude et le vide.

Dieu que la nuit va être longue !

Je soupire profondément. Il faut absolument que je trouve à m'occuper. Ou plutôt que j'occupe mon mental qui ne cesse de me harceler et me pousse à surfer sur Facebook, ce qui me déprime encore plus ! Quelle torture de voir ces milliers de selfies dégoulinants de paillettes ! Il est donc vital que je divertisse la petite voix râleuse et cynique qui passe son temps à déblatérer des horreurs sur tout et n'importe quoi. Et surtout sur moi. « *C'est bien fait pour toi*, me rabâche-t-elle depuis deux mois. *Tu mérites ce qui t'arrive. Tu finiras seule et toute rabougrie. Non mais, regarde-toi ! Edgar a raison, tu ressembles à rien.* »

Ce soir, je me demande si ma frénésie à rechercher les secrets du bonheur n'est pas dans le seul but de faire taire cette pipelette mauvaise et rabat-joie. Je pivote et observe mon reflet dans le miroir du salon.

Ah bah, t'es belle, tiens ! T'as l'air de quoi dans ton vieux jogging râpé, avec tes moumoutes trouées aux pieds et ton tee-shirt mal taillé ? Tu t'laisses aller ! Tu t'laisses aller, ma pauvre Rose !

On dirait les paroles d'une chanson d'Aznavour... Pourtant, ma râleuse a raison. Edgar aussi, d'ailleurs. Depuis combien de temps ne me suis-je pas accordé d'attention ? Depuis quand n'ai-je pas pris soin de moi ? Il faut que je me reprenne. Il semblerait que quelqu'un d'autre pense la même chose. Quelqu'un qui n'a pas le courage de se montrer au grand jour et se cache derrière une lettre : M. Un bien mystérieux personnage qui paraît tenir un tant soit peu à moi et à ma santé. Quelque part, cela me fait du bien. J'ai peut-être effectivement besoin qu'on me dise mes quatre vérités. Certes, le moyen employé pour me transmettre le message est quelque peu perturbant mais il est fort probable que, si M. me parlait en face, je ne l'écouterais pas. Je lui dirais de se mêler de ce qui le regarde. Comme avec le docteur Engelstein. C'est un peu comme avec nos proches lorsqu'ils s'évertuent à nous prévenir du danger de nos comportements. « *Pourquoi tu ne fais pas du sport pour t'affiner un peu ?* », « *Attention au sucre, c'est un poison mortel. Ton père est diabétique. Il paraît que c'est héréditaire* », « *Tu devrais lever le pied au travail où tu risques d'y perdre la santé* », « *Tu sais, même un seul verre de vin par jour est risqué* », « *Quoi ? Tes légumes ne sont pas bio ? Mais t'es suicidaire ou quoi ?* », « *Tu ne devrais pas te mettre au soleil, c'est très mauvais et ça accélère le vieillissement de la peau* ». Tant d'ingérences vexantes et culpabilisantes qui, pourtant, signifient simplement : « *S'il te plaît, prends soin de toi, je t'aime tant et je voudrais que tu vives longtemps et en pleine santé.* »

Ce à quoi nous répondons par un « *Non mais, c'est l'hôpital qui se fout de la charité. Mêle-toi de ce qui te regarde ! Tu n'es pas mieux loti que moi !* ».

Une réplique assassine qui exprime en substance : « *Je sais que tu as raison. Je ne prends pas soin de moi comme je le devrais. Et je culpabilise de ça. Mais, toi aussi, tu dois faire attention car je tiens à toi et je t'aime.* »

Dieu qu'aimer est compliqué ! Nous passons la plupart de notre temps à déclarer notre amour aux autres en les engueulant.

Debout au milieu du salon, je ferme les yeux. Dans le silence urbain, je me laisse pénétrer par cette solitude forcée. Des frissons fiévreux parcourent mon corps. Je prends une profonde inspiration. Il y a forcément une raison à ce chaos dans ma vie.

Je dois réagir. Sortir de cette torpeur. Retrouver ma force de vie. Mais, par où commencer ?

... Un bain.

Un bain s'impose.

20 h 02. Je plonge la main dans l'eau parfumée du bain. La température est idéale. De fines bulles de mousse pétillent. La lumière est tamisée, les bougies allumées. Leurs flammes ondulent gracieusement en ombres chinoises au rythme de la voix suave de Sade. *Your Love Is King* m'envoûte et fait naître en moi une douce mélancolie. Je pose délicatement mon verre de margaux sur le rebord de la baignoire puis laisse glisser mon peignoir en soie, revêtu

quelques minutes plus tôt. Je pénètre lentement dans le bain. Des frissons de plaisir piquettent ma peau. Je ferme les yeux et inspire profondément les subtiles émanations d'huile d'argan. Enfin, autant que faire se peut, vu l'état de mes sinus, mais cela suffit à me transporter en Orient. Je suis bien.

Je ressens en moi le désir puissant de lâcher prise. De m'abandonner à ce qui est. D'ancrer les sensations. D'être présente pleinement. Inconditionnellement, afin qu'affleurent, dans mon silence intérieur, les murmures de mon âme : « *Offre-toi au présent, me chuchote-t-elle. Car, en ce lieu, il n'y a de place ni pour la souffrance ni pour les peurs. Seules la délicatesse et la quiétude règnent… Accueille ces instants de grâce… si discrets… si fragiles… Un soupir, et, déjà, ils s'envolent.* »

Être en conscience. Éveiller mes sens à la délicate beauté et l'infinie abondance de l'instant. La caresse de l'eau… Les effluves satinés… Le pétillement de l'écume… L'hypnotique ondulation… Emmitouflée sous l'épais manteau de mousse, je tâtonne et attrape mon verre de margaux. J'en prends une gorgée et laisse le nectar m'enivrer délicatement. Je suis grisée par cette sensation d'intense présence. Je savoure. Je suis bien. Légère.

Mais, déjà, mon esprit s'échappe et s'agite dans les couloirs du temps. J'essaie de le maintenir dans *l'ici et maintenant* cependant, le combat est rude et je le perds. La grâce n'aura duré que quelques minutes. Qu'il est dur de savourer le présent quand le futur s'assombrit. Je comprends que le chemin sera long avant que je reconstruise ce qui a été détruit. Mon estime de moi. Ma confiance en l'autre. Mon avenir. J'ai conscience aussi que mon futur dépend des choix que je fais au présent. M. a raison. Je peux choisir de poser ma conscience sur ce qu'il y a de douloureux dans mon passé ou dans ma vie aujourd'hui, ou, au contraire, de la poser sur ce qu'il y a de doux, d'apaisant, de bon. Comme ce moment de grâce dans mon bain, un soir de Noël. Comme la solide amitié que l'on m'offre. Comme l'amour que je porte à ma fille ou à mes parents. Je peux choisir d'avoir mal et de laisser s'infecter les blessures de mon estime meurtrie ou de la soigner patiemment en prenant soin de mon corps et de mon cœur. Je peux pleurer sur mes pertes ou être reconnaissante d'avoir eu ma part de bonheur. Enfin, je peux voyager alourdie et entravée par les chaînes de la colère et du refus ou alors dépourvue de tout poids, délestée de tout désir de vengeance, n'emportant avec moi que le pardon et la gratitude. Je repense à la phrase du docteur Engelstein. « *Qui voyage léger, voyage heureux* » et, à ces quelques mots, dans la lettre de M. : « *Ne voyage pas encombrée. Allège-toi. Ne garde près de toi que ce qui te ressource.* » C'est vrai, ils ont raison. Je dois m'allég…

Soudain, mon cœur s'emballe… Je me redresse hâtivement et provoque un tsunami mousseux qui déborde et inonde le sol de la salle de bains. La coïncidence est trop frappante. « *Le docteur Engelstein et M. parlent de la même façon et de la même chose...* » Et si ? Si, derrière le mystérieux M., se cachait le Doc ? Non, c'est impossible... Ça n'a pas de sens... Après tout, c'est son rôle de m'alerter sur les dysfonctionnements de ma vie. De vouloir me voir en pleine santé. Mais pourquoi employer un tel subterfuge ? Un scénario si rocambolesque ?

Depuis quelque temps, j'ai l'impression que l'univers s'amuse à m'envoyer de drôles de messagers. Comme ce vieux bougon du cimetière dont la voix résonne encore en moi. « *Votre malheur est né d'un grand bonheur... Sa mort doit vous enseigner la vie... Offrez-vous ce qu'il n'aura plus... N'attendez pas d'avoir des regrets. Vivez maintenant.* »

32

20 h 50. Après m'être lavée, rincée, séchée, épilée, crémée, puis avoir limé et colorié ma vingtaine d'ongles, posé un soin sur mes cheveux, une goutte de parfum au creux de mon décolleté et, enfin, m'être glissée dans une jolie nuisette rose et noir, je me pose devant le miroir pour admirer le résultat. Tadaaaam !

Mouais… Bof… Déception. Je m'attendais à mieux. J'imaginais avoir une révélation façon « relooking extrême ». Raté… Dans ce petit négligé de soie, qui avait pour mission de me sublimer, je ressemble à un appétissant saucisson brioché. Bien qu'allégée de quelques kilos de poils, je constate avec une certaine amertume qu'un bain et une épilation ne suffiront pas à restaurer le peu d'estime qu'il me reste de moi et que le travail de reconstruction ne fait que commencer. Je me trouve soudainement momoche, con-con et ennuyeuse à souhait. *À quoi ressemble-t-elle, « l'autre », celle qui est partie avec mon mec, hein ? Qu'a-t-elle de plus que moi ?* Je chasse d'un geste de la main la sublimissime Angelina Jolie qui vient tortiller son popotin sous mes yeux, envoie une pensée complice à Jennifer Aniston et m'engueule promptement. *Rosette, ça suffit ! On a dit : on voyage léger ! La comparaison est un fardeau, un poison. Alors, cesse immédiatement ce petit jeu dangereux ou tu finiras par y laisser ta peau.*

Je veux retrouver ma légèreté, mon humour et mon insouciance. Rire aux éclats, chanter à tue-tête et me dandiner de plaisir. Je veux me retrouver, peut-être même me découvrir. Parce que, finalement, je suis qui quand le masque tombe ? Quand je ne suis pas habillée par le regard de l'autre, titularisée par son consentement ? De quoi suis-je faite réellement ? J'ai passé la plus grande partie de mon existence à attendre la validation de mes proches, cachée derrière mes peurs, dont celle de me retrouver seule à décider. Malgré mes succès professionnels, j'ai toujours eu besoin de l'éclairage de Raphy sur mes choix, du soutien inconditionnel de ma mère, de la validation de Baptiste pour à peu près tout. Je veux désormais décider par moi-même et agir comme bon me semble ! Je n'ai besoin de personne… Et encore moins du regard des autres pour être heureuse ! Pour être Rose Baron ! La nouvelle Rose Baron.

Un brin pompette, je trinque à ma conscience ressuscitée et entame une danse de la joie quelque peu aléatoire quand la sonnerie de mon téléphone retentit. Un SMS. J'attrape mon smartphone. C'est Tom qui me souhaite un joyeux Noël et m'envoie une photo de New York. L'Empire State Building sous la neige. Son message me trouble : « Un jour, peut-être ? » Grisée par le vin et une douce euphorie festive, je laisse mes doigts pianoter ces quelques mots. « Un jour, sûrement. »

Je me sens pousser des ailes et décide sur-le-champ de commencer mon chantier de reconstruction. Nouvelles résolutions pour une nouvelle vie à l'orée d'une nouvelle année, le timing est parfait.

Tiens ! Et si, pour commencer, je créais un tableau de visualisation ? C'est ça ! Un espace à vœux ! J'en parle souvent dans mes ouvrages mais depuis combien de temps n'en ai-je pas fait ? Avec ma routine bien installée, je n'en ressentais même plus le besoin. Excitée comme une puce, je m'empresse de rassembler le matériel. Au bout de dix minutes, me voici prête.

Bien, voyons :

- Post-it petits, moyens et grands formats de toutes les couleurs : check !
- Feutres à pointe fine : check !
- Patafix : check !
- Ciseaux : check !
- Portraits de Lilou et moi : check !
- Magazines : check !

Reste à trouver le meilleur endroit pour l'installer. Mon choix se porte sur l'un des murs de ma cuisine où trône un grand tableau noir d'écolier.

Avant de me lancer, un « pisse-mémé » s'impose. Cette infusion du soir est une tradition à laquelle je ne déroge jamais car bénéfique à bien des égards. Les multiples décoctions et autres tisanes que je prépare soignent mes divers maux du moment. Une infusion de thym pour le rhume. Un mélange de camomille, fleurs d'hibiscus et mélisse pour la digestion. De tilleul et de fleur d'oranger pour ronronner toute la nuit. Il est temps d'arrêter le margaux. Si je veux retrouver la ligne, il va falloir que je change quelques habitudes d'épicurienne bien ancrées.

21 h 12. Je plonge le sachet préalablement rempli de thym dans l'eau bouillante de mon *égoïste*, doux nom donné aux théières des capricieuses qui ne sont pas prêteuses. Puis, je nettoie consciencieusement le tableau noir afin de lui rendre sa superbe. Avant, je prenais un grand plaisir à créer des tableaux de visualisation qui ont pour fonction de mettre en mots ou en images nos objectifs de vie. Une façon créative de concentrer notre énergie dans le sens de nos rêves. Cela s'appelle la « loi de l'attraction ». Ce soir, en la circonstance, ce tableau deviendra mon point de ressourcement et ma carte de voyage pour les mois à venir. Enfant déjà, j'épinglais mes rêves sur un tableau en liège volé à mes parents. C'était mon espace à « je vœux ». Cette appellation que je revendi-

quais haut et fort était faite pour taquiner mes parents qui – comme tous parents qui se respectent – m'opposaient leur sempiternel « On ne dit pas je veux » éducatif. Ce à quoi je répondais crânement : « *Et qui a dit qu'on n'avait pas le droit de dire "Je veux" ? Hein ? Qui ?* » Ce à quoi ils me rétorquaient : « *Ça s'dit pas, un point c'est tout ! C'est pas poli ! Et arrête de poser des questions idiotes !* » Hum… Je répète ma question idiote : « *Qui a décrété un jour que ce n'est pas poli de dire "Je veux", hein ?* » Trente ans après, j'attends toujours la réponse.

Bref, ce patchwork de « je vœux » trônait fièrement dans ma chambre d'enfant au milieu des posters de Jean-Jacques Goldman, a-ha, Michael Jackson, Depeche Mode et un monumental poster de *Recherche Susan, désespérément* avec Madonna.

Mon tableau rassemblait des dessins, des photos, des grigris. Il y avait aussi des citations hautement philosophiques épinglées par mes copines telles que : « *L'amitié, c'est comme une rose, il faut l'arroser sinon elle fane, patate !* » ou de mon père : « *Les cadeaux sourient à ceux qui se lèvent tôt pour ranger leur chambre !* » À cette époque, je ne savais pas ce qu'était la loi de l'attraction. Je n'en avais jamais entendu parler. Je trouvais juste cela amusant et excitant.

N'est-il pas doux de croire qu'il suffirait de le vouloir très fort pour qu'une puissance supérieure, tel le génie d'Aladin, exauce nos moindres désirs et œuvre à nous faciliter la vie ?

Quoi qu'il en soit, loi de l'attraction ou pas, j'ai toujours eu la croyance que nous étions guidés et protégés par une armée d'anges gardiens.

Combien de fois ai-je imaginé ma mémé Jeanne en chef de bande, à la droite du Tout-Puissant, distillant ses ordres à ses troupes divines afin qu'elles activent leurs pouvoirs et leurs réseaux pour m'aider à m'accomplir dans cette existence. Elle était trop présente sur Terre pour ne pas régner en reine dans les cieux. D'ailleurs, sa mort donna lieu à la naissance d'une légende familiale que d'aucuns aiment à se remémorer en toute occasion. Le récit raconte comment, le jour de son enterrement, la gerbe posée sur son cercueil s'est envolée par trois fois alors que pas une brise ne soufflait en ce mois d'août caniculaire. Comment les enfants de chœur ont dû tenir la couronne récalcitrante jusqu'à la fin de la cérémonie. Jusqu'à ce que la terre recouvre éternellement mémé Jeanne. Et comment les personnes présentes en ont eu le souffle coupé tant cette mésaventure était troublante. Pour ma part, subjuguée, je regardais le large sourire de ma mère illuminant un visage inondé de larmes. Simultanément s'est ancrée en moi la phrase qu'elle murmurait en boucle : « *Elle l'a dit, elle l'a fait !* » En effet, ma grand-mère aimait à répéter à qui voulait l'entendre qu'elle se manifesterait le jour de son enterrement afin d'envoyer paître tous les hypocrites qui n'auraient rien à faire là. Sacrée mémé, va !

Je lance un baiser en direction du ciel et répète ces quelques mots : « *Elle l'a dit, elle l'a fait.* » En voilà une jolie affirmation de motivation ! Je décroche mon premier Post-it et, de ma plus belle plume, marque en son centre « *Elle l'a dit, elle l'a fait* » puis le colle sur le tableau noir. En haut à droite. Je prends un deuxième Post-it de couleur bleue et note avec application le précepte du docteur Engelstein : « *Qui voyage léger, voyage heureux.* » Je le place en haut à gauche du tableau. Et, dans la foulée, en attrape un troisième de couleur verte, sur lequel j'inscris le désormais anthologique « *plume, pas enclume !* », mantra rescapé de notre épopée plumologique, et que, depuis, je déclame à tout va.

À l'aide de la Patafix, je colle ensuite les deux portraits de Lilou et moi au milieu du tableau. Que j'aime cette photo de ma fille où elle rit aux éclats, les yeux levés vers le ciel, ses longs cheveux châtains tombant en boucles sur ses épaules ! Je pose ma main sur son visage. Je ne l'ai pas vue rire ainsi depuis bien longtemps. J'aimerais tant lui épargner toutes ces souffrances. J'espère que ce tableau lui redonnera un peu de joie de vivre. D'envie d'y croire. Comme lorsqu'elle était enfant et que je lui apprenais à créer ses propres espaces de « *je vœux* ».

Je m'interroge. Quand avons-nous arrêté ce rituel ? Quand avons-nous arrêté de rêver et de croire que tout est possible ? Depuis bien trop longtemps. Il nous faut remédier à cela. Un peu d'espoir et d'optimisme dans cette maison désertée ne nous feront pas de mal.

J'enchaîne avec de petits Post-it sur lesquels je note ce que je nous souhaite à Lilou et à moi pour l'année à venir. Un seul mot par Post-it. « *Amour* », « *liberté* », « *rire* », « *santé* », « *abondance* », « *équilibre* », « *amitié* », « *gratitude* », « *réussite* », « *sérénité* » sont convoqués et dispatchés autour de nos deux têtes. Je place celui du « rire » près de Lilou. J'ajoute les divers gri-gris que nous possédons : l'invitation à mon premier salon du Livre en tant qu'auteure, un trèfle à quatre feuilles séché trouvé par Lilou le jour de son entrée au collège, une dédicace de JJG, trophée vaillamment remporté à la fin d'un de ses concerts en 1995.

Je fixe également le corps galbé d'un mannequin sans tête arborant un magnifique ensemble en dentelle et dont la leçon n° 55 m'invite à « créer de nouveaux frissons ». J'en prends bonne note. Je colle à la place de sa tête un mini Post-it sur lequel j'inscris cérémonieusement un chimérique 58 kilos. J'ai bien conscience qu'à 40 ans cette cible à atteindre est plus surréaliste qu'espérer danser un zouk enfiévré avec Barack Obama, mais en équilibrant mon alimentation et en m'astreignant à une activité physique régulière… et gnagnagna et gnagnagna… Bref, je vise la Lune. Et, afin de garder le cap, je décolle quatre grands Post-it et inscris sur chacun les quatre questions de M. :

Ta nourriture te régénère-t-elle ?
Ton sommeil est-il d'or ?
Respires-tu consciemment ?
Es-tu en mouvement ?

Je continue en découpant dans les divers magazines mes destinations rêvées comme New York, Montréal ou encore la terrasse d'une chambre d'hôtel surplombant une plage paradisiaque sur laquelle s'endort paisiblement un soleil rougeoyant. Au fond, une paillote, quelques transats à l'ombre de leur parasol en paille. Cliché, certes. Mais terriblement efficace pour m'évader. Évidemment, dans mon rêve, j'ai le corps galbé du n° 55, la peau croustillante, les cheveux mordorés et les seins arrogants de ma voisine de 20 ans.

Je complète l'espace avec la photo d'un éco-lodge perdu dans la pampa niçoise et qui me paraît être le parfait écrin pour voir naître mon prochain manuscrit. Bien. Cela me semble déjà pas mal. Je referme mon vieux *Marie-Claire Maison* quand mes yeux s'agrippent à une majestueuse maison en pierre. Dieu qu'elle est belle avec son jardin en fleurs divinement arboré, sa petite mare entourée d'un monticule de pierres et, pour ne rien gâcher, sa discrète piscine entourée de haies. Qu'il doit être bon de vivre et d'écrire en des lieux si inspirants. Je découpe l'image avec précaution et l'accroche elle aussi sur le tableau noir. Un jour… peut-être, qui sait.

22 h 09. Perdue dans mes pensées, j'entends à peine la sonnerie de mon portable. Je l'attrape à la volée, juste avant que Lilou ne raccroche. FaceTime. Le visage de ma fille adorée apparaît. Mon premier vœu est exaucé ! Elle arbore un sourire radieux. Eh beh, quelle efficacité ce tableau ! À son air triomphant, je devine sans peine qu'elle vient de remporter la partie de Scrabble contre son grand-père dont la mine déconfite s'incruste en fond d'écran. Je l'entends bougonner : « *Pfff, famille de tricheurs...* » Je suis heureuse de les voir tous. Car, bien évidemment, et comme d'habitude, c'est un véritable défilé de narines qui s'offre à moi. Pas un nez ne manque à l'appel. Parents, tatas, tontons, cousins, cousines et même la truffe de Guizmo, le chien de ma tante Odile, qui me souhaite un joyeux Noël en se mouchant sur l'écran. Un vrai capharnaüm qui dure quelques minutes avant que je sois de nouveau plongée dans un silence écrasant.

Un sentiment de tristesse m'envahit. J'aurais tant aimé être avec eux. Je secoue la tête pour les en faire sortir. J'ai conscience que ma détermination à aller mieux est aussi fragile que du cristal. Il faut donc que je me mette en bulle et vite ! Que je me coupe temporairement de l'extérieur pour mieux me tourner vers l'intérieur.

22 h 30. Il me reste encore une chose à faire pour que cet espace dédié à mes vœux soit complet. Clouer tout autour du tableau un fil de pêche, afin d'y suspendre, grâce à de petites

pinces à linge prévues à cet effet, les visages de mes différents anges gardiens. Ainsi, les bouilles de Luce, Chanelle, Edgar, mes parents, Raphy, mémé Jeanne et du Doc pendillent bientôt comme autant de petits lampions qui illuminent ma vie. Même sainte Rita prend place dans cette joyeuse farandole.

J'avale une gorgée de tisane puis recule de quelques pas afin d'admirer le résultat. Voilà plus d'une heure que je construis ce tableau et je suis satisfaite. Longtemps resté noir, il s'éclaire désormais de couleurs pétillantes et d'optimisme et me donne le sentiment d'être aimée et privilégiée. Ce sera ma carte routière quotidienne. Je recule de nouveau pour vérifier que rien ne manque.

Mon regard scanne le tableau façon laser. Tout semble y être. J'ajouterai ou enlèverai des éléments au fil du temps. Pourtant, à bien y regarder, quelque chose manque… Mais quoi ?

33

Tom me manque, j'ai envie de le voir, voilà ce que je me dis en accrochant sa photo de profil trouvée sur LinkedIn. Le voici à son tour épinglé à la farandole des bouilles qui me font du bien. Le tableau est enfin complet.

Il me manque. Et je m'en veux qu'il me manque. Je culpabilise. Il n'est parti à New York que depuis deux jours et déjà son absence est un crève-cœur. Ce n'est pas normal. Cet homme est marié et père de deux enfants ! C'est Baptiste qui devrait me manquer, non ? Pire ! Ne suis-je pas censée détester tous les hommes ? N'est-ce pas la règle, le minimum syndical ? Lorsqu'on est rhabillée, et surtout coiffée pour l'hiver, on se doit de généraliser. De se gausser en braillant à qui veut l'entendre que l'on ne s'y laissera plus prendre. De fourrer tous les mâles dans le même sac poubelle. Pas de tri sélectif.

Certes, Tom n'est pas n'importe quel homme, c'est mon premier amour. Cette place lui confère donc quelques passe-droits et, notamment, celui d'être recyclé. Il n'empêche, je m'exaspère. Pourquoi suis-je si faible ? C'est très culpabilisant de rêver à quelqu'un qui est en couple et père de surcroît. Allez, ouste ! Sors de ma tête, Tom Carrère !

Je pense à *Elle*. Celle pour qui Baptiste est parti. Pour rien au monde, je ne voudrais être à sa place. Ce doit être abominablement perturbant d'être celle par qui la fin arrive. Celle qui s'immisce, dépossède, efface, détourne, torpille. Comment vit-elle cette situation ? Se sent-elle coupable ? Regrette-t-elle ? S'en moque-t-elle ? Pense-t-elle à Lilou ? Peut-être a-t-elle, elle aussi, des enfants ? Peut-être a-t-elle détruit son propre couple pour fuir avec un autre homme ? Le mien, en l'occurrence.

Je ferme les yeux et essaie de l'imaginer. Comment est-elle ? Me ressemble-t-elle ? Rit-elle aussi fort que moi ? Parle-t-elle aussi vite ?

Je me rends compte que je n'ai jamais réellement pensé à *Elle* depuis le jour fatidique du Post-it vert. Est-elle responsable de ce qui nous arrive ? Je ne sais pas. Est-ce que je lui en veux ? Je ne sais pas. Je crois qu'elle n'a été qu'une étincelle dans la désintégration de notre amour. Une sorte de catalyse acide qui a accéléré le phénomène de rouille qui le grignotait chaque jour un peu plus. Je sentais bien que notre histoire toussotait. Oh, rien d'alarmant. Un peu comme ces machines à laver qui s'encrassent et délavent mais tiennent bon malgré tout. On se dit, je vais la garder jusqu'au bout, et puis, quand elle lâchera, alors je la changerai. On attend l'inondation. Et, un jour, on se retrouve avec de l'eau jusqu'à la taille.

Bon, Rosette, quand tu commences à faire des métaphores douteuses, c'est qu'il est temps d'aller dormir. Allez, zou ! Il est presque 23 heures. Plus vite tu dormiras, plus vite tu… dormiras.

J'éteins ma playlist spécial « *fin du monde* », ferme mon ordinateur et me dirige vers la chambre quand un bruit attire mon attention. Quelque chose bouge derrière la porte d'entrée. J'entends des grattements. Oh, mon Dieu ! Je suis seule et, si ça se trouve, on est en train de me cambrioler. Où est mon portable ? Vite ! Oh, mon Dieu… Ça recommence !

Je regarde nerveusement autour de moi et décide de prendre un objet pour me défendre. Mon choix se porte sur une quille de bowling blanche et rouge, assez lourde pour assommer quelqu'un. Encore faut-il savoir assommer quelqu'un. Je ne l'ai jamais fait. Je m'entraîne rapidement en agitant ma quille dans les airs mais manque de m'écraser au sol. Mouais… pas probant.

Pas le temps de réfléchir, j'enfile mon manteau en laine noir et le ceinture fermement. 1… 2… 3… 4… 5… Respire, Rose, respire ! Je m'apprête à hurler quand un chant s'élève derrière la porte. Un chant de Noël… sur un air de reggae. Quelle bizarrerie… « *Qui est là ?* » Ma voix tremble… Pas de réponse… « *Je répète : qui est là ? Je vous préviens, j'ai un énorme dobermann avec moi... Et il n'a pas mangé depuis quatre jours...* » Pas de réponse si ce n'est quelques rires étouffés. Je m'approche. Ça ressemble à une chorale. J'approche encore, au ralenti, puis colle mon œil à l'œilleton. C'est bien une chorale. Une chorale de gnomes. Je suis soulagée. J'abaisse ma quille puis ouvre timidement la porte, légèrement honteuse. Le spectacle est touchant. Cinq petits cerfs gazouillent « *Petit papa Noël* » sur un air de reggae. Ils ont entre 6 ans et 8 ans pas plus. Je craque. Derrière eux en faction, la mère Noël veille sur son troupeau, le regard attendri. Chacun d'eux tient dans ses mains un petit cadeau avec une carte accrochée et une rose rouge. Je suis émue et me dis que j'ai bien de la chance qu'ils aient sonné à ma porte. Je n'avais encore jamais assisté à un tel spectacle. À part dans les films américains, je ne pensais pas que cela se faisait chez nous. En même temps, je ne suis pas censée être à Paris pour les fêtes. Étant habituellement dans le Sud. Peut-être suis-je en retard sur mon temps ? Peut-être que cela est monnaie courante en France ? Après tout, les Américains n'ont pas le monopole du Noël kitch.

Ils entonnent la deuxième chanson. Une sorte de rap sur *Vive le vent*.

Je glousse. Quel drôle de concept ! Mais c'est mignon quand même.

Quelque chose attire alors mon regard. Je m'aperçois que chacun d'eux porte un pull rouge sur lequel est brodée une lettre blanche.

Différente pour chaque pull. Un R pour le premier petit chanteur, un O pour le deuxième, un S pour…

Non mais, là c'est trop fort ! Les petits chanteurs alignés forment mon propre prénom, ROSE. Je n'arrive pas à voir la lettre du cinquième. Je fronce les sourcils quand le plus petit des cerfs abaisse les bras laissant apparaître la lettre cachée. Et voilà, un M ! J'en étais sûre ! Encore lui ! Non mais, ça suffit ! Il faut que tout ce cirque s'arrête ! J'en ai assez soupé !

La chanson se termine, je ne sais comment réagir. Une chose est sûre, je ne laisserai pas partir mère Noël sans lui extirper des informations.

Alors que j'applaudis fébrilement, les cinq petits cerfs me distribuent leurs cadeaux et les roses. *« Joyeux Noël, madame Rose ! Joyeux Noël de la part de tous vos amis ! »* clament-ils de concert.

De tous mes amis, tu parles ! Je prends les présents qu'ils me tendent et les remercie timidement.

— C'est très gentil, joyeux Noël à vous aussi. Quel beau concert ! C'était vraiment magique, merci. Attendez-moi une minute. Le temps d'aller chercher un petit présent à mon tour.

— Oh, madame, ce n'est pas la peine ! me rattrape la dame en rouge et blanc

— Si, si, j'y tiens. Croyez-moi.

Je pose les cadeaux sur la table du salon et fonce dans la cuisine. Je reviens avec une panière pleine de bonbons et un sac en toile.

Je donne une poignée de papillotes à chacun et verse le contenu de la panière dans le sac.

— Prenez tout, dis-je en le tendant à mère Noël. Je ne les mangerai pas de toute façon. J'ai décidé de perdre des kilos et… bref ! Prenez tout !

— Un grand merci, c'est très gentil à vous mais, vous savez, nous avons déjà été amplement récompensés ! Nous vous souhaitons de très belles fêtes. Profitez bien et reposez-vous ! dit-elle en tournant les talons, suivie de sa horde de petits nains.

— Attendez ! S'il vous plaît. Attendez !

— Oui ?

La petite troupe se retourne. Six paires d'yeux me dévisagent. Troublée, je bégaie :

— Vous… Je… Hum… Pouvez-vous me dire qui vous a envoyés ?

Je ne sais même pas pourquoi je pose la question. C'est un coup de M., alias doc Engelstein, bien sûr ! Toutefois, j'ai besoin de l'entendre. Si la chorale a été payée, alors il doit y avoir une trace quelque part. Elle a dû le rencontrer.

— La réponse se trouve dans vos petits cadeaux, m'indique-t-elle en pointant du doigt les paquets posés sur la table. Mais il n'y a pas de secret, vous savez. Et ils ne m'en voudront pas de vous le dire. Vous avez des amis très attentionnés. Quelle chance !

— Des amis ? Quels amis exactement ?

— Eh bien, un certain, mmm… attendez un instant.

Elle sort son portable et tapote sur l'écran. Mon cœur s'accélère.

— Un instant, je vérifie. Un certain… Edgar… Edgar, c'est ça ! Il s'est présenté à nous et nous a expliqué que vous étiez malade et que vous ne pouviez pas fêter Noël en famille. Il a alors décidé, en accord avec vos amis, de vous faire un cadeau en vous offrant ce petit concert. Pour notre chorale Happy Family Christmas, c'est un vrai bonheur que d'apporter un peu de joie dans les foyers. Particulièrement pour ceux qui sont seuls. C'est une chorale familiale et bénévole qui se perpétue de génération en génération. L'argent récolté va à une association pour personnes isolées, en difficulté ou sans domicile fixe. Cette année, ce sont mes petits-enfants ici présents qui œuvrent à propager la magie de Noël. Et nous terminons notre tournée par vous, madame Baron !

— Edgar ?

La déception se lisant sur mon visage, mère Noël fronce les sourcils. Je me reprends et lui souris benoîtement. Rassurée, elle enchaîne :

— Oui, Edgar. Et vous trouverez les noms de vos autres amis dans les cartes qui vous sont adressées, je suppose.

Je n'y comprends plus rien. Edgar serait M. ? Non… Ça ne colle pas. Ou alors il m'a fait une mauvaise blague. Ça lui ressemblerait bien. Quel cochon celui-là !

— Je vous souhaite une belle nuit, madame Baron.

— Attendez !

— Pardonnez-moi, me dit-elle en me prenant la main avec bienveillance, mais je dois y aller. Comme vous l'avez constaté, ce sont de petits cerfs bien fatigués qui ont hâte d'aller dormir pour ouvrir leurs cadeaux demain matin. Ils le méritent bien, vous ne croyez pas ?

Je parcours du regard le petit troupeau. Derrière la candeur de leur sourire, je constate que nombre d'entre eux bâillent à s'en décrocher la machoire. Je capitule.

— Oui, bien sûr… Désolée… Je vous remercie sincèrement. C'était magique. Mission accomplie. Belle nuit à vous aussi. Et joyeux Noël à tous !

Je referme la porte non sans les avoir applaudis une dernière fois. Me voici de nouveau seule dans l'appartement. Je m'installe à la table du salon. Face à moi, cinq cadeaux agrémentés d'une carte et cinq roses.

J'ouvre le premier et découvre un ravissant collier doté d'un pendentif en forme de goutte en cristal rose pâle. La carte l'accompagnant est un message de Luce.

« Voici la goutte qui fera déborder ton vase d'amour. Tu me manques. Joyeux Noël, signé : Luce. » Je reconnais bien là mon amie d'enfance et me rassure un peu quant à la nature de cette surprise. Ils ont voulu me réconforter et me faire une plaisanterie sur M… Continuons. Le deuxième cadeau contient deux billets et un *backstage* pour le prochain concert ultra confidentiel de Jean-Jacques Goldman. Je fonds. Sans surprise, il me vient d'Edgar qui, depuis toujours, a la réputation d'obtenir l'impossible en toute circonstance. Un petit mot accompagne les billets : « Là, au moins, tu n'auras pas à te battre avec les videurs. Gauthier se joint à moi pour te souhaiter un joyeux Noël, ma star ! » Je continue à déballer les cadeaux et m'emploie à désosser le troisième d'où j'extirpe une carte de membre pour une salle de sport réputée. D'après la pub, j'ai trois mois pour me façonner un corps de folie avec, en bonus, un coaching personnalisé. Je me serais bien passée du petit mot signé Chanelle. « Ton corps, tu galberas, ou toute momolle tu finiras ! #pasdexcuse. » Les amis, y a que ça de vrai.

Le quatrième est un cadeau de Tom. Il semble s'être associé avec ma bande d'affolés pour me faire cette surprise. Sa carte énigmatique « Elle t'attendait depuis vingt-trois ans » me pousse à ouvrir le paquet. À l'intérieur, une jolie bague sertie d'une pierre ovale. Je souris : on dirait une bague d'ado. Bien qu'un peu serrée, elle glisse sur mon auriculaire droit. Tiens, la couleur bleue vire au rose. Ça me fait penser à ces bagues qui changent de couleur en fonction de nos émotions. Mais je n'ai pas le temps de décanter que, déjà, mes yeux se posent sur la dernière carte sur laquelle est inscrit : *Le cadeau caché, tu trouveras, signé : M.*

À l'intérieur du paquet, une clé, une sorte de code « A02752B » et une nouvelle lettre de M.

34

5e commandement : « Ta résilience, tu renforceras »

Rose,

Quel regard portes-tu sur les épreuves qui transpercent ta vie ?
Les vois-tu seulement comme des injustices inacceptables, des fatalités, des déchirements, des attaques, des échecs, des souffrances ?
Les considères-tu comme une punition ? Créent-elles en toi un sentiment d'acharnement ? D'abandon ? De révolte ?
Épuisent-elles toutes tes ressources ? T'empêchent-elles de vivre ? De rire ? D'aimer, malgré tout ?
Peut-être les fuis-tu ? Ou pire, les ignores-tu ? Les maquilles-tu d'un « Tout va bien, merci » ?

Chaque épreuve qu'il nous est donné de traverser est une initiation et porte en son sein

un cadeau caché. La résistance à ce qui est, la colère trop longtemps retenue ou entretenue, ainsi que le déni nous empêchent de le trouver. Pourtant, derrière ce cadeau se cache le sens donné à ce que l'on vit. Ces événements douloureux nous obligent à puiser en nous des ressources insoupçonnées. À nous interroger, à nous remettre en question, à grandir, à nous éveiller, à agir, à combattre et, enfin, à accepter les aspérités de notre destinée.
Ces épreuves que la vie nous oppose ne sont pas que des murs. Ce sont aussi des fenêtres et des portes. Des sorties, des entrées, des ouvertures par lesquelles nous retrouvons peu à peu la lumière. Et parfois, un nouveau chemin plein de promesses s'offre à nous. Alors, seulement, nous comprenons le pour « quoi » et notre résilience se renforce.

<u>Engagement n° 5</u> : La résilience est en toi !
Trace ta ligne du temps, Rose : depuis le jour de ta naissance jusqu'à cet instant. Sur le fil de ta vie, note tous les grands événements. Toutes les fins, tous les débuts, tous les deuils et tes renaissances. Toutes les cicatrices et les victoires de ton histoire.
Remonte le temps, et observe. Prends conscience de ta résilience. Ces épreuves aussi douloureuses soient-elles, que t'ont-elles enseigné ? Que t'ont-elles apporté ? Qu'ont-elles profondément changé en toi ?

Dans les adversités que tu traverses actuellement, souviens-toi qu'elles aussi abritent en leur sein ce cadeau caché. Cherche-le. Et dans cette quête parfois longue, ne doute jamais qu'il est là quelque part, enveloppé dans le drapé de ta souffrance.

Rose Baron,
Ta résilience, tu renforceras.
5e commandement.
Signé : M.

35

Y a-t-il toujours un cadeau caché en toute chose ?

Quel cadeau peut-on trouver derrière la perte d'un être aimé ? Je n'en vois aucun.

Chaque âme est exceptionnelle et irremplaçable. La perdre, c'est perdre à la fois l'unique et l'humanité entière.

36

Je suis perplexe. Et au téléphone avec Edgar. Au départ, mon appel avait plusieurs objectifs : tout d'abord lui dire merci, à lui et aux filles, pour la chorale surprise et les chouettes cadeaux, puis lui demander des explications au sujet de M. et, éventuellement, l'engueuler pour son humour douteux. Seulement, dans l'émotion, j'ai tout fait à l'envers. J'ai commencé par l'engueuler, puis le remercier, puis lui demander des explications. Résultat, il est perplexe lui aussi. Et semble totalement déboussolé.

— Je ne comprends rien à ce que tu me racontes, Rose ! Je pensais que mon idée de chorale était sympa, que ça allait te remonter le moral puisque t'étais toute seule et, au lieu de cela, t'es tout énervée et je me fais engueuler !

— Y a de quoi, non ?

— Non ! Je ne comprends rien à ton histoire de pull, de code, de clé !

— Edgar, fais un effort, s'il te plaît !

— Mais je ne sais pas comment c'est possible, Rose. C'est… Je ne sais pas. Il faut que tu me croies. Il n'y avait à l'origine que quatre cadeaux. Pas cinq. Ce paquet contenant la lettre de M. et tout le tintouin n'est pas de nous. J'ai jamais demandé cela. Nous n'avons pas assez d'imagination, crois-moi, pour inventer un truc pareil.

— Oh, ça, permets-moi d'en douter ! Ta créativité est débordante et tu es tout à fait apte à concevoir ce genre de plaisanteries douteuses.

— Non, je te promets, je n'y suis pour rien et les autres non plus. Je suis sincère, je ne comprends pas.

— Une clé et des signes kabalistiques maintenant ! Une chasse au trésor ! Manquait plus que ça ! On se croirait dans *Indiana Jones* !

— Attends ! Je vais appeler Mme Carni.

— Qui est Mme Carni ?

— La fleuriste !

— La fleuriste ? Quelle fleuriste ?

— Bah, la mère Noël, quoi. Celle qui est venue avec sa chorale. Elle est aussi fleuriste. Je vais l'appeler à sa boutique et je te rappelle après.

— Pfff… C'est quoi ces histoires ?

— Non, c'est vrai. C'est une amie qui m'a parlé d'elle et de sa chorale de Noël. J'admire beaucoup les personnes qui font du bénévolat les soirs de fête et, elle, Mme Carni, elle a créé une chorale familiale en plus. Mais son vrai travail, c'est de vendre des fleurs. Bref, je vais l'appeler et je te rappelle après.

— Non, attends ! Attends… Je vais lui téléphoner, moi, plutôt. Si tu es d'accord. J'ai besoin qu'elle m'explique ce qui s'est passé. Tu comprends ? Tu peux me donner son numéro ?

— Oui, mais… tu es sûre de toi ? Tu veux pas que je m'en occupe plutôt ?

— Oui, je suis sûre.

— Bon, d'accord. Mais tu sais, elle travaille dur. Donc, sois cool avec elle.

— Edgar ! Je suis toujours cool ! Pourquoi dis-tu cela ? C'est ridicule.

— Je sais que tu es cool en temps normal mais, en ce moment, disons que…

— Disons que QUOI ?

— Eh ben, t'es pas très commode… en ce moment… donc, j'anticipe.

— Moi ? Moi ? Je suis pas très commode ? C'est une plaisanterie ! Y a pas plus commode que moi ! Je suis une femme commode, moi ! J'ai toujours été et je serai toujours une femme commode ! D'accord ?

— Okay, okay ! Je voulais pas te fâcher ! Bon, disons juste que tu es à fleur de peau, que tu n'es pas à prendre avec des pincettes, qu'il faut marcher sur des œufs en te parlant, et que tu es un peu soupe au lait.

— Ça va ! Ça va ! Ça va ! J'ai compris ! Tu vas pas me passer en revue toutes les expressions de la langue française pour me dire que je suis chiante. J'ai com-pris !

— Donc, tu seras cool ?

— Oui ! Je serai commooode ! Alors, il vient ce numéro ?

— Je te l'envoie par SMS. Appelle-la vite car il est 11 h 50 et elle ferme le dimanche après-midi.

— D'accord. Merci, c'est gentil.

— Tu sais, je comprends que ça te rende dingue ! Je serais dans le même état à ta place ! C'est complètement fou cette histoire. Je n'en reviens pas. Qui se cache derrière ce M. ? Comment arrive-t-il à toujours devancer ce qui va se passer ?

— Je ne comprends pas non plus. Cela me met terriblement mal à l'aise. J'ai le sentiment d'être constamment épiée. Je n'arrive pas à savoir si cette personne me veut du bien ou si je suis en danger. Parfois, j'ai même l'impression d'être suivie.

— C'est fou ce truc.

— En fait, j'ai un soupçon.

— Ah oui ? Et tu soupçonnes qui ? s'enquiert-il surexcité.

Je baisse la voix pour ne pas être entendue. C'est un peu idiot car je suis seule chez moi et Edgar est seul aussi. Gauthier est en vadrouille. Je chuchote quand même.

— Je soupçonne le docteur Engelstein.

— Ah ? Pourquoi ?

— Je trouve qu'il parle comme M. Ils ont parfois les mêmes expressions.

— Oh… Pourquoi pas ! acquiesce Edgar après un temps de silence. Ça pourrait se tenir.

Je sais pas pourquoi il ferait ça, mais admettons. Par contre, ça signifierait qu'il t'a suivie le soir de ton anniversaire. Ce serait bizarre, non ? Il n'était même pas invité à la fête. Peut-être s'est-il vexé ?

— C'est mon médecin, je l'aime beaucoup mais pourquoi voudrais-tu qu'il soit invité ?

— C'est vrai, et d'ailleurs c'est pour ça que personne n'a songé à le faire. Ça l'a peut-être blessé, qui sait ?

— Pour être blessé ou vexé, il aurait fallu qu'il ait connaissance de la date et du lieu de la fête et je ne pense pas que tu aies envoyé un communiqué à l'AFP pour annoncer mon anniversaire. Enfin, que je sache.

— Bah non… Quand même pas…

— Bon, je vais appeler Mme Carni. Je veux comprendre pourquoi elle est venue avec cinq cadeaux et un M. brodé sur un pull.

— Waouh, il y avait aussi un M. ?

— Oui, puisque je te le dis !

— Mais c'est impossible ! C'est mon idée, ce pull brodé. Et Mme Carni l'a trouvée très touchante, d'ailleurs. Elle m'a expliqué qu'elle aimait coudre et que cela ne l'ennuyait pas du tout de broder les lettres de ton prénom sur chacun des pulls de ses petits-enfants. Ça l'amusait beaucoup, même. Elle en a profité pendant sa tournée de Noël pour offrir des roses dans chacune des maisons où la chorale a chanté. Comme ça, ça concordait avec les pulls. Mais je lui ai jamais demandé de broder M. sur un cinquième pull. Je voulais juste quatre lettres : R.O.S.E.

— Je l'appelle immédiatement ! Envoie-moi son numéro.

— Ça marche ! Ah et, au fait, attends, tu te souviens qu'on part à La Clusaz dans l'après-midi avec les filles et Gauthier. On revient le 31 au matin.

— Je sais, ne remue pas le couteau dans la plaie, s'il te plaît.

— Et tu sais quoi ? Finalement, Chanelle sera seule. Son crush de Tinder l'a plaquée... Comment il s'appelait déjà ?

— Quoi ? Il l'a déjà plaquée ?

— Oui ! C'était quoi son pseudo déjà ?

— Millésime31.

— Ah oui, c'est ça ! Millésime31. Figure-toi qu'il s'est fait une entorse en faisant les courses. Pas encore sur des skis et, déjà, il se pète la cheville en achetant des coquillettes. Elle a pas tiré le gros lot avec celui-là ! Et comme il peut pas skier, finalement, ça l'intéresse plus de venir. Alors, il l'a larguée.

— Quel goujat ! Je vais appeler Chanelle. Elle doit être dégoûtée. Je suis un peu déconnectée en ce moment et pas la meilleure amie du monde. Elle a sûrement besoin de réconfort.

— Tu parles ! Elle a juste dit « Bon débarras ! Ça m'arrange ! » et a jeté son dévolu sur un autre coup repéré quelques jours auparavant. Roupette72 !

— Aïaïaïe… Tout un programme ! Je ne comprends pas pourquoi elle s'obstine à aller sur ces sites de rencontres ! Avec tous ces noms de profil à dormir debout. Comment on peut être attirée par un type qui se fait appeler Roupette72 ?

— M'en parle pas ! J'en tremble ! J'espère que lui et ses roupettes sont occupés et qu'il ne nous rejoindra pas à la montagne.

— Oh là là oui, je le souhaite également.

Nous rions de bon cœur.

— Edgar…

— Oui, Rose ?

— Je te crois, tu sais, quand tu dis que tu n'y es pour rien dans cette histoire de M.

— Tant mieux car ce n'est ni moi ni les filles.

— J'espère… Mais…

— Oui ?

— Si jamais je découvre que tu me mènes en bateau, Edgar, je te le ferai payer cher, très cher, tu m'entends ?

37

Je suis perplexe. Encore. Mais, cette fois, c'est Mme Carni que j'ai au téléphone. Ses explications sont on ne peut plus confuses. Si elle a bien reçu Edgar en personne la première fois pour la mise en place de la surprise, elle n'était pas dans sa boutique lorsqu'un deuxième homme s'est présenté pour ajouter le cinquième cadeau. En fait, à bien y penser, songe-t-elle, cette journée-là fut intrigante à bien des égards. En effet, l'après-midi du jour où elle a reçu Edgar, une livraison de fleurs l'a obligée à s'absenter un long moment. C'était une commande par internet d'un bouquet de non-mariage ! Un bouquet de non-mariage avec une carte de non-vœux ! Y en a qu'ont de ces idées parfois, a-t-elle déclaré en soupirant. C'était bien la première fois que cela lui arrivait. Et il devait être livré à une jeune femme dans le 18e arrondissement, une certaine Juliette. Autant dire l'autre bout du monde pour celle dont la boutique se situe dans le 14e arrondissement. Elle fut donc obligée de laisser, à regret, sa nouvelle employée Pauline seule au magasin à gérer les clients, ajoute-t-elle. Et c'est précisément pendant son absence que cette autre personne a fait sa requête. La toute jeune recrue ne voyant aucune raison de refuser a donc accepté sa demande. Une fois de retour, Mme Carni eut pour consigne de créer un cinquième pull avec un *M* et d'ajouter le cadeau aux autres. Elle en a tout naturellement conclu qu'il s'agissait d'Edgar qui était revenu au magasin. Mais, là, à m'écouter lui raconter mon histoire, elle commence à douter que ce soit bien lui.

— Vous savez, m'indique-t-elle. Pauline n'a pas rencontré votre ami Edgar le matin car elle n'est arrivée qu'en tout début d'après-midi. Elle ne peut donc pas savoir si c'est le même homme ou non.

— Je vois…

Je suis dépitée. Décidément, ce M. est un fantôme !

— Une dernière chose, madame Carni, et après je vous laisse tranquille… Pouvez-vous me donner les coordonnées de cette jeune fille, cette Juliette ?

— Je ne sais pas, madame Baron. Ce n'est pas dans mes habitudes de divulguer les adresses de mes clientes.

— Je sais et je comprends. C'est tout à fait louable. En temps normal, je ne vous les aurais jamais demandées. Là, j'ai l'impression que c'est important. Je veux suivre mon intuition… Je ne saurais dire pourquoi mais… s'il vous plaît…

38

— Ah, vous tombez bien ! Entrez, cher Mister M. !

— Bonjour, Rose. Joyeux Noël ! J'ai fait un petit détour avant d'aller déjeuner chez mon cousin. Je voulais m'assurer que vous alliez mieux.

— Oui, oui, c'est ça ! Joyeux Noël à vous aussi mais ne changez pas de sujet ! J'ai tout compris ! Je vous ai démasqué.

— Rose, vous êtes sûre que vous allez bien ?

— Ooooh, ça va ! C'est bon, docteur, le masque est tombé ! Tombé, je vous dis ! Vous êtes quand même hyper fort ! Je vous tire mon chapeau ! Toute cette mise en scène pour me faire réagir, bravo ! Je ne sais pas si vous faites cela avec tous vos patients, Doc, mais grand respect !

Le docteur Engelstein fronce les sourcils.

— Rose… Installez-vous que je vous ausculte. Vous avez sans doute encore un peu de fièvre.

— Mais oui, mais oui, faites comme si vous ne compreniez pas… puisque je vous dis que c'est fini, j'ai tout compris, Môsieur le mystérieux M., gloussé-je en m'installant sur le sofa.

Avec l'agilité d'un vieux sage, le Doc m'examine en silence, me laissant divaguer à ma guise.

— Je ne sais pas comment vous vous y êtes pris… La lettre au serveur, au prêtre, au videur… Vraiment, ça m'échappe mais je suis impressionnée… Et avant-hier soir, c'était la totale… La chorale… La fleuriste… Chapeau !

— Bon, vos bronches ont l'air d'être dégagées, vous n'avez pas de fièvre et votre tension est encore un peu basse mais je suis rassuré. Vous êtes en bonne voie de guérison. Encore deux-trois jours de repos et le tour sera joué. Cependant gare au surmenage ! Je vous prescris trois semaines de repos supplémentaires afin de vous reposer réellement et de prendre un peu de recul.

— Trois semaines ? Edgar va me faire une dépression ! Bon, cher docteur, revenons à nos moutons. On arrête les cachotteries. Je sais que vous êtes M., celui qui se cache derrière les lettres. J'ai reconnu votre style.

— Mon style ?

— Oui, votre style littéraire.

— Rose, je ne sais pas de quoi vous parlez. Sincèrement, je suis perdu.

Je scrute le visage du Doc. Soit c'est un excellent comédien, soit sa perplexité est réelle.

Je lui ordonne de m'attendre un instant, me dirige d'un pas décidé dans ma chambre d'où je ressors avec les cinq lettres de M. que j'agite crânement au-dessus de ma tête. Je les jette sur la table basse.

— Qu'est-ce que c'est ? m'interroge-t-il, incrédule.

— Eh bien, lisez-les. Ce sont vos œuvres.

J'observe le bon docteur pendant qu'il lit chaque commandement. Une fois fait, il les pose délicatement puis me regarde longuement.

— Je ne suis pas M., Rose. Ce qu'il écrit est empreint d'une grande sagesse. Je ne sais pas qui se cache derrière ces lettres mais je peux vous certifier que c'est quelqu'un qui vous veut du bien. M. vous interroge. Il nous interroge. Celui qui vous rappelle vos commandements vous connaît bien, apparemment, et s'inquiète du fait que vous les ayez oubliés ou négligés. Les épreuves qui vous ont touchée vous ont décentrée. Ce qui faisait votre force intérieure s'est fissuré. Vous êtes désynchronisée, en décalage avec vos valeurs. Vous devez retrouver votre congruence, cet alignement entre vos valeurs, vos pensées et vos actions. Et ce M. vous indique le chemin à suivre. Vous devriez l'écouter ; cela vous ferait le plus grand bien.

Je toise le Doc sans lui répondre. Il continue, imperturbable.

— Vous vous êtes trop éloignée de vous-même, en vous concentrant uniquement sur l'image que vous cherchez à donner aux autres.

Une image soigneusement lissée comme pour leur dire : « *Regardez-moi, je suis une femme heureuse. Je chéris mon âme d'enfant, je sais exprimer mes émotions, je prends soin de moi, de mes proches, je vis au présent… C'est si simple d'être heureux !* » Vous étiez une page Facebook, Rose !

— Ce que vous dites est odieux !

— Non. Confrontant peut-être mais certainement pas odieux. Vous n'arrivez plus à faire semblant aujourd'hui, et c'est une très bonne chose. Vos lecteurs ne connaissent pour l'instant de vous que la moitié de votre histoire. La part belle. L'écran de fumée que vous vous étiez évertuée à leur montrer. La vie si parfaite de madame Rose Baron ! Un conjoint fiable, une enfant « Tartine et Chocolat », des amis à gogo, un job passionnant, une vie parisienne trépidante… Le bonheur, quoi ! Mais, depuis que tout s'est écroulé, il va falloir assumer le fait que vous pouvez aussi vous montrer faillible, fragile et même malheureuse. Vous en avez le droit !

— …

Il poursuit :

— Avant que votre conjoint vous quitte et que la grippe vous force à vous arrêter, vos horaires de travail étaient à croissance exponentielle : écriture, conférences, promotions, consultations à Paris et en province. Sans compter votre investissement social, votre famille et vos amis. Quelle place restait-il pour vous dans votre propre vie ? Votre implication en toute chose est très honorable, mais vous ne pouvez pas donner éternellement ce que vous ne possédez pas, c'est-à-dire du temps et de la bienveillance à votre égard. Et c'est pour cela que votre corps se fâche.

Il s'arrête un instant. Je le regarde. J'admire tant l'homme qu'il est. Il me rassure. Ses mots *comptent triple*, ses gestes précis, sa bienveillance, ses sages préceptes, ses cheveux ébouriffés et grisonnants, son air malicieux. Cependant, il arrive aussi qu'il m'exaspère avec cette façon bien à lui de me renvoyer mes propres incohérences en pleine figure. Mais, à cet instant, je l'écoute religieusement.

— L'acceptation de ses failles est le premier pas vers la guérison. Notre existence n'est qu'impermanence. Acceptez de ne pas tout contrôler et d'être imparfaite. Acceptez les mains tendues qui cherchent à vous soutenir. Acceptez la patine et l'usure de votre vie et de votre corps. Et, par-dessus tout, acceptez de perdre de vue le rivage pendant un certain temps, faites confiance à votre destinée, il n'y a que comme cela que l'on découvre de nouvelles terres.

— Vous voyez, Doc... Vous parlez comme M...

Il secoue la tête en souriant. Je répète doucement ses paroles.

— *Perdre de vue le rivage.*

— Cette phrase n'est ni de moi ni de M. mais d'André Gide, réplique-t-il en rassemblant ses affaires.

Je murmure, perdue dans mes pensées :

— C'est vrai, vous avez raison.

— Rose, est-il si important de savoir qui se cache derrière cette mystérieuse lettre ? Peut-être représente-t-elle tous ceux qui vous aiment ? Tout simplement.

Il se lève et enfile son manteau.

— Je ne suis pas M. Mais je vous conseille de ne pas vous essouffler à le démasquer. Il est surtout temps, Rose, de recommencer à vous occuper de vous. Vous avez beaucoup de chance d'avoir un ange qui veille sur vous. Ne faites pas comme saint Thomas qui ne croit que ce qu'il voit. Apprenez à agir sous le commandement de forces qui vous dépassent sans chercher à les piéger. Entendez son appel qui vous avertit qu'il est temps d'agir… avant qu'il soit trop tard.

39

Les mots du Doc sont comme les aiguilles d'un acupuncteur qui piquent là où ça fait mal. Mais c'est pour mieux soigner, alors j'en accepte la douleur. Ce qu'il dit est malheureusement vrai. Ma vie toute rafistolée se cache derrière un filtre en sépia. Est-ce que cela se voit ? Pour ma garde rapprochée, oui. Mais pour les autres ? Je repense à ces messages reçus par des lecteurs ou des amis sur les réseaux ces derniers mois alors que mon cœur saignait : « Je ne te demande pas de tes nouvelles, je te suis sur Facebook », « Je vois que tout va bien. C'est ton Insta qui me le dit », « Quelle pêche ! Vous faites tant de choses, waouh ! Bravo ! », « Vous nagez dans le bonheur. Ça donne envie de suivre vos conseils ! ». Je nage… Non. Je bois la tasse. Je coule. Je me noie.

Je n'échappe pas à la règle. Le Doc a raison. Comme la plupart des gens, je ne montre bien souvent que la part ensoleillée de mes journées. Les réseaux sont un écran de cinéma sur lequel on projette l'histoire que l'on se raconte. Parfois drôle, parfois belle, parfois dramatique. Mais toujours sous contrôle. Avec un curseur qui oscille entre pudeur et orgueil.

Alors une experte en bonheur malheureuse ? Que peut-elle raconter à ses lecteurs ? À ses auditeurs ? À ses followers ? Quelle est sa légitimité lorsqu'elle recommande de garder confiance alors qu'elle-même est vampirisée par ses propres peurs ? Qu'elle a perdu le contrôle et le sens de sa vie ?

Ce grand écart, cette dissonance m'a étouffée à petit feu. À tel point que j'en ai perdu le goût de la transmission. De l'écriture. Autant dire, mon oxygène. Pourtant, Dieu que j'ai envie de respirer, d'y croire de nouveau.

Je regarde la pendule. Il est 8 h 08. Nous sommes le 28 décembre. Lilou et mes parents seront de retour dans moins de quatre jours tout comme Chanelle, Luce, Edgar et Gauthier partis s'empiffrer de tartiflettes à la montagne. D'après les dernières nouvelles, Roupette72 adore skier. Ils sont donc cinq à dévaler les pentes enneigées. Je les déteste. J'aurais dû en être. Cochonne de grippe !

Tout ce petit monde devrait être rentré dans la matinée du 31 décembre afin que nous fêtions l'arrivée de la nouvelle année au Feliz, le restaurant de Chanelle. Il faut absolument que je sois guérie d'ici là, car pour rien au monde je ne louperais la soirée la plus cool de l'année.

Je pense à Tom. Son rire me manque. Il passe le réveillon à New York et ne reviendra pas avant mi-janvier. J'envie sa famille. J'ai honte mais je ressens même une pointe de jalousie envers celle qui partage sa vie. Quelle chance elle a ! J'aimerais tant vivre ce moment de fête avec lui et lui montrer une autre facette de ma personnalité. Entre un évanouissement en fanfare et une semaine enfiévrée au cours de laquelle j'ai éructé les pires gauloiseries la goutte au nez, on ne peut pas dire que j'ai brillé par mon glamour et ma féminité. Dommage car, bien que mes membres ne me répondent qu'une fois sur trois, que mes narines aient triplé de volume, j'ai envie de faire la fête, de m'amuser, de m'éclater et de prendre enfin soin de moi. Alléger ma vie est l'objectif phare de ma future nouvelle année. Qu'il est grisant ce sentiment de liberté retrouvée alors même que je ne pensais pas l'avoir perdue.

Et alors que la majorité de la population grince des dents à la simple question : « *Et toi ? T'as prévu quoi pour le réveillon ?* », de notre côté, ma petite bande et moi avons réglé définitivement la question en ritualisant ce jour si particulier. Depuis l'ouverture du Feliz, nous avons décidé que ce serait avec Chanelle, sinon rien, car elle ne pouvait se permettre de fermer son bar le soir le plus lucratif de l'année. Notre choix fut facile à faire.

Pas question de festoyer ailleurs que chez elle. Je repense avec amusement au tout premier réveillon improvisé au Feliz, quinze ans plus tôt. Il y avait, en tout et pour tout, neuf improbables « fêtards ». La folle équipe se composait de Luce, Chanelle, Oliv' le DJ et moi ainsi que Léon, l'épicier du coin dont la femme venait de se faire la malle avec Jacky le coiffeur du bout de la rue. Ajoutez à cela deux épiques piliers de bar, Bébert et Roland, qui potinaient de bistrot en bistrot depuis la veille au soir, et, enfin, les petits vieux du dessus, Alphonse et Hermeline, venus gentiment prévenir Chanelle qu'ils ne toléreraient le bruit que jusqu'à minuit et une minute… et qui, finalement, étaient repartis ronds comme des queues de pelle à cinq heures le lendemain matin après avoir guinché toute la nuit. Inoubliable !

Depuis, le concept a quelque peu évolué et le Feliz fait salle comble chaque année. Son succès est tel que les réservations limitées s'arrachent des mois à l'avance. Edgar et Gauthier ont rejoint notre bataillon il y a quatre ans. Quant à Baptiste, il venait à reculons. La majorité du temps, il ne venait pas du tout. Il n'aimait pas les fêtes de fin d'année. Il n'aimait aucune fête d'ailleurs. Au début, cela me rendait triste ; puis je m'y suis habituée. Y aller seule avait quelques avantages. Je pouvais lui laisser Lilou et faire la fête toute la nuit en profitant de mes amis.

À chaque réveillon, le même rituel. Pour l'ambiance, c'est Oliv' qui est aux commandes avec, dans son panier de DJ, des vinyles et de quoi s'égosiller hystériquement au rythme des années 1980, du pop-rock, de la new wave et autres ambiances post-punk... Pour le dress code, c'est déguisement obligatoire. Personne n'échappe à la règle. Un réveillon kitch et jouissif à souhait ! Du plaisir à l'état pur. Et plus les années passent, plus les invités rivalisent de folie et d'imagination. Ainsi, il y a trois ans, lors du thème « Viva Italia », Léon l'épicier, devenu depuis l'un des incontournables du Feliz, est arrivé déguisé en part de pizza géante. Il avait fait grande sensation et trouvé aussitôt l'amour en s'acoquinant avec une belle cafetière italienne au doux nom d'Agostina.

Comme à chaque fois, je trépigne d'impatience de découvrir les prochaines trouvailles des fêtards. Cette année, le thème « *J'ai toujours rêvé d'être...* » m'inspire. C'est un drôle de questionnement. Qui serais-je si j'avais la possibilité de choisir ? Ou peut-être, que serais-je ? Quel personnage réel ou fictif, quel métier, quel animal, quelle énergie, quel symbole ? Quelle destinée m'attirerait ? En ce qui me concerne, le choix est assez facile à faire puisqu'il s'impose à moi : j'ai toujours rêvé d'être... Agatha Christie. Qu'est-ce que je ne donnerais pas pour avoir ne serait-ce qu'une once de son talent et de son inspiration ! Cette femme m'a toujours fascinée. Du plus loin que je me souvienne, depuis mes tout premiers Hercule Poirot dévorés à la lueur d'une lampe de poche, tapie sous la couverture pour ne pas me faire repérer par mon père, je me suis rêvée en romancière tapotant mes intrigues sur une vieille machine à écrire Remington, attablée à la terrasse d'un hôtel des années 1930 surplombant une mer agitée. Cette vision est gravée en moi depuis ma plus tendre enfance. Mon choix est donc validé : en ce réveillon du jour de l'an, je serai la mère du plus célèbre détective belge. Il me faut toutefois trouver la tenue adéquate et le timing est serré, d'autant que ma semaine s'annonce plutôt agitée.

40

« Objectif plume ! » Tel est le nom de mon plan de sauvetage de ma vie. Ma stratégie est claire et se compose de trois parties :

1. Alléger mon corps.
2. Alléger mon temps.
3. Alléger mon espace de vie.

Pour donner toutes les chances de réussite à ce programme, j'ai inscrit consciencieusement, dans mon bullet journal, les actions à mener pour chaque étape avec comme fil conducteur ce que je veux MAINTENIR, ce que je veux CHANGER, ce que je veux JETER.

Je choisis de commencer par l'étape 3 qui me semble la plus aisé à mettre en œuvre : alléger mon espace de vie. Étant en arrêt imposé par le Doc pendant trois semaines et encore bloquée au moins soixante-douze heures dans ce fichu appartement dans lequel j'étouffe littéralement depuis le départ de Baptiste, je décide qu'il est temps d'alléger mon intérieur. Faire le ménage, déplacer ou jeter les meubles, changer la déco, repeindre a un effet positif avéré sur notre moral. Nos idées et nos émotions se trient et se rangent en même temps que nos papiers et nos casseroles. J'espère inconsciemment que mes paquets d'émotions négatives finiront par trouver leur place dans un des tiroirs de ma mémoire étiqueté « affaires classées » et non « Cold Case ». J'ai besoin d'espace émotionnel pour vivre de nouvelles sensations. Tout comme j'ai besoin d'espace et de renouveau dans mon lieu de vie.

Pourtant, il y a encore quelques mois, je considérais ce petit nid tout à fait douillet et charmant, quoiqu'un peu vieillissant. Un salon lumineux avec deux grandes portes-fenêtres, une cuisine tout en longueur mais très pratique, deux belles chambres, dont une avec dressing et une petite terrasse-Playmobil sur laquelle s'emboîtent une table Playmobil, deux chaises Playmobil et une jardinière Playmobil. Une terrasse parisienne, quoi… mais qui a le bon goût de dominer la Ville lumière et d'offrir une vue imprenable sur ses incomparables toits de zinc et d'ardoise. Certains matins, quand les cieux sont dégagés et que le soleil pointe le bout de ses rayons, le ciel s'embrase et, telle une peinture de William Turner, se colore de rouge, d'ocre et de rose.

Désormais, cet appartement me sort littéralement par les yeux et je ressens un besoin impérieux de le « nettoyer ». Je ne supporte plus de voir ces meubles enracinés à la même place depuis des années, ces placards poussiéreux et débordants d'objets inutiles et oubliés, ces murs orangés peints dans un moment d'égarement cérébral et cette déco qui, au mieux, me rend mélancolique, au pire hystérique. Le moment est donc venu de faire place nette et d'éclaircir mon horizon. Tout doit être immaculé comme la nouvelle page blanche que j'ai décidé d'écrire.

Mon plan d'action est simple : pièce par pièce, objet par objet avec comme point phare dans mon organisation : un tas pour ce que je garde, un tas pour ce que je donne, un tas pour ce que je jette. Excitée, je sautille comme une puce. « *J'adore l'idée d'un grand nettoyage de printemps en plein hiver !* »

Mais attention de ne pas confondre vitesse et précipitation. Je me pose donc pour établir une liste de toutes les pièces concernées par ce grand chambardement :

– Ma chambre
– Le salon
– La cuisine
– La salle de bains
– Les toilettes
– La terrasse
– Le cellier

Tout doit disparaître ou presque dans ces nids à poussière d'antan.

Quant à la chambre de Lilou, il me paraît plus sage de ne pas m'y aventurer sans son consentement. Malgré les apparences, je tiens à ma vie. Bien, je suis prête. Et afin de contrecarrer la loi de Parkinson qui nous enseigne que *tout travail tend à se dilater jusqu'à remplir tout le temps disponible*, je décide d'octroyer deux heures de rangement par pièce et pas une minute de plus. Ma chambre sera mon premier champ de bataille. Il est 9 h 45. Si tout va bien, à 11 h 45, le tour est joué. Je prendrai alors une pause-déjeuner bien méritée avant d'enchaîner par une nouvelle pièce. La cuisine très certainement. À raison de deux pièces par jour, il me semble raisonnable de penser qu'avant la fin de la semaine mon appartement sera entièrement rénové et allégé ! Je jubile d'avance et m'autofélicite pour cette planification frôlant la perfection.

Je lance ma playlist spécial « astiquage » et me dandine jusque devant le miroir de mon dressing.

J'en ouvre grand les portes et constate avec effroi l'étendue du chantier. Mon enthousiasme prend un coup dans l'aile mais je me ressaisis rapidement et vide l'intégralité des placards au sol, y compris le millier de cintres de ma penderie. Je suis effarée de constater que la plupart d'entre eux supportent jusqu'à six vêtements dont certains portés disparus depuis des années. Je continue et renverse les tiroirs de ma commode à côté du tas de linge. Des montagnes de petites culottes, de collants, de chaussettes orphelines s'empilent dangereusement. Le spectacle est déprimant. Peut-être aurais-je dû attaquer placard après placard. Le doute s'installe. Mais il est trop tard. J'affinerai la chose au fil des pièces. Je secoue la tête pour ne pas me laisser décourager et me lance dans la bataille. À gauche : je garde. Au milieu : je donne. À droite : je jette.

Commençons... Mon sweat à capuche tagué New York... Au milieu ! Je donne. J'ai adoré le porter mais désormais je dois me féminiser. Fini mon côté adulescente. Place à la séductrice qui sommeille en moi, je vais avoir besoin d'elle dans les mois à venir. Continuons... Mon trois-quarts noir tout bouloché, à droite ! Je jette ! Les bouloches, c'est trop moche... Mon short en jean de l'été dernier, je garde ! À gauche ! Finalement, c'est facile de trier, c'est même assez jouissif. Bon, reprenons... Ma robe portefeuille achetée lors de mon voyage à Londres : je garde ! Pas question de la donner ou pire de la jeter. Je sais qu'un jour je rentrerai de nouveau dedans. C'est ma robe-goal, comme dirait Lilou. Mon but à atteindre. Je m'en suis fait la promesse... il y a quinze ans... Je suis certaine qu'avec un peu d'effort elle m'ira comme un gant... au pire, comme une moufle... Bon, d'accord, je l'essaie...

J'ôte rapidement mon jean et mon sweat et m'emploie à enfiler ladite capricieuse. Après un combat acharné pour glisser mon bassin dans l'antre du tissu, je m'avoue vaincue et la catapulte de rage sur le tas « à jeter ».

C'est bon... JE JETTE ! Il faudrait qu'on m'ampute d'une jambe, d'un bras et d'un sein pour entrer de nouveau dedans. Poubelle ! Pas question que qui que ce soit se pavane dans cette foutue traîtresse qui a dû rétrécir avec la canicule de cet été.

Je bougonne en attrapant le vêtement suivant.

Mon vieux pull rose en laine... Je garde... Ça peut toujours servir si, un jour, je vais à la campagne... Bon, je vais pas à la campagne... Mais sait-on jamais... Et puis ce pull a tout connu... Enfin, il a surtout connu tous mes placards... D'accord, c'est aussi parce qu'il gratte... un peu... En fait, c'est une punition de le porter plus de cinq minutes... On jette ! Je ne le donnerais pas à mon pire ennemi !

Au suivant ! Mon pantalon en cuir... Celui-là, je rentrais encore dedans il y a deux ans. Essayons... Avec un peu d'effort, ça devrait rentrer... Ça doit rentrer... mmmmm... Il faut que ça rentre... Okay... Essayons allongée.

Je me jette sur le lit et tente une fermeture à plat. La lutte est sans merci. Après d'âpres batailles, je réussis à attacher le bouton... Encore un effort... La braguette... Allez... La syncope me guette mais je ne lâche rien... Finalement, c'est mon pantalon qui craque le premier... Je suis K.-O. couchée. Dressing : 1 ; Rose : 0.

Je pousse un cri d'animal enragé. Adieu, joie et enthousiasme de l'allègement du placard. Bonjour, envie de tout brûler.

Assise au bord du lit, je constate le désastre. Ma chambre ressemble à un chantier de démolition tout comme ma tête que j'entraperçois dans le miroir de mon dressing. Respire, Rose, respire… Peut-être devrais-je commencer par alléger mon corps pour pouvoir de nouveau rentrer dans ces fringues et savoir lesquelles garder ou non ? Je me demande si cet objectif d'allègement ne va pas me rendre dépressive.

Mais je ne vais pas me décourager aussi vite. Je veux vraiment réussir. Il me faut donc changer de stratégie. Je reviendrai dans la chambre cet après-midi.

Sans me retourner, je sors du lieu de la catastrophe. Direction, la cuisine. L'enjeu est le même et de taille. Trop de vaisselle qui ne sert à rien, trop d'assiettes ébréchées, de verres et de couverts dépareillés, de casseroles et de poêles usagées, de « C'est génial ce truc » achetés sur M6 Boutique et qui n'ont jamais vu le cul d'une carotte, trop de bols et de mugs à tête de Mickey, de Popeye, de reine d'Angleterre et de concepts animaliers… Bref, trop de tout… Oh, je ne doute pas que, parmi ces chefs-d'œuvre, se cachent des collectors, mais qu'ils aillent envahir les étagères de mes voisins ! Je suis bien décidée à mettre en pratique les enseignements du feng shui qui préconisent que le chi doit pouvoir circuler en toute fluidité si l'on veut une maison saine et libératrice d'énergie positive. Et c'est ce que je souhaite par-dessus tout. Le choix des objets avec lesquels nous cohabitons est d'une importance capitale. Peu mais beaux. Peu mais utiles.

Je sens l'enthousiasme revenir au galop. Je décide de faire le tri dans le placard spécialement dédié à l'épicerie. Dix minutes suffisent à le vider de son contenu. Le constat est amer. C'est du grand n'importe quoi ! Comment peut-on accumuler autant de choses dans un aussi petit endroit ?

Il n'y a pas moins de cinq paquets de farine dont trois ouverts et deux datés du siècle dernier… Idem pour le sucre dont l'inventaire fait froid dans le dos ! Sucre blanc, sucre blond, cassonade, sucre en morceaux, sucre en poudre, sucre glace, le tout multiplié par trois par catégorie. Tous ouverts… quatre périmés… Même combat pour les huiles qui rivalisent de variétés : olive, colza, coco, noix, tournesol, sésame, lin… Tout comme les vinaigres dont la valse me donne le tournis. Vinaigre de vin, de cidre, balsamique, blanc, de riz, au jus de framboise, avec ou sans échalotes. Le tout perdu au beau milieu d'une forêt d'épices : cumin, curcuma, gingembre, muscade, coriandre, cannelle, cardamome, ras el-hanout, herbes de Provence, pour ne citer qu'eux… Me voici fin prête pour ouvrir une épicerie. Je sens poindre en moi un léger agacement. Comment puis-je être aussi inconséquente ? C'est bien joli de défendre des valeurs écologiques, sauf que je stocke la moitié des réserves mondiales dans les placards de ma cuisine ! Je regarde avec désappointement les dizaines de bocaux et boîtes de conserve exposées en pyramide sur mon plan de travail. J'en prends une au hasard. Son couvercle est recouvert d'une épaisse couche de poussière. Honteux ! Ce truc doit être là depuis… Je fronce les sourcils pour essayer de lire la date de péremption puis les écarquille de stupéfaction. Le verdict est sans appel. La sentence tombe. À consommer de préférence avant… juillet 2005 !

41

— Oh, mon Dieu… Vous avez été cambriolée ?! J'appelle la police tout de suite.

— Non, monsieur Piquet. Je n'ai pas été cambriolée. J'ai juste… Enfin… Je suis en plein ménage et, comme vous pouvez le constater, je suis loin d'avoir fini. Donc, veuillez m'excuser mais je vais me remettre à la tâche.

— Eh ben, vous alors ! C'est impressionnant quand vous vous mettez à faire le ménage ! ironise mon voisin, en se dressant sur la pointe des pieds pour tenter de regarder par-dessus mon épaule. Je comprends mieux les drôles de bruits que j'ai entendus toute la journée.

Je le coupe en lui tendant une boîte d'œufs :

— Monsieur Piquet. Voici vos œufs pour votre… votre quoi déjà ?

— Je fais un cake aux pommes.

— Ah… Vous cuisinez, vous, maintenant ?

— Euh… oui. C'est un loisir comme un autre. Comme je suis en vacances, j'en profite pour expérimenter des choses et développer ma part créative. Le dessin, le bricolage, la cuisine. Ce soir, c'est pâtisserie. J'avais d'abord envisagé de faire méditation mais c'est impossible avec le boucan que vous faites.

— Eh bien, je suis navrée, on ne fait pas d'omelette sans casser des œufs. Le ménage de printemps demande des sacrifices. Bon, monsieur Piquet, je ne vous chasse pas et soyez sûr que je vous aurais bien proposé un café pour me faire pardonner seulement je ne le retrouve pas… ni mes tasses d'ailleurs… et ma cafetière est portée disparue depuis ce matin. Donc, ce sera pour une prochaine fois. Sur ce, je vous souhaite une très belle soirée.

— Dans un tel capharnaüm, ricane-t-il, c'est compréhensible. Si jamais je n'ai pas de vos nouvelles d'ici deux jours, j'appellerai les secours ; ils viendront vous sauver avec leur sonde avalanche !

— Ahah, très drôle… Oui, ça a l'air un peu désorganisé comme ça mais c'est tout le contraire. C'est une méthode très connue et qui fonctionne à merveille. On vide tout, puis après on trie. Voilà. C'est ce que j'ai fait. Et, maintenant, c'est l'heure du tri, donc bonsoir, monsieur Piquet.

Il se gausse de rire. Une envie de meurtre m'assaille.

— Eh bien, je serais curieux de connaître cette méthode et le nom de son inventeur. Pas sûr qu'il ait fait fortune !

— Monsieur Piquet, votre cake vous attend. Pour ma part, si je veux finir avant ce soir, je dois m'y remettre. Alors, *bye bye* !

Je tente de refermer la porte. Raté. Le pied de mon inopportun voisin m'en empêche. Je soupire d'agacement et l'ouvre de nouveau.

— Quoi encore ?

— Nous sommes déjà le soir, vous savez... Il est 20 h 15...

— Je sais lire l'heure, merci !

— Madame Baron, soupire-t-il. Je ne doute pas un instant que votre méthode fonctionne mais... disons que, jusqu'à présent, elle semble plus bruyante qu'efficace... votre méthode.

— Et ?

— Eh bien, si vous devez finir votre ménage ce soir, pourriez-vous avoir la délicatesse de rouspéter moins fort quand vous jetez vos livres et autres objets par terre ? Ce serait gentil de votre part.

En disant cela, il donne un coup de menton en direction des monceaux d'ouvrages éparpillés dans le couloir de mon entrée qui, quelques heures plus tôt, habillaient encore si joliment ma bibliothèque.

Je plante mes yeux dans les siens et rétorque :

— De toutes les façons, l'intégralité de mes placards et étagères est totalement vidée de son contenu. Tout est à terre. Plus rien ne tombera. Donc, à moins que vous ne souhaitiez de m'aider, je vous prie de bien vouloir m'excuser car j'ai du travail qui m'attend.

— Oh, et vous payez combien pour avoir de l'aide ?

Le hacher en menu tartare, en faire des sushis, le bâillonner ou le faire rôtir à petit feu. Je n'arrive pas à me décider entre toutes ces possibilités d'élimination. J'ai soudain envie de pousser mon ménage de printemps jusque sur le palier d'à côté. M. Piquet ? À droite ! On jette !

Je déglutis nerveusement :

— Monsieur Piquet... Passez une belle soirée et pâtissez bien.

— Bien, bien, j'ai compris. Je vous laisse. Je vous souhaite bien du courage. Vous semblez en avoir besoin. Ah et merci pour les œufs. Je vais courir faire mon gâteau au yaourt.

— Votre gâteau au yaourt ? Je pensais que vous faisiez un cake aux pommes ?

— Ah... euh... Oui, c'est pareil... Mais avec des pommes en plus...

Il n'a pas le temps de tourner les talons que déjà la porte se referme sur lui. Je soupire d'exaspération. Quelle fouine, ce M. Piquet ! Toujours à fourrer son museau partout. Je l'entends déjà cancaner dans tout l'immeuble. *« Cette femme est totalement folle ! Vous auriez vu l'état de son appartement, c'était... C'est du domaine de la psychiatrie à ce niveau ! »*

Je me retourne. Le spectacle est effectivement désolant. L'intégralité de mon appartement est entièrement retournée. Tout au long de la journée, je suis passée de pièce en pièce, dans un affolement absolu. Déplaçant les meubles et les objets dans la plus totale anarchie. Commençant tout et ne terminant rien. Semant des monticules de bibelots sur mon chemin. Ce qui est à garder, à donner ou à jeter ? Pfff ! Allez donc savoir ! M. Piquet a raison. On dirait que j'ai été cambriolée. L'horreur ! Il va me falloir des jours pour retrouver un espace de vie digne de ce nom. N'est pas expert en décoration qui veut ! C'est un métier, madame ! Je serais curieuse de savoir à quel moment mon plan a dégénéré. Est-ce quand j'ai eu la bonne idée de transférer les verres apéritif de la cuisine au salon ? Ce qui m'a obligée à vider le meuble du salon pendant « l'opération cuisine ». Ou bien est-ce quand j'ai eu l'éclair de génie de déplacer l'armoire à pharmacie de la salle de bains jusqu'au cellier où, là, j'ai découvert une caisse rouge qui allait parfaitement dans ma chambre ? Ce qui me fit vider intégralement le cellier pour pouvoir attraper ladite caisse qui, finalement, n'allait pas du tout là où je pensais qu'elle irait bien. Retour à la case départ.

Je suis au bord du malaise vagal quand la sonnette de ma porte résonne de nouveau. M. Piquet !

— Désolée de vous ennuyer encore, ma chère Rose, mais j'ai oublié de vous donner ceci.

Il me tend une enveloppe.

— Quelqu'un s'est trompé et a glissé une lettre pour vous dans ma boîte aux lettres. C'est étrange, non ? Car nous n'avons pas du tout le même nom. Allez, je file ! Bonne nuit, madame Baron. Et portez-vous bien.

42

6e commandement :
« Ta gratitude, tu offriras »

Rose,

Qui sont les habitants de ta vie ? Ceux avec qui tu voyages ?
Sais-tu reconnaître ceux pour qui tu comptes vraiment ?

Ceux qui te tendent la main lorsque tu glisses sur les parois de ta vie ?
Ceux qui se réjouissent de partager leurs heures, cœur à cœur, avec toi ?
Ceux qui te demandent « Comment vas-tu ? » et en écoutent la réponse ?
Ceux qui s'émerveillent encore de tes histoires mille fois racontées ?

Qui rient de bon cœur à tes blagues surannées ?

Ceux à qui tu manques ?
Ceux qui croient en toi ?
Ceux qui te pardonnent tes errances, tes erreurs, tes manquements, tes absences ?
Qui ne te jugent pas ?
Ceux qui consolent tes chagrins d'un « Je suis là » en te serrant fort ?
Ceux qui n'ont pas peur du silence à tes côtés ?
Ceux dont le sourire ensoleille tes jours ? Tes souvenirs ?

Sais-tu reconnaître ceux dont le regard veille discrètement ?
Ceux qui t'offrent leur temps, leur aide, leur amitié sans attendre de retour ?
Ceux sans qui tout serait plus rude ?
Ceux qui t'ont appris ?
Ceux qui t'ont guidée ?
Ceux qui t'ont fait grandir ?
Ceux qui, en quelques heures, te donnent bien plus qu'en une vie ?
Ceux qui, en une vie, te donnent bien plus que quelques heures ?
Les intemporels qui ont le pouvoir d'abolir les distances et les frontières du temps ?
Ceux d'hier et d'aujourd'hui ?
Les vivants comme les fantômes ?
Toutes ces âmes qui peuplent les couloirs de ta vie : leur accordes-tu suffisamment de temps ?

Leur donnes-tu suffisamment d'amour ?
Leur exprimes-tu suffisamment ta gratitude ?

Il en faut peu pour rendre heureux… et être heureux. Un geste, un sourire, un « Je t'aime », un « Tu comptes pour moi », un « Merci pour tout, pour ton amour, ta présence, ta patience, ton rire, tes gestes, ton regard, ton amitié, ton aide, ton engagement, ton écoute, ton conseil, ton silence », un « Je ne vous oublierai pas », un « Tu me manques », un « La vie est plus cool depuis toi », un « Je suis là » en serrant fort, suffisent à combler nos cœurs, à nous rendre plus vivants.
Apprends également à reconnaître ceux qui te dominent, ceux qui te vampirisent, ceux qui te réduisent. Tous ceux qui t'ont blessée et abîmée. Et rends-leur grâce à eux aussi car, ce faisant, ils t'obligent à relever la tête, à te battre, à aller puiser en toi des ressources insoupçonnées qui, désormais, coulent dans tes veines et te rendent plus forte à jamais.
Épargne-toi la rancœur, c'est un poison.
Ne garde que l'amour et la gratitude.

<u>Engagement n° 6</u> : Rends grâce !
Rends grâce à tous ceux sans qui tu ne serais pas tout à fait celle que tu es aujourd'hui. Dis-leur combien ils te sont précieux. Serre-les dans tes bras, offre-leur tes mots, submerge-les de « Je t'aime », explique-leur en quoi ils

sont importants à tes yeux. Donne ta gratitude sans modération ! C'est le meilleur des élixirs de vie.

Rose Baron,
Ta gratitude, tu offriras.
6e commandement.
Signé : M.

43

Je suis bouleversée par chacun des mots de cette nouvelle lettre. Le commandement sur la gratitude est l'un de mes préférés car c'est un puissant générateur de joie profonde et durable.

Rendre grâce au lieu de médire, remercier au lieu de condamner.

Mais, bon sang, qui es-tu, M. ? Pourquoi te caches-tu ? Viens, montre-toi. J'ai besoin de te voir, d'entendre ta voix, de te lire dans ton regard.

Tu fais vivre mes commandements avec bien plus de force que je ne saurais le faire. Quelle est ton histoire ? Pourquoi m'as-tu choisie ?

44

Demain, Lilou et mes parents reviennent. J'ai hâte de leur montrer le résultat. J'espère que ça leur plaira. À Lilou surtout.

Je pousse un petit cri de victoire en cochant la case « Objectif plume : alléger mon espace de vie » sur mon bullet journal.

Après trois jours de combat acharné, le bilan est à la hauteur de mes espérances. Aidée par mon ami Julio, « l'ange » gardien de cet immeuble, j'ai pu donner et jeter ce qui devait l'être et, grâce à lui, repeindre en blanc l'intégralité de mon appartement. À part, bien évidemment, le sanctuaire de Lilou auquel je n'ai pas touché, tout est allégé et immaculé. Mes placards contiennent maintenant uniquement ce qui me rend heureuse et ce qui m'est utile au quotidien. Mes dossiers personnels et professionnels sont triés et stockés par couleur, ma cuisine a les bonnes dates de péremption, mon dressing a perdu quelques dizaines de kilos et chaque objet de décoration a sa raison d'être.

Le chi circule, je respire enfin ! Même le bureau de mon ordinateur a eu droit à son relooking extrême et est désormais aussi désengorgé que mes étagères.

Pourtant la bataille fut rude ! Et pas seulement parce qu'il m'a fallu remettre en ordre ce que j'avais convulsivement éparpillé mais parce que le choix de garder, de donner ou de jeter fut plus douloureux que je le pensais. Sur quels critères baser son choix ? Quelles raisons sont réellement valables pour acquitter ou condamner un souvenir ? Nos objets ont tous une histoire. Qu'elle soit heureuse ou malheureuse, ils nous racontent et veillent à perpétuer la mémoire de nos vies. Reliés à nos émotions, ils se battent pour leur survie. Lors de ces trois jours de tri, j'ai ressenti leur énergie, leur résistance. Pour chacun d'eux, je devais littéralement lutter pour m'en séparer. Lutter contre leur petite voix qui s'opposait fermement à ce grand nettoyage et me faisait culpabiliser. « *Tu ne peux pas faire ça. Tu ne peux pas me jeter. Ça ne se fait pas, je suis un cadeau que l'on t'a offert, un souvenir que tu as chéri, un lien indéfectible avec ton passé, tes amis, ta famille. Non, tu n'as pas le droit de m'éliminer de ta vie. N'oublie pas, je suis l'héritage de ta fille, alors repose-moi et fiche-moi la paix, veux-tu.* » Ou bien ils distillaient le doute en moi : « *On ne sait jamais, je peux toujours te servir. D'accord, tu ne m'as pas touché de l'année mais je te parie que, d'ici deux mois, tu auras besoin de moi, tu me chercheras et je ne serai plus là. Du coup, tu regretteras et tu devras aller me racheter. Ce serait dommage, quel gaspillage, tu ne trouves pas ? Alors, dans le doute, garde-moi, on ne sait jamais.* »

Mais j'ai tenu bon. Moi aussi, j'ai lutté. Je ne me suis pas laissé faire et j'ai gardé mon cap : celui du renouveau et de la légèreté. Pour m'y aider, je me répétais en boucle le mantra accroché sur mon tableau de visualisation. « Plume, pas enclume ! » Débarrasse-toi de tes enclumes ! De temps à autre, je m'encourageais d'un « Elle l'a dit ! Elle l'a fait ! Yeah ! », en décochant un clin d'œil au plafond, en direction de mémé. Julio, habitué à mes frasques, me jetait un regard amusé tout en donnant du pinceau.

Les deux premières journées furent les plus difficiles. Néanmoins, plus j'avançais, plus je triais, plus j'allégeais, plus l'énergie me revenait. Il me fallait passer un certain palier. Un peu comme ces moments de grâce lorsque l'on court et que, au moment d'abandonner une vague d'endorphine envahit notre corps et nous redonne la force de passer la ligne d'arrivée. Pareil. Quelle victoire ! Je n'en reviens pas.

Cependant, il y a des souvenirs auxquels je n'ai pas touché. Car ce ne sont pas des enclumes. Ils font partie du véritable héritage de Lilou. Quelques cartons dans lesquels j'ai stocké consciencieusement toute l'histoire de sa vie depuis le premier jour de sa naissance. Ses premiers dessins, ses cahiers d'école, ses colliers de nouilles, ses œuvres en papier mâché ou faites de pinces à linge en bois. Ces petits trésors que je me suis promis de ressortir le jour de ses 20 ans. Et j'en connais la valeur. Une grande partie de mes souvenirs d'enfance se sont volatilisés lors du déménagement de mes parents. Je ne m'en suis toujours pas remise. Alors, je garde ceux de Lilou précieusement.

Il y a aussi toutes les photos, les centaines de photos prises durant ces trente dernières années et dont chacune d'elles raconte un jour, une heure, un événement. Ce sont les gardiennes de notre histoire. Des instantanés-trésors qui devront se transmettre de génération en génération. Je n'ai pas voulu les trier ni même ouvrir les boîtes dans lesquelles elles sont entassées. Je n'en ai pas eu la force. Je sais simplement qu'elles sont là et qu'elles appartiennent désormais à Lilou.

Je me souviens avec émotion du jour où ma mère m'a légué ses propres boîtes remplies de photos et de souvenirs venus d'un autre temps. Ces clichés dentelés ressuscitaient mes aïeux. Sur l'un d'entre eux, cinq femmes posaient fièrement, vêtues de ravissantes robes ornées de jolis nœuds de soie. Leurs épais cheveux étaient élégamment retenus par de fines épingles d'où ruisselaient de longues boucles noires. Leur regard de chat peint d'un trait toisait fièrement l'imposant appareil photo sur pied. À cette époque, se faire photographier était un événement qui méritait attention et respect. Ils avaient conscience de l'importance de cet héritage. Mon arrière-grand-mère trônait sur un fauteuil en tissu, au milieu de ses quatre filles. Je ne reconnus pas tout de suite la jeune et belle femme élancée qui se tenait à sa gauche. Mémé Jeanne, si resplendissante de jeunesse et de beauté.

On peut s'alléger de tout, c'est vrai, mais certains souvenirs nous enracinent et nous rendent éternels.

45

En ce matin du 31 décembre, Baptiste est venu chercher ce que j'avais conservé pour lui. Mais il ne voulait presque rien. Seuls quelques habits, ses masques africains et sa collection de BD ont trouvé grâce à ses yeux.

— Je ne peux rien emporter à Johannesburg. Je vais vivre dans un meublé pendant quelque temps puis je rachèterai tout sur place. Tu n'as qu'à tout garder.

Je grommelle à son adresse en faisant mine de trier mes livres.

— Tu parles d'un grand seigneur. Ce que tu as emporté vaut bien plus que des meubles.

— Rose, je ne suis pas venu pour me disputer une nouvelle fois.

— Ne t'inquiète pas. Je ne suis pas d'humeur à me prendre la tête en ce moment.

— Tant mieux.

— Tu pars quand ?

— Dans deux semaines.

— Okay.

— J'ai une demande à te faire.

Je le regarde sans répondre. Je m'attends au pire désormais.

— Je voudrais passer le réveillon avec Lilou. J'ai envie de l'emmener sur la côte normande pour quelques jours. À Cabourg.

— …

— Je sais, c'est ce soir et… cela bouscule certainement votre programme mais… enfin, si tu es d'accord, nous partirons vers 17 heures et je te la ramènerai en fin de semaine.

— Un voyage d'adieu ?

— Ne dis pas de bêtises. Je voudrais passer du temps avec elle pour parler, lui expliquer mes choix et la rassurer.

— Et Lilou, elle en dit quoi ? Elle avait prévu une soirée avec ses copines, je te signale.

— Oh… Elle ne m'en a pas parlé. Elle semble d'accord pour venir, je crois.

Une pointe de jalousie éperonne mon cœur. Une partie de moi voudrait qu'elle soit en colère contre son père, qu'elle le déteste pour ce qu'il nous fait subir mais mon âme de maman raisonne. Elle a besoin de lui. Ici ou ailleurs. Aujourd'hui ou demain. Que je le veuille ou non. Je ne veux pas la priver du peu de temps qu'il lui reste à passer avec lui avant son départ en Afrique. Quels que soient nos problèmes, nous sommes avant tout ses parents et notre amour est sans condition. Même si j'ai la nausée, elle a eu raison d'accepter.

Mais au fait !

— Et *Elle*, elle sera là ?

— Non, absolument pas ! Il n'y aura que Lilou et moi.

— Bien… Si Lilou est okay alors je n'ai rien à ajouter. Elle doit rentrer dans moins d'une heure du Sud. Mes parents la ramènent chez nous. Enfin… chez moi maintenant. Elle gardera la même valise. Je vérifierai que son linge est propre.

— Avec ta mère, réplique-t-il, la question ne se pose même pas.

C'est vrai. Cette réflexion n'a pas lieu d'être. Ma mère est l'organisation incarnée. En tout temps, à toute heure, tout est toujours impeccablement lavé, rangé, trié, plié, repassé, épousseté, frotté, récuré…

— Laisse-lui le temps de manger et de se reposer un peu.

— D'accord. Je pensais passer à 17 heures. Merci… Je… Tu sais, Rose, je voulais te dire…

— Non, ne dis plus rien. S'il te plaît.

Il baisse la tête. Après un long silence qui ressemble à s'y méprendre à une minute de silence en hommage à notre vie commune décédée, il capitule :

— Okay… Je dois y aller…

Je regarde s'éloigner l'homme qui a partagé vingt ans de mon existence. J'ai l'impression de ne plus le connaître. Juste avant qu'il referme la porte sur notre histoire, je murmure : *À droite ! On jette*… M'a-t-il entendue ? Quoi qu'il en soit, il se retourne, lève doucement les yeux vers moi puis, dans un souffle, lâche : « Je te demande pardon, Rose… Pardon. Sache que, malgré les apparences, je serai toujours là pour Lilou et toi. » Sa voix trahit son émotion. Cela me touche. Je le dévisage à mon tour longuement. Et d'un léger hochement de tête, je nous libère de nos liens.

Je n'ai pas pleuré quand il est parti. J'ai même éprouvé une sorte de soulagement. Peut-être me fallait-il le voir sortir de cette maison en même temps que de ma vie pour entrer de plain-pied dans ma nouvelle existence ?

Quelque chose m'a frappée alors que nous nous parlions dans le salon. Il y avait un je-ne-sais-quoi de profondément différent entre nous. Vous me direz : « C'est normal, il t'a trompée, il s'en va, tout est différent. » C'est vrai mais c'est autre chose… En fait, j'ai compris ce que signifiaient littéralement les expressions « il n'y a plus rien entre nous » ou « le courant ne passe plus ». Je l'ai ressenti sur ma peau. Ou plutôt je n'ai plus « rien » senti. Quelque chose manquait. Il n'y avait plus ce courant entre nous. Cette attraction palpable qui, longtemps, nous a aimantés l'un à l'autre. Là, rien. Je me suis surprise à passer la main comme pour chercher l'énergie, l'intensité, le lien. Mais rien. Juste le vide.

J'ai conscience qu'il y avait déjà quelques faux contacts depuis un certain temps. Ce qui a permis à quelqu'un, ou plutôt quelqu'une, de brancher ses propres fils de vie à notre réseau pour en détourner le courant. Jusqu'à ce matin d'octobre, où tout a disjoncté.

46

— Si tu as touché à ma chambre, je ne te pardonnerai jamais !

— Lilou… S'il te plaît !

— Quoi, s'il te plaît ? Pourquoi tu as tout changé ? Tu aurais pu attendre que je sois là, non ? Tu as jeté des objets qui comptaient beaucoup pour moi. Je te déteste !

— Lilou, je n'ai pas touché à tes affaires.

— Ah ouais ? Et tu peux me dire où est passée la statue éléphant ?

— La statue éléphant ? Mais c'est la mienne et tu l'as toujours trouvée moche !

— Non, c'est pas vrai !

— Lilou, tu la trouvais affreuse !

— Pfff, tu dis n'importe quoi, réplique-t-elle, exaspérée. Tu sais que j'ai raison et tu n'admets pas ton erreur.

La réaction de Lilou me rend terriblement triste. Dans mon enthousiasme, je n'avais pas imaginé qu'elle puisse être touchée à ce point. Peut-être était-ce trop tôt ? Peut-être espérait-elle que nous nous réconcilions son père et moi ? Qu'il revienne et que tout redevienne comme avant. Je me sens coupable. Je me souviens du jour où mes parents ont choisi de déménager à Paris. J'étais atterrée par leur décision. Comment pouvaient-ils nous faire ça ? Comment pouvaient-ils être aussi égoïstes pour nous arracher Raphy et moi à notre vie et notre sécurité ? Pendant longtemps je n'ai pas voulu comprendre leur choix et je leur en ai beaucoup voulu. Aujourd'hui, c'est au tour de Lilou et je ressens sa peur face à une situation qu'elle ne contrôle pas.

— Lilou, écoute, j'avais besoin de faire le tri.

— Tu aurais dû m'attendre ! Tu n'avais pas le droit de le faire seule.

— Elle a raison.

Voilà que mon père s'en mêle. Je déteste quand il fait ça.

— C'est quoi cette lubie de tout changer d'un coup ? peste-t-il. Avais-tu besoin de cela alors que tu es malade et que tu étais censée rester couchée ? Et puis quoi ? Tu espères aller mieux en te débarrassant de tes souvenirs gênants ?

— Oui, papa, c'est tout à fait ça !

Lilou me saute à la gorge.

— Quoi ? Ça veut dire que papa est un souvenir gênant, c'est ça ?

— C'est pas ce que je veux dire, Lilou !

Déjà, elle tourne les talons et me claque la porte au nez. J'entends la clé de sa chambre tourner dans la serrure.

— Lilou…

— Laisse-la ! m'ordonne mon père en m'attrapant le bras. Elle est bouleversée !

Je le repousse vertement.

— Papa ! Je n'ai pas besoin que tu t'en mêles. C'est déjà assez compliqué comme ça ! Je sais qu'elle est blessée. Toute cette histoire est dramatique, elle n'a rien demandé. Je déteste Baptiste pour ce qu'il nous impose. C'est lui qui abîme tout et c'est moi qui suis punie. C'est injuste !

— Ne dis pas ça, ma chérie. Tu as eu raison de faire ce tri.

Ma mère intervient à son tour. Elle s'approche, me prend dans ses bras. Je m'effondre.

— Et toi, Franck, arrête d'enfoncer le clou ! Tu es bien incapable de faire ce qu'elle fait. Ça te rend malade de jeter ou de bouger le moindre objet. Tu es figé dans ta vie. Elle, au moins, a le courage d'avancer.

— Qu'est-ce que tu racontes ?

Mon père hausse le ton.

— Tu sais très bien de quoi je parle, lui assène-t-elle.

— Marie, j'espère que tu vas pas recommencer avec tes lubies, toi aussi.

— Franck, cela fait plus d'un an que ton fils est parti et tu n'as rien touché de ses affaires. Pas l'ombre d'un vêtement. Pas le moindre papier. Même ses mégots sont encore dans le cendrier dehors. Tu briques sa voiture comme s'il allait revenir d'un instant à l'autre. C'est insupportable. En agissant ainsi, comment veux-tu faire ton deuil ?

— Mais purée ! Qui t'a dit que je voulais faire mon deuil ? Et ça veut dire quoi, hein, *faire son deuil* ? Jeter tout ce qui nous rappelle notre fils ? C'est ça que tu veux ? Faire comme s'il n'avait jamais existé ? L'oublier ? L'effacer ?

— Papa ! Arrête ça tout de suite ! Tu n'as pas le droit de faire ça à maman. Tu n'es pas le seul à souffrir !

— Je ferai ce que je veux !

— Laisse, ma chérie, j'ai l'habitude. Il ne pense pas ce qu'il dit. Sa peine est trop forte. *Se tournant vers mon père.* Bien sûr que je ne veux pas effacer toute trace de notre fils. Tu le sais parfaitement. Mais, de là-haut, Raphaël doit être accablé de nous voir agir ainsi. Ce n'était pas dans sa philosophie de vie. Et c'est justement sa vie que je veux honorer, pas sa mort ! C'était un bon vivant, généreux, combatif, libre, qui avançait et ne regardait pas en arrière ou seulement pour rire des jours heureux. Il aurait détesté qu'on croupisse dans un musée dédié à sa mémoire. J'ai besoin de redonner vie à certaines de ses affaires, tu comprends ? Celles qu'il aurait voulu donner, celles qu'il aimait. Sur son lit de mort, je lui ai fait la promesse de vivre. Pourtant, Dieu sait que j'aurais voulu mourir à sa place. Mais ce n'est pas ainsi que le destin en a décidé. Franck, notre maison est devenue un sanctuaire. Je voudrais qu'on ait le courage de Rose.

— Quel courage ? s'étrangle-t-il. Ses objets sont les seuls liens qu'il me reste avec lui. J'ai besoin de les voir, de les toucher. Sinon, son visage et sa voix vont disparaître petit à petit. Déjà, maintenant, je dois faire un effort incommensurable pour me souvenir. Mais dès que je respire le parfum de sa veste ou que je serre le volant de sa Mustang entre mes mains, c'est comme si je le prenais dans mes bras, tu entends ! Je ne m'en séparerai jamais !

— Papy…

La voix tremblante de Lilou résonne derrière nous. Pendant un instant, le temps semble s'arrêter. Nous nous regardons tous les trois sans respirer puis nous nous retournons. Elle nous fait face. Son visage est inondé de larmes. Il y a tant de peine en elle. En nous aussi. Mais également tant d'amour.

Lilou avance vers son grand-père puis le prend dans ses bras. Il s'effondre à son tour, et pleure avec elle pour la première fois.

47

Marilyn Monroe, Hulk, un flamant rose et Bart Simpson trinquent bruyamment à la nouvelle année. Tandis que Gandhi, la Petite Sirène, Charlie Chaplin, Harry Potter et Buzz l'Éclair attendent patiemment que Picasso et Superman arrêtent de se disputer pour accéder au buffet. Picasso s'impatiente.

— Dites, Superman, vous voulez pas utiliser vos superpouvoirs pour choisir ce que vous voulez manger ? On irait un peu plus vite comme ça !

— Ça va, ça va ! Y a tellement de choix que je ne sais pas quoi prendre.

De mon côté, je cherche mes amis depuis plus d'un quart d'heure, en vain. Pour les reconnaître dans ce fichu bazar, je dois repérer Maya l'abeille alias Luce, un macaron de Pierre Hermé fourré à l'Edgar, Gauthier le jardinier et Élisabeth II version Chanelle. Quant à eux, s'ils me cherchent, ce n'est finalement pas en Agatha Christie qu'ils me trouveront mais en Hercule

Poirot. Pour être reconnue du premier coup, il m'a semblé plus judicieux d'incarner le célèbre détective et non sa créatrice. Et le déguisement ne fut pas difficile à dénicher. Mon voisin du 9e, M. Martel, acteur de renom, a joué il y a quelques années *Le Crime de l'Orient-Express* au théâtre et en a conservé le costume. Il a accepté de me le prêter à la seule condition d'en prendre le plus grand soin. Et depuis que j'ai revêtu son costume trois pièces impeccablement coupé, ses souliers vernis, assortis de jolies guêtres et sa célèbre moustache en croc coiffée et cirée, je me sens l'âme d'une enquêtrice des années 1930. Seul bémol, Hercule, tout comme mon cher voisin, a de tout petits pieds. Je suis donc chaussée avec un mignon 38 alors que j'affiche un large 39 en temps normal. La soirée promet d'être compliquée. Mais je m'en fiche. Je suis trop heureuse de mon idée. Peut-être que les petites cellules grises d'Hercule m'inspireront pour résoudre mon énigme personnelle et découvrir enfin qui est M. Si ça se trouve, il est à la soirée ! Je me demande bien comment il va s'y prendre pour me faire parvenir la prochaine lettre. Sherlock Holmes et Columbo sont eux aussi de la partie. Avec autant d'enquêteurs, le mystère devrait être levé ce soir !

Je suis épatée par les vies choisies par les invités. Il y a de tout mais surtout de belles personnalités. Inspirantes, drôles, fascinantes. Ces aspirations enfouies, qu'ils s'autorisent à ressusciter le temps d'une soirée, parlent d'eux. On rêve tous d'être quelqu'un d'autre, d'avoir une destinée hors du commun, un talent extraordinaire. Toutefois, je dois bien avouer que celui qui m'a le plus surprise fut Léon. Comme chaque année, il rivalise d'originalité. Et, ce soir encore, il n'a pas failli à sa réputation. Lui qui adore se déguiser est arrivé habillé en... lui-même. Quand je lui ai demandé pourquoi il n'était pas costumé, il m'a répondu d'un air malicieux : « Je le suis ! J'ai toujours rêvé d'être moi ! Mais je n'y arrive pas et je ne suis pas sûr d'y arriver un jour. C'est un vœu pieux ! Un rêve ! Que dis-je, une quête ! » Ce garçon a le don de m'épater. Derrière sa fantaisie se cache un sage qui s'ignore. Un diamant brut. Je lui demande des nouvelles d'Agostina. D'une révérence, il me désigne la mère supérieure qui tortille gaiement son popotin sur les Rita Mitsouko. « Je ne sais pas comment je dois interpréter son choix, *dit-il en éclatant de rire*. Mais j'avoue avoir toujours eu un petit faible pour les bonnes sœurs ! »

La scène est quelque peu surréaliste. Autour de mère Agostina, Hannibal Lecter, Dracula et un zombie dégoulinant gambillent joyeusement. Certains choix de costumes me laissent pantoise. « J'ai toujours rêvé d'être un serial killer... » Ben voyons...

Je regarde l'heure. 23 h 23.

Je pense à Lilou. Que fait-elle en ce moment ? Je déteste quand on se dispute. Nos regards se sont à peine croisés lorsque son père est venu la chercher. Du bout des lèvres, elle a lâché un « Au revoir » glacial, je lui ai dit « Je t'aime, Lilou », elle m'a répondu « Ouais. Moi aussi ». J'ai bien senti qu'elle se forçait. Que son chagrin taché de rancœur l'emportait. Mon cœur se serre. Tout est si différent aujourd'hui. Je ne veux pas la perdre, elle aussi.

Dans moins d'une heure, l'année qui vient de s'écouler ne sera plus qu'un mauvais souvenir. Je suis plutôt soulagée par cette nouvelle. Ce furent les trois cent soixante-cinq jours les plus éprouvants qu'il m'ait été donné de vivre. Je mets donc beaucoup d'espoir dans les trois cent soixante-cinq prochains jours. Comme toujours d'ailleurs. Je raffole des changements d'année. Lancer un nouveau chrono. Remettre les compteurs à zéro avec l'espoir de faire mieux que l'année précédente. Cette promesse de l'aube. Évidemment, on le sait, le désenchantement nous rattrape rapidement. Et l'on se dit « *Bon, ben, y a plus qu'à attendre l'année prochaine* ». Mais rien n'y fait, chaque 31 décembre, j'y crois à fond. Sauf l'année dernière bien sûr. Un trou noir dans mon calendrier. Je n'ai pas fêté le jour de l'an. J'ai pleuré. Je n'ai pas cherché les douze prochaines pièces que nous irions voir avec Raphy. Nous n'irions plus jamais au théâtre. Je n'ai pas inscrit de vœux sur ma liste, je n'en avais aucun. À part celui de réussir à dormir de nouveau un jour. Tout comme mes parents. Alors cette année a un goût particulier. Celui d'une renaissance.

48

« Un peu plus prèèèèès des étooooiles... »

Je viens de perdre mon tympan gauche. Je me retourne toutes griffes dehors et me cogne à un énorme macaron Pierre Hermé.

— Edgar ! Tu m'as vrillé le tympan !

— Qu'est-ce que tu peux être rabat-joie ! Allez, viens danser ! Oyé oyé !

Je regarde celui qui est censé représenter une grande partie de ma vie professionnelle et... pouffe de rire. Je le trouve à mon image. Tout en élégance ! Je me laisse volontiers entraîner sur la piste de danse où nous rejoignons Maya l'Abeille qui butine gaiement à l'oreille d'un danseur de tango argentin. Je suis heureuse de voir Luce rayonner au bras d'un homme. Depuis sa « tragique séparation » avec Thierry, « son espèce de traître » de collègue de l'école primaire où elle travaille, plus question d'entendre parler de séduction et encore moins d'amour. Celle qui croit dur comme fer aux couples karmiques a décrété qu'elle resterait célibataire. Qu'on ne l'y reprendrait plus. Il faut dire que Luce voyait Thierry comme son double. Lui voyait juste double. Double jeu. Avec Jacqueline, « son autre traîtresse » de collègue. Quand Luce a découvert le pot aux roses, elle en a été profondément meurtrie. C'était il y a trois ans. Alors, ce soir, la voir approcher un homme à moins de cinq centimètres et s'émoustiller en frottant ses ailes contre son torse relève de l'espoir le plus fou. Son bonheur est contagieux. J'ai envie de me trémousser moi aussi joyeusement, de m'égosiller sous les sunlights des tropiques.

Les chansons s'enchaînent. Je danse comme si ma vie en dépendait. Je suis trempée mais je n'ose poser mon veston à revers crantés de peur de l'abîmer ou de le perdre. Et pour couronner le tout, les bottines d'Hercule sont une torture moyenâgeuse pour mes pieds. Je déclare forfait ! Il faut absolument que je les ôte ! Je n'en peux plus.

J'embrasse Edgar-le-macaron sur le front et prends la direction des toilettes. Une file d'attente aussi longue que la Seine m'empêche d'accéder aux lavabos. Je jette un œil du côté des hommes, il n'y a pas âme qui vive. Quelle injustice parfois d'être une femme ! Mais, au fait… Ce soir, je ne suis pas une femme mais un homme ! Je me glisse donc discrètement de leur côté et prie pour qu'aucun mâle ne soit en train d'uriner dans les latrines. Personne. Dans un soulagement proche de la jouissance, j'ôte les bottines. *Oh, mon Dieu ! J'ai dû perdre au moins trois orteils sur chaque pied. Dieu que j'ai chaud ! Pourquoi n'ai-je pas opté pour la robe charleston d'Agatha ! Toujours avec mes idées tordues !*

J'en profite pour déboutonner mon gilet croisé, le nœud papillon et les premiers boutons de ma chemise. Je revis enfin ! Je me penche sur le lavabo, ouvre le robinet et m'asperge d'eau fraîche. Au passage, je jette un œil à mon reflet. Oh, la tête que j'ai ! Et où est passée ma moustache ? Oh non ! J'ai perdu la moustache de M. Martel ! C'est la catastrophe !

Tout à coup, j'aperçois une ombre dans le reflet du miroir. Je sursaute d'effroi. Un homme tout de cuir noir vêtu, un casque de motard sur la tête, se tient tapi dans un coin des toilettes. Je ne vois ni son visage ni ses yeux. Il ne bouge pas. Je suis pétrifiée. Que veut-il ? Pourquoi reste-t-il planté là ? Mes yeux se tournent de nouveau vers mon reflet. Ma chemise et le gilet entrouverts laissent apparaître une grande partie de ma poitrine. Je rabats hâtivement le tissu et me redresse prestement. J'essaie de garder une certaine contenance mais je prends soudain conscience que je suis du côté des hommes. Et que peut-être ce monsieur attend simplement que je parte pour se soulager. Avec un sourire nerveux, je tente d'expliquer ma présence mais bafouille et finis par sortir des toilettes en courant.

Mon cœur bat la chamade. Quelle aventure ! Je n'ai plus l'âge d'avoir des peurs comme celle-ci. J'ai chaud, je suis épuisée, je ne ressemble plus à rien et il n'est pas encore minuit. Je regarde la foule se télescoper sur la piste. Je n'ai pas le courage d'entrer dans leur danse. J'ai besoin de prendre l'air. De m'isoler un peu. J'attrape Chanelle au vol :

— Chanelle !

— Ah ! Hercule ! Où est passée ta moustache ?

— M'en parle pas, je l'ai perdue. Comment je vais la retrouver, moi, maintenant, au milieu de tout ce fatras et dans le noir, en plus ? M. Martel va me tuer. Il y tient comme à sa propre moustache !

— T'inquiète pas. Je la récupérerai en passant le balai demain. Elle a dû tomber quand tu dansais.

— Oui, sûrement. Mais dans quel état ?

— Ah ça !

— Chanelle ? Je peux te demander la clé du toit-terrasse, s'il te plaît ?

— Pourquoi ? Tu sais que je ne l'ouvre pas en hiver et j'ai pas encore fait réparer la porte.

— Je sais. S'il te plaît, j'ai besoin de m'isoler. Quelques instants. Je te promets de redescendre vite.

— T'as intérêt ! Il sera minuit dans moins d'un quart d'heure. Tu me refais pas le coup de ton anniversaire, je te préviens !

— Ne t'inquiète pas ! Je serai redescendue à temps et, rassure-toi, je n'ai quasiment rien bu.

— D'accord. La clé est dans mon bureau. N'oublie pas de la remettre à sa place après.

Et, surtout, mets la cale qui se trouve à côté de la porte pour la bloquer. Elle s'ouvre d'un côté mais pas de l'autre. Si la porte se referme, tu seras coincée là-haut.

— Oui, oui, promis ! Eh, Chanelle…

— Quoi ?

— Merci… Merci d'être toi. *Je la serre dans mes bras*. Merci d'être une si précieuse amie. J'ai conscience de tout ce que tu fais pour moi. De ta présence, de ta protection.

Chanelle resserre son étreinte en silence. Je perçois comme un sanglot.

— Eh ! Je ne veux pas te faire pleurer !

Elle essuie discrètement une larme.

— Allez, file… J'ai du boulot, moi !

— D'accord. À tout à l'heure. Et merci pour les clés.

— Rose ?

Je me retourne.

— Oui ?

— Merci à toi aussi. Ton amitié est un cadeau du ciel.

Sa voix tremble. Un voile passe dans son regard. Elle me sourit timidement, pivote puis disparaît happée par la foule affamée. Un étrange sentiment m'envahit. Était-ce son regard, son étreinte, sa voix ?

Après avoir monté les cinq étages qui me séparent du toit, avoir ouvert puis calé, non sans mal, la lourde porte en fer donnant sur le toit-terrasse, j'arrive enfin devant l'un des plus beaux spectacles au monde. Paris dans son habit de lumière. Paris pailleté. Que j'aime cette ville ! Follement. Depuis le premier jour de notre rencontre, elle me protège, me console, m'épate, m'excite, me passionne, m'apaise, m'inspire. C'est, à n'en pas douter, ma plus belle histoire d'amour. Et ce soir, plus que jamais, j'ai besoin de me réfugier dans ses bras.

Un grincement me fait sursauter. Je me retourne et me fige d'effroi. L'homme au casque est là. Qui est-il et que veut-il ? Une pensée me traverse l'esprit : *« Et si c'était M. ? M comme Motard ! »*

Je tremble de tous mes membres et bafouille :

— Euh… Vous savez, je suis ceinture noire de tai-chi. *En prononçant ces mots, je feins une posture d'attaque. Ridicule.* Je ne vous conseille pas de m'approcher. Allez-vous-en ou je crie !

L'homme ne bouge pas.

— Je vais crier, je vous préviens !

Il s'avance lentement. Mon cœur est sur le point de lâcher. Je jette un rapide coup d'œil derrière moi. Impossible de sauter, je suis au cinquième étage. Je vais mourir sur ce toit et personne ne le saura jamais. L'homme n'est plus qu'à cinq mètres de moi. Il tient quelque chose dans ses mains. Un couteau ? Une massue ? Non… Mes bottines !

Je baisse les yeux sur mes pieds. Je suis en socquettes.

— Arrêtez d'avancer, je vous préviens ou je saute !

Je m'approche de la rambarde. Dieu que c'est haut ! Finalement, non, je préfère qu'il me tue sur le toit.

L'homme s'arrête et soulève la visière de son casque. J'entends sa voix qui hoquette de rire.

— Rose, arrête tes conneries, c'est moi !

Je fronce les sourcils… ce rire… cette voix… ces yeux…

— TOM !

Il explose de rire. Fier comme Artaban de son effet. Après un temps de sidération, je me précipite sur lui et lui assène une volée de bébés coups de poings sur le plexus.

— Aïe, feint-il. Épargne-moi, je t'en supplie ! J'avoue tout !

— Arrête tes conneries, Tom, j'ai eu sacrément peur ! Je te déteste.

— Je suis désolé, s'excuse-t-il en enlevant son casque. Mais c'était trop tentant de te faire maronner !

Son visage apparaît. Un courant électrique me traverse le corps. Je recule comme pour m'en protéger.

— Non, pas question, je suis fâchée ! J'ai failli avoir une crise cardiaque avec tes âneries. Qu'est-ce que tu fais là ? Je te croyais à New York !

— J'ai dû rentrer plus tôt. Je te raconterai. Pour le moment, enfile-moi ces chaussures, tu vas retomber malade si tu restes en chaussettes.

— Non, je peux pas.

— Si, tu peux.

— Non, je te dis ! Je peux pas !

— Si, tu peux. Dépêche-toi et ne fais pas l'enfant !

— Même avec la meilleure volonté du monde, je ne pourrai plus rentrer dans ces étaux. Mes pieds ont triplé de volume. Je préfère mourir d'une pneumonie plutôt que de les remettre.

Est-ce le fait de réaliser que je suis à moitié nue sur un toit en plein hiver mais j'ai soudain très froid. Je tremble comme une feuille. Tom enlève son blouson en cuir et le passe autour de mes épaules quand une clameur s'élève dans la nuit. Le décompte a commencé. Les Parisiens enivrés égrainent les dernières secondes qui me séparent de ma nouvelle vie.

20… 19… 18… Tom sourit… 17… 16… 15… J'adore quand il sourit… 14… 13… 12… Dieu qu'il est beau… 11… 10… 9… Ses bras me renversent… 8… 7… 6… « Vous êtes une tête de linotte, Rose Baron »… 5… 4… Je sens la chaleur de son cœur… 3… 2… Et ses lèvres sur les miennes.

49

— Tom…
— Oui, Rose ?
— Le bruit que j'ai entendu tout à l'heure…
— Oui ?
— C'était quoi ?
— La porte… Pourquoi ?
— …

50

J'inspire profondément en fermant les yeux. Puis expire lentement en les ouvrant. Il est encore là, à mes côtés. Je ne veux rien perdre de ce miracle qui m'est accordé. Je me sens comblée par cette parenthèse enchantée et me demande combien de temps Chanelle va mettre pour s'apercevoir de mon absence. Combien de temps pour qu'elle réalise que la porte s'est refermée. J'aimerais qu'elle ne s'en souvienne jamais. J'aimerais que le temps s'arrête. Que nous restions éternellement emmitouflés dans son blouson. Chacun un bras dans une manche. Lui, la gauche, moi, la droite. Ne formant plus qu'un corps. Assis en tailleur, sur notre tapis d'Aladin.

J'ai dû consentir à remettre mes étaux aux pieds. Mais l'instant est trop important pour qu'une simple torture m'empêche d'en profiter. Je suis bien. C'est une évidence. Je suis faite pour cet homme. Depuis toujours. Quand Luce a parlé de couple karmique, le visage de Tom m'est apparu. Se peut-il que l'on rencontre son âme sœur à 7 ans et ne pas le savoir ? Je me colle contre lui.

— J'aurais dû te reconnaître immédiatement.

— Ah, et pourquoi ?

— La moto... Ton rêve... Ton « J'ai toujours rêvé d'être un pilote professionnel ». Tu n'avais que cette idée en tête jadis.

— C'est vrai...

— Pourquoi ne l'as-tu pas réalisé, ce rêve de pilote ?

— Je ne sais pas... Par manque de courage ? De moyens aussi ? Ou de soutien ? Je ne sais pas, Rose... Pourquoi passe-t-on à côté de ses rêves ? Pourquoi n'écoute-t-on pas son intuition ? Son cœur ? J'en rêve encore la nuit... Mais il est trop tard... Et puis j'ai eu mes enfants... Tout a changé avec eux.

Il fait une pause. J'en profite pour caler mon nez glacé dans son cou chaud. Je le renifle discrètement. Comme avant. Mon cœur se contracte de bonheur. Je retrouve les sensations de nos 17 ans. Le délicat parfum de sa nuque, la chaleur apaisante de ses mains, sa tendresse. Il y a comme une évidence entre nous. Une alchimie.

— J'ai pris des décisions dans ma vie... C'étaient rarement les bonnes, continue-t-il. Aujourd'hui, j'en fais le constat.

— Le constat de quoi ?

— D'un échec annoncé.

— Un échec ? Tu divagues ! Ta vie est une réussite totale. Tu vis à New York, tu es ton propre patron, ton projet est génial, tu as de beaux enfants, une femme…

À ces mots, mon estomac se retourne. Judith. Je suis cramoisie de honte.

— Tom, c'est affreux. Je me sens tellement coupable… Ta femme… Je suis comme *Elle*, celle pour qui Baptiste est parti, tu te rends compte ! Je fais la même chose ! C'est absurde.

— Non, ce n'est pas pareil…

— Ah oui, et tu m'expliques en quoi c'est différent ?

Il ne répond pas et baisse la tête. J'interprète cela comme un aveu.

— Tu vois… Tu ne sais pas quoi dire. Nous sommes comme eux. Comme tous ceux qui se voilent la face et trahissent la confiance de leurs proches. Tous ceux qui prônent la bonne parole la journée et trahissent leurs valeurs la nuit.

— Non, tu n'as trahi ni tes valeurs ni personne et moi non plus. Je ne t'ai pas tout dit.

Il prend une grande inspiration puis, d'une traite, m'explique que Judith et lui sont séparés depuis plusieurs mois. Qu'elle ne voulait plus vivre à New York. Qu'elle détestait cette ville qu'elle trouvait arrogante et méprisante. Que sa famille lui manquait. Qu'elle voulait retourner à Lyon, auprès d'eux. Que ses parents avaient le droit, eux aussi, de voir grandir leurs petits-enfants. Qu'elle n'avait plus confiance en lui. Que tout l'exaspérait chez lui. Son inconstance, sa gentillesse débordante, ses blagues à papa et tous les sacrifices qu'il lui imposait. Qu'ils auraient dû se séparer il y a bien longtemps. Sur ce point, il la rejoignait. Tout les opposait. Lui était fou de New York. Son projet de vie reposait sur cette ville aux artères vrombissantes. Il aimait la liberté, la prise de risque, Broadway, la gentillesse et les blagues à papa. Il ne restait que des résidus de leur amour. Assez pour maintenir le lien pour les enfants. Uniquement, pour Charline et Georges. Et bien qu'il ait New York dans la peau, il était néanmoins prêt à rentrer en France pour eux.

Après avoir passé le mois de juillet seule à Lyon avec les enfants, elle avait entamé les démarches pour les scolariser là-bas pour la rentrée. L'inscription était en cours. Elle avait conscience du sacrifice qu'elle lui demandait mais, après douze ans à New York, loin de tout, elle estimait qu'elle avait donné sa part et que c'était à lui maintenant de donner la sienne. Il y a quatre mois, un peu avant la rentrée de septembre, elle avait déménagé avec les enfants. Lui avait passé un mois seul à New York. Le constat fut sans appel. Ses enfants lui manquaient et il avait décidé de revenir en France en octobre pour s'en rapprocher. Avait loué un studio à Paris en attendant de savoir où il poserait ses valises et son concept Amazing Art Home.

— Pourquoi ne m'as-tu rien dit avant ?

— J'ai essayé mais je n'ai pas trouvé le bon moment. Quand je t'ai revue le jour de l'hommage à Raphy, je n'allais pas te raconter ma vie et après tu es tombée malade…

— Et tu vas faire quoi maintenant ?

— Je ne sais pas encore. Je dois repartir à New York la semaine prochaine probablement pour un mois. Je dois régler quelques papiers afin de transférer mon pouvoir à mon associé new-yorkais, Mark. C'est lui qui gérera tout là-bas pendant que je chercherai un nouvel Amazing Art Home en France. J'ai déjà commencé les recherches comme tu le sais.

— Ça veut dire que… Tu vas vivre ici ?

— Peut-être, souffle-t-il.

Mon cœur s'emballe, je détourne la tête pour qu'il ne remarque pas l'euphorie que je peine à contenir à cette simple pensée.

— Tom…

— Oui ?

— Pourquoi as-tu décidé de venir ce soir ? Pourquoi t'es pas resté à New York ?

— Je n'en avais pas envie. Je voulais passer le cap de cette nouvelle année avec des gens qui me font du bien. Avec vous… Avec toi. Je voulais te faire une surprise.

— Et ça ?

Je lui tends ma main droite et lui montre la bague-humeur reçue à Noël lors de la chorale. Il sourit.

— Tu l'aimes ?

— Elle est magnifique. J'adore. Je t'ai même pas offert de cadeau en retour.

— Mon cadeau, c'est que tu la portes… Et que sa couleur, ce soir, soit rose…

Je rougis. J'ai vérifié la signification des couleurs. Le rose me trahit au plus haut point.

— Tom… Le message qui l'accompagnait : « Elle t'attendait depuis vingt-trois ans. » Ça veut dire quoi exactement ?

— Tu ne te souviendras peut-être pas mais nous avions rendez-vous sur la plage le jour de votre déménagement. Notre dernier tête-à-tête avant ton départ pour Paris.

— Comment veux-tu que j'oublie un truc pareil ?

— Je voulais t'offrir cette bague pour que tu penses à moi. Mais…

— Je ne suis jamais venue…

— C'est ça.

— Je suis sincèrement désolée. J'avais perdu mon carton dans lequel il y avait mes affaires. Je l'ai cherché pendant des heures et le temps est passé. Il a fallu partir. J'étais effondrée.

— Je sais. Tu m'avais tout expliqué par téléphone après. Tu m'as manqué. Tellement. Je n'ai jamais cessé de penser à toi.

— Tu me crois si je te dis que c'est pareil pour moi ?

En guise de réponse, il se penche pour m'embrasser quand la lourde porte en fer se met à grincer.

51

Lorsque je rentre dans le café Chineur en ce pâle matin de janvier, je n'ai besoin que d'un regard complice pour que le serveur m'autorise à me glisser discrètement dans la partie dressée de cette brasserie toute parisienne.

Je me sens privilégiée car, passé dix heures du matin, plus personne n'a le droit de s'installer de ce côté, pourtant si confortable pour y boire un café. Trois heures avant, tout est déjà prêt pour accueillir le flux des travailleurs du lundi. Ce qui a le don d'exaspérer les malheureux clients du matin obligés de se tasser près de la porte et de la terrasse semi-couverte, dans le froid hivernal de ce début d'année. Pour ma part, c'est sans une once de culpabilité que je m'installe confortablement sur la table du fond, près de la vitrine. Ma table. Celle qui a vu naître mes premiers ouvrages.

Après avoir ouvert mon Mac, ma trousse, mon bullet, mis en mode avion mon smartphone, puis commandé un thé au jasmin, je m'enfonce dans le fauteuil club, renverse ma tête et ferme les yeux. Tous mes sens sont en éveil. Exaltée par un Jacques Brel qui se perd entre Vesoul et Honfleur, je respire à plein nez les effluves de l'incontournable café matinal. Je ressens une force nouvelle éclore en moi. Fragile. Vulnérable comme un bourgeon sur une branche nue. Mais bien réelle. *On ne découvre pas de terre nouvelle sans consentir à perdre de vue, d'abord et longtemps, tout rivage*. Depuis que le Doc me l'a transmise, cette citation d'André Gide résonne en moi. Je crois que je suis prête à lâcher le rivage et à consentir à le perdre de vue. Prête à me laisser porter par les flots sans résistance, sans repères, pour trouver ma nouvelle terre. Celle où je construirai mon futur.

— Vous désirez autre chose, mademoiselle ?

Je me redresse et regarde le serveur, éberluée. *Mademoiselle ?* Je glousse. Voilà que j'ai rajeuni maintenant. Je ne suis plus une dadame.

— Non, c'est gentil, merci. J'ai tout ce qu'il me faut.

Le serveur repart en sifflotant. Je me recale au fond du fauteuil et souris aux anges en repensant à la soirée du nouvel an et aux jours qui ont suivi. Il aura fallu finalement trois quarts d'heure à Chanelle pour réaliser que je n'étais pas redescendue. Heureusement pour nous, elle avait un double des clés.

À sa suite, une ribambelle d'affolés ont fait irruption sur le toit. Tom et moi avons été submergés de « Bonne année ! », de cris hystériques, d'embrassades baveuses et de champagne. Et comme un bonheur n'arrive jamais seul, j'ai eu la bonne surprise de retrouver ma moustache d'Hercule collée au macaron d'Edgar. Elle avait dû s'accrocher au moment de mon bisou sur son front. La soirée fut mémorable. Pleine d'amour, d'amitié et de rires. Mais elle n'égalait pas les jours qui ont suivi. Tom et moi n'avons pas quitté le lit de son studio jusqu'au vendredi matin. Je ne sais même plus si nous avons mangé ni quel jour nous étions et encore moins en quelle année. Nous flottions entre hier et aujourd'hui. Nous avions de nouveau 17 ans. Nos peaux se reconnaissaient. Nos cœurs aussi.

Hier, Tom est reparti à New York pour un mois. Je l'envie. Et il me manque déjà. Mais le timing est parfait pour continuer mon travail de reconstruction. J'ai conscience que ce n'est pas lui qui guérira mes blessures. Je ne veux pas que quelqu'un vienne combler mes failles, mes manques. Je ne veux pas non plus que mon bonheur et ma sérénité dépendent d'une autre personne, même si elle y contribue fortement. Car si l'autre disparaît, c'est alors tout l'édifice qui s'écroule et je m'y refuse désormais. Je ne veux plus « me soustraire » par amour pour quelqu'un. Je veux « m'additionner ».

Avec Baptiste, j'étais capable de nier mes propres besoins au bénéfice des siens. Par peur de le perdre. J'en veux pour preuve nos trop nombreuses vacances sur la côte atlantique alors qu'en secret je rêvais des cigales de mon enfance. Mais Baptiste n'aimait pas la Côte d'Azur. Longtemps, je me suis dit que cela n'avait pas d'importance. Qu'il fallait faire des concessions pour qu'un couple dure. Aujourd'hui, ces années loin de mon soleil méditerranéen me manquent cruellement. Oh ! Je ne l'accable pas car lui aussi s'est imposé les mêmes deuils pour me garder. Comme cette Afrique tant rêvée qu'il n'a jamais vue. Ma peur de l'avion le condamnait à fantasmer ces paysages lointains. Sans même nous en rendre compte, nous avons enchaîné les petits sacrifices jusqu'à ce qu'ils deviennent des cordes à nos cœurs et étranglent notre amour. Comment ne pas reproduire ces erreurs ? Jusqu'à quel point sommes-nous prêts à négocier pour ne pas être seuls ? Je repense à Léon. Qu'il est difficile d'être soi dans le regard des autres ! C'est une quête sans fin.

Désormais, je veux m'additionner dans l'amour. Et que cet amour amplifie ce que nous sommes et non l'inverse. Je veux surtout consolider ma liberté intérieure et les murs porteurs de mon existence. Je me donne donc un mois pour amorcer le renouveau et prendre soin de ma trinité : mon corps, mon cœur et mon âme. Un mois n'y suffira pas, bien sûr. Une vie non plus, d'ailleurs ! Mais je suis bien décidée à ancrer de nouvelles habitudes pour retrouver force et envie. Je sais que trois semaines de rituels sont nécessaires pour qu'un véritable changement s'opère. Le timing est donc parfait. D'autant que le Doc m'a mise au vert sans discussion possible. J'ai capitulé. Il ne m'a fallu que quelques pots de vin… de chardonnay pour convaincre Edgar de décaler la promotion de mon livre d'un mois. Vu mon état et nos dernières péripéties médiatiques, il était largement consentant. Idem pour mes conférences que j'ai réussi à reporter au printemps. Me voici donc libérée de toute contrainte professionnelle.

J'ai pensé m'isoler pour effectuer cette remise en état, partir loin dans un ashram au fin fond de l'Inde, mais je me suis ravisée. Si je veux changer, c'est au cœur même de mon quotidien que je dois le faire, et non ailleurs.

Je dispose face à moi les six lettres de M. Certaines sont froissées, d'autres fripées de larmes. Les dernières sont intactes. Cette différence est loin d'être anodine car je n'ai plus du tout envie de les détruire. Les paroles qu'elles contiennent agissent sur moi comme de petites décharges d'énergie.

J'inscris les six engagements sur mon carnet :

- Souviens-toi ! (Préserve ton âme d'enfant.)
- Libère-toi ! (Accepte tes émotions.)
- Vis lentement ! (Honore ton présent.)
- Que la tempérance soit ! (Prends soin de ton corps.)
- La résilience est en toi ! (Enrichis-toi de tes épreuves.)
- Rends grâce ! (Offre ta gratitude.)

Voilà, un programme plus qu'ambitieux, mais nécessaire. Je me sens motivée. Et pour la première fois, je remercie intérieurement celui qui est à l'origine de ces missives qui m'ont accompagnée sur la voie de la guérison. Alors, avant de refermer mon bullet, j'ajoute une dernière mission :

- M., tu remercieras.

52

Je regarde mon corps engoncé dans le miroir de ma nouvelle salle de sport, et maudis Chanelle pour son cadeau empoisonné. Posés à mes pieds un step, un tapis, une barre et des poids. Face à moi, Ricco et ses 112 kilos de muscles. Je déglutis. Du doigt, il pointe les disques de 2,5 kilos pour son cours de Body Pump. Je l'interroge du regard et lui montre ceux de 1,25 kilos. Les plus petits. Il fronce sa ride du lion. Je m'exécute.

La musique commence. Mon martyre aussi. Au bout de quelques minutes de squats et d'épaulés-jetés, je ne suis déjà plus qu'un gémissement, une boursouflure écarlate. Ma langue pendouille et, pour cause, j'ai oublié de prendre une gourde d'eau. Erreur de débutante. La gourde, c'est moi.

Je me dis que j'aurais peut-être dû choisir un cours plus cool pour recommencer le sport après une année de cavale. La gym douce, par exemple, version troisième âge. À peine dix-huit minutes que la séance a démarré et je pense déjà à déclarer forfait. Je tente une esquive en faisant mine d'avoir envie d'aller faire pipi pour m'échapper. Je me fais crucifier du regard par Ricco qui agite nerveusement ses grosses paluches et m'ordonne de retourner à ma place. À contrecœur, je reporte mon projet d'évasion et m'emploie à me faire oublier. Cinquante minutes plus tard, étalée comme une vieille serpillière sur le sol, je passe en revue les diverses épitaphes que j'ai sélectionnées pour mon enterrement. Un sobre « *ci-gît* » me paraît le plus approprié.

Alors que je vis mes dernières secondes, les narines poilues de Ricco font leur apparition dans mon champ de vision.

— Bah, dites donc ! s'exclame-t-il en ricanant. C'est pas gagné tout ça, hein ! De toute ma carrière, j'ai rarement rencontré quelqu'un d'aussi mollusque que vous !

— Ça va, vous ! Vous êtes pas obligé d'enfoncer le clou.

Dans sa grande bonté, il m'aide à me redresser. Enfin, redresser est un peu présomptueux. Disons plutôt à me remettre à la perpendiculaire.

— Je vous attends demain. Ainsi que tous les autres jours. Cela dit, j'vous parie cinquante boules que j'vous reverrai pas de sitôt ! Toutes les mêmes. Tout en gueule. Pleines d'enthousiasme la première fois, et après, *tchao bye bye* !

Piquée au vif, je plante mes yeux assassins dans les siens et le défie du regard avant de tourner les talons et partir la tête haute en claudiquant. Je me fais la promesse de revenir et de prouver à ce malotru et un poil sexiste de Ricco à la noix qu'il se trompe méchamment.

Avant de rentrer agoniser chez moi, je passe par le Feliz où Luce m'attend. Son SMS, écrit tout en majuscules et agrémenté de points d'exclamation, ne me laisse que peu de possibilités de refus.

VIIIIIIEEEENS MAIIINTENAAANT !!!!!!

Lorsque je franchis la porte du Feliz, je me retrouve face à une Luce tourbillonnant sur un tango enfiévré, un balai en guise de partenaire. Dès qu'elle m'aperçoit, elle se précipite sur moi, m'attrape et m'entraîne dans sa danse. Me voilà la joue collée à celle de mon amie, le bras tendu et la jambe en l'air. Luce est enivrée d'amour. Ramon est entré dans sa vie. Elle l'a enfin trouvé ! Sa moitié, son étoile, son double ! Elle le sait, elle le sent, elle le veut. Son accent argentin la fait fondre et exacerbe sa féminité. Elle est en pleine ébullition et certaine qu'elle passera les cinquante prochaines années à danser la milonga en le dévorant des yeux.

Après deux parodies de tango, je rends les armes et m'écroule dans le canapé en cuir. Luce et moi rions aux éclats.

Du coin de l'œil, j'observe Chanelle. Elle semble ailleurs. Perdue dans ses pensées. Cela fait cinq minutes qu'elle astique la même bouteille en verre, les yeux dans le vague. Je ressens un trouble comme le soir du réveillon.

Plusieurs fois, je lui demande si tout va bien mais elle s'arrange pour ne répondre qu'indirectement à la question. Je l'interroge encore. Est-ce à cause de Roupette72 ? A-t-elle un problème de boulot ? Pour toute réponse, elle hausse les épaules et continue à s'activer. Quand elle disparaît dans la réserve, je saute sur Luce et lui fais part de mon inquiétude. Elle aussi a remarqué. Elle aussi s'inquiète. Il faut qu'on en ait le cœur net. Nous la rejoignons dans la réserve. Face au mur, Chanelle essaie de cacher maladroitement ses larmes. Je m'approche doucement pour ne pas l'effaroucher et lui murmure :

— Chanelle, dis-nous ce que tu as, s'il te plaît…

Elle se laisse tomber sur une caisse de Corona. Elle semble abattue.

— J'attends les résultats d'une biopsie d'un jour à l'autre.

Un silence de mort s'abat dans la réserve. Je n'entends que le martèlement des battements de mon cœur. Mon âme crie : noooon, pas encore !

— Quoi ? Comment ça ? dit Luce en pâlissant.

— J'ai fait une mammographie le 31 décembre au matin en rentrant du ski. Une mammo de contrôle. Ce n'est pas la première. Logique à mon âge. Jusqu'à présent, elles ont toutes été bonnes. Mais là… La radiologue a trouvé une anomalie, un truc suspect. Elle a estimé que la grappe visible sur le haut de mon sein gauche méritait toute mon attention et m'a classée ACR4. Elle m'a expliqué également qu'une biopsie s'imposait le plus tôt possible. D'après elle, ils ne prennent plus de risque aujourd'hui. Au moindre doute, ils vérifient et interviennent. J'ai fait l'intervention la semaine dernière. Et maintenant, j'attends. En apnée. J'attends que l'on veuille bien me rendre ma santé et ma vie.

Les derniers mots de sa phrase se tordent dans sa gorge. Nous la serrons dans nos bras.

— Oh, Chanelle, je suis désolée. Pourquoi ne nous as-tu rien dit ? Nous t'aurions accompagnée, proteste tendrement Luce.

— Je ne voulais pas…

— Mais pourquoi ? insiste-t-elle.

— Je ne voulais pas vous infliger un stress inutile. D'autant que Rose n'a pas besoin de ça en ce moment.

Sa réflexion me pique. Un long silence s'installe. Mon estomac se tord. La colère que je croyais exorcisée revient. Ce putain de *serial killer* ne veut plus sortir de ma vie. Je serre les poings et la mâchoire. Je ferme les yeux. 1… 2… 3… 4… 5… Je n'en reviens pas. Mon amie a préféré me protéger au lieu de penser à elle. Les mots me manquent. Je lui en veux mais la serre dans mes bras un peu plus fort.

— Garde espoir. Je suis persuadée que les résultats seront bons. Tout ira bien, tu verras. Et si ce n'est pas le cas, nous serons là pour toi.

Un étau enserre mon estomac. Ce sont les mêmes mots que j'ai prononcés à Raphy lorsque nous attendions les résultats de ses analyses.

— Merci à vous deux. Vous êtes de précieuses amies. Je me sens un peu mieux de vous l'avoir dit. C'est tellement particulier ce sentiment qui vous traverse lorsque le radiologue vous déclare qu'il y a quelque chose qui cloche. Le sol se dérobe sous vos pieds. Vous arrivez dans ce lieu en pleine santé, on vous demande de vous déshabiller dans une minuscule pièce puis de patienter le temps que l'on vous appelle. Après un long moment, on vous appelle. On vous ausculte, on vous palpe, on vous radiographie puis l'attente de nouveau, interminable… Finalement, on vous annonce que votre santé est en quarantaine avec une intervention en prime. Une vie en suspens. Quand je suis ressortie du centre de radiologie, j'avais l'impression de flotter entre deux mondes. Qu'une porte venait de s'entrebâiller entre le monde des vivants et la salle d'attente du monde perdu.

Ce soir-là, en remontant la rue de Rennes, après avoir quitté Chanelle et Luce, je ne cessais de me répéter : *Dieu, qu'il est difficile d'être heureux dans ce monde… plus d'une journée !*

53

Dans trois jours, Tom revient. Enfin ! Je trépigne comme une ado. Une euphorie imprégnée des résultats de la biopsie de Chanelle reçus quelques semaines plus tôt. *Rassurez-vous ! Ce n'est que de la mastose,* lui a-t-on signifié. Une affection bénigne et non cancéreuse. Aucun d'entre nous ne savait ce que c'était mais, ce soir-là, nous avons tous trinqué à cette mastose magique ! Chanelle avait récupéré sa santé en même temps que sa joie et une putain d'urgence de vivre. Nous aussi.

Moi aussi ! Un enthousiasme incarné dans ce mois écoulé où je me suis pleinement ressourcée. Vingt-huit jours passés à restaurer mes besoins les plus primaires comme le sommeil, l'alimentation, la respiration et l'hydratation. Je me suis obligée à remettre les pendules à l'heure et me suis couchée consciencieusement chaque soir avant minuit en ré-instaurant mes anciens rituels d'endormissement. Respiration, méditation ou lecture en bannissant de ma chambre tout écran lumineux trois quarts d'heure avant l'extinction des feux. Je sais que le sommeil est la première porte à franchir pour retrouver de la force et de la hauteur. Peu à peu, mes nuits sont redevenues douces. Et, ô miracle, avant-hier matin, c'est au beau milieu de mon lit, étalée façon étoile de mer, que je me suis réveillée. Le début de l'acceptation ? Peut-être. Puis, dans le même temps, j'ai allégé mon alimentation de tout ce qui m'empoisonnait. Mon objectif n'étant pas tant de maigrir mais de me désintoxiquer de certaines habitudes alimentaires qui mettent ma santé en danger. Un peu de *moins* par-ci, un peu de *plus* par-là. Moins de sucres inutiles, plus de fruits, moins de gloutonnerie charcutière ou fromagère, plus de légumes cuisinés à la méditerranéenne, moins de café, plus de tisanes, moins de « tout fait », plus de plaisir à cuisiner frais. En somme, moins de maltraitance et plus de tendresse pour mon corps. Et puis Ricco et ses 112 kilos de muscles n'ont plus quitté ma vie. Je le hais toujours autant mais je ne peux m'empêcher de lui faire une ola à chaque fois que je le croise dans les couloirs du club. Au bout de trois semaines, un soupçon de « ça-va-un-peu-mieux-merci » raffermit mon moral. L'espoir renaît petit à petit. Et pour clore ce joli début « d'après », j'ai exigé de ma bande d'affolés, Chanelle, Luce, Edgar et Gauthier, une cure d'eux. Je me suis autoprescrit mes amis comme médicaments en leur imposant des soirées « viens, on s'en fout » au moins une fois par semaine. Au programme : karaoké, cours de pâtisserie, de massage et un tout nouveau jeu appelé « M ou le mystère de la clé et du code secret » qui consiste à deviner à quoi peut bien servir le code trouvé dans le cinquième cadeau de Noël et quelle porte ouvre la clé. Après avoir checké toutes les idées les plus saugrenues, nous nous sommes donné pour objectif de les tester les jours suivants. Ma mission personnelle était d'identifier quelle porte pouvait bien déverrouiller cette fichue clé. Pas une serrure n'a échappé à mon investigation. Boîte aux lettres, portes de cave, vestiaires, verrous d'appartements. En vain. J'ai même été voir un serrurier qui m'a confirmé que ce genre de clé pouvait ouvrir à peu près… tout ! Quant au code « A02752B », après avoir passé des nuits à jouer les agents secrets pour en découvrir le sens, mes trois complices ont eu l'idée de le tester lui aussi un peu partout. Digicodes, mots de passe internet, codes bancaires, consignes de gare. Pris d'une folie collective, nous avons pris tous les risques… Edgar a même failli terminer sa journée au poste après avoir été repéré par une petite vieille en train de taper frénétiquement le code sur tous les digicodes des immeubles de ma rue.

Je ne sais pas si ce sont nos interminables fous rires ou les abdos martelés par Ricco Balboa mais je me sens comme musclée de vie. Restaurée. Renouvelée. Je suis consciente que tout ça est très fragile. Comme de la soie qu'il faut caresser avec amour. Pourtant, dans cette fragilité, naît beaucoup de force. Ces nouvelles habitudes sont le socle sur lequel je fonde les armatures de mon avenir.

S'il fallait une cerise sur mon gâteau, ce serait Lilou. Elle a fini par me demander de l'aide pour faire le vide dans sa chambre aussi bien que dans ses émotions. Nous avons trié, gardé, éliminé, donné jusqu'à ce que son espace de vie ressemble à la jeune fille épanouie qu'elle est en train de devenir.

Un soir de la semaine dernière, elle s'est assise à côté de moi, a posé un plaid doudou sur mes épaules, deux tisanes au jasmin sur la table basse et s'est calée au fond du canapé. Elle m'a priée de faire silence et de ne pas la couper avant la fin. Puis, après s'être raclé la gorge, elle a sorti son journal intime, l'a ouvert et s'est lancée timidement :

Check-list de mes plus beaux souvenirs d'enfance

- *Le nez de maman qui me renifle pour me dire je t'aime*
- *Ses bisous papillons avec ses cils*
- *L'attaque des guilis indiens sous la couette avant que le marchand de sable lance sa cargaison*
- *Ma poupée bleue que je serrais très fort quand la lumière s'éteignait (aujourd'hui encore mais faut pas le dire)*

- *Les Noëls chez tante Odile*
- *Les léchouilles de Guizmo*
- *Le karaoké avec tonton Raphy*
- *La tête de papy quand il perd au Scrabble*
- *Les tomates farcies de mamy*
- *Mes cabanes à Barbie*
- *Les samedis soir dans le canapé avec papa et maman, emmitouflés dans le même plaid, pop-corn sur les genoux, à regarder* The Voice
- *Les parties de PlayStation avec papa*
- *Nos blind-tests dans la voiture sur l'autoroute des vacances*
- *Les fins de journée d'été sur la plage*
- *Les soirées discothèque du camping Le Paradis bleu*
- *Ryan avant qu'il me largue pour Bettina*
- *Les churros de la fête foraine*
- *Les soirées pyjama-décoloration-recoloration-dépitation avec mes meilleures amies Elyne et Maellys*
- *Le sourire d'Adrien de 3*e *4*
- *Les chocolats chauds apportés par maman quand j'ai de la fièvre et que je ne vais pas à l'école et que je passe mes journées sous la couette devant les dessins animés*

J'ai regardé ma fille, le cœur au bord des yeux. Elle aussi avait de précieux souvenirs qu'elle allait pouvoir chérir tout au long de sa vie. Elle aussi avait un carton plein d'amour et un carnet dans lequel son cœur est posé.

Dès qu'elle a eu terminé, je l'ai prise dans mes bras, lui ai dit combien je l'aimais en la reniflant très fort, lui ai fait des guilis indiens avant qu'elle ne me botte en touche d'un « Ça va, maman ! C'est bon ! N'en fais pas trop non plus ». Elle s'est ensuite recalée au fond du canapé et m'a demandé que je lui raconte l'histoire de notre famille. Nous avons remonté le temps. Souvenir après souvenir. Je lui ai montré les photos de ses aïeuls, lui ai narré les combats, les victoires, les déceptions, les secrets les plus enfouis de notre famille. Nous avons ri, pleuré, chanté, rêvé. Puis, avant d'aller nous coucher, nous avons daté ensemble son premier voyage en Afrique du Sud pour aller voir son père. Elle y passera une grande partie de l'été. De nouveaux souvenirs à mettre dans son carton. Elle est impatiente et excitée à l'idée de découvrir le pays qui a toujours fasciné Baptiste mais s'inquiète que je puisse être attristée par son enthousiasme. Je la rassure. Je suis heureuse pour elle.

Cette nuit-là, Raphy est venu me voir dans mes rêves. Il voulait échanger ses « agates » contre mes « œils-de-chat ». Puis il s'est éloigné en fredonnant *Forever Young*.

54

Je resserre mon étreinte. Agrippée au bras de Tom, je me sens vivante. Les sens en éveil. Je le regarde du coin de l'œil. Je suis heureuse qu'il soit enfin de retour. Je le trouve si beau. Rentré avant-hier soir de New York, il est encore en plein décalage horaire. Pourtant, il n'a pas hésité une seconde à accepter ma proposition de balade parisienne. Le soleil est au rendez-vous. Il ferait presque chaud pour un mois de février. Nous nous baladons depuis la fin de matinée dans les rues de Saint-Germain-des-Prés. Je suis fière de lui faire découvrir ce qui me transporte dans cette ville. Je tiens tout particulièrement à lui montrer l'église dans laquelle je viens me réfugier depuis plus de vingt ans. Celle où j'ai fait mon esclandre la nuit de mon anniversaire.

— Entrons ! Je voudrais allumer un cierge pour remercier sainte Rita d'avoir entendu mes prières.

Je l'entraîne. Il résiste.

— Vas-y, toi. Tu n'as pas besoin de moi. Prends ton temps. Je vais aller à la librairie en attendant, je dois acheter un livre pour un ami.

Je suis un peu déçue qu'il ne veuille pas m'accompagner. Alors, j'insiste :

— Tu sais, elle a été refaite entièrement, elle est magnifique. Viens, s'il te plaît. Viens la voir. C'est une partie de mon histoire. Tu ne peux pas me refuser ça.

Il hésite. Puis capitule à contrecœur.

— D'accord. Dans ce cas, je la visite pendant que tu vas brûler ton cierge pour ta sainte. Ça te va ?

— Parfait !

En moins de temps qu'il ne faut pour le dire, je me retrouve la main sur le pied gauche de sainte Rita. J'allume un cierge et recule de quelques pas pour la regarder. Comme à mon habitude, je lui parle à haute voix. Or, cette fois-ci, j'espère secrètement que père Antoine m'entendra. J'aimerais lui présenter Tom et lui confier combien je me sens épanouie désormais. La fin de ma prière arrive et je n'ai pas été interrompue par la voix de l'ambassadeur du Tout-Puissant. Je suis un peu déçue. Je contourne discrètement la statue et jette un œil à son bureau. Personne. *Bon, ce sera pour une prochaine fois*, pensé-je résignée.

Avant de partir, je caresse une dernière fois le pied gauche de ma sainte préférée, lui fais un clin d'œil et pivote pour chercher Tom.

Je fais le tour de l'église mais personne. Serait-il déjà sorti ?

Effectivement, c'est le cas. Je le trouve devant la vitrine de la librairie, un livre à la main.

— Eh bien, tu as fait vite, dis donc...

— Oui, mais j'ai quand même pris le temps d'admirer l'église et c'était très beau.

J'attrape son bras et l'entraîne vers le boulevard Saint-Germain, direction le Flore. Je veux qu'il découvre tout de ma vie. J'aimerais tant rattraper ces vingt-trois ans d'absence.

— Tu sais, Tom, un jour, nous reviendrons et je te présenterai père Antoine. Il te racontera comment je lui ai pourri sa soirée, le soir de mon anniversaire. La honte !

— Alors, on parle de moi ?

Je reconnais la voix chaude et amusée du prêtre. Je me retourne hâtivement. Quel bonheur de le revoir !

— J'étais au kiosque à journaux quand j'ai reconnu votre voix, m'indique-t-il en riant. Je ne suis pas près de l'oublier, croyez-moi !

— C'est drôle, mon père, je me disais la même chose à l'instant.

— Comment allez-vous, Rose ?

— Très bien, merci ! Je suis allée remercier sainte Rita en lui offrant un cierge. Je vous promets que, cette fois-ci, je ne l'ai pas engueulée !

Il rit. Son visage est lumineux. Je me sens chanceuse.

— Laissez-moi vous présenter mon ami Tom, dis-je en rougissant.

Père Antoine lui tend chaleureusement la main. Tom, quant à lui, bredouille un bonjour gêné. Il semble troublé et hésitant. Je suis perturbée par son manque d'enthousiasme depuis ce matin. Je comprends qu'il soit fatigué par le décalage horaire mais je suis un peu attristée par son attitude distante. Je ne veux pas souffrir de nouveau. Je n'en ai pas la force. Peut-être est-ce trop tôt ? Quelle folie de penser que je suis prête à replonger aussi vite dans une relation amoureuse ! Je m'exaspère. Pourquoi suis-je si idéaliste ? Pourquoi serait-il différent de Baptiste et des autres hommes ?

— Nous nous sommes déjà vus, non ? l'interroge père Antoine en fronçant les sourcils.

— Je ne crois pas, mon père, répond-il sèchement.

— Oh… Bien… Enfin, je… Je croise tant de personnes dans mon église que j'ai l'impression de connaître la planète entière. *Il rit de nouveau aux éclats*. Rose, j'ai été ravi de vous revoir. Je sais que nos chemins sont faits pour se rencontrer. Alors, portez-vous bien et à bientôt !

55

Et voilà, je ne trouve plus le sommeil. C'est malin ! Les yeux grands ouverts dans la pénombre, je repasse en boucle la scène de l'après-midi et la phrase de père Antoine m'obsède : « Nous nous sommes déjà vus, non ? » L'embarras de Tom était palpable. Je donnerais ma main à couper que père Antoine a dit vrai. Pourquoi n'a-t-il pas voulu tout simplement confirmer ? J'ai une boule dans l'estomac. Généralement, ce n'est pas bon signe. Je ne saurais expliquer si c'est ce que l'on appelle l'intuition mais chaque fois que l'heure est grave, que la situation exige une vigilance accrue, cette boule au ventre apparaît et m'oppresse. Comme une petite voix qui me préviendrait : *Attention, Rose, méfie-toi, il y a baleine sous gravillon*. Quel problème y a-t-il avec Tom ? Pourquoi suis-je troublée par son comportement, ces derniers jours ?

Je fais défiler les séquences. Son attitude distante devant l'église, et avec le père Antoine, ses apparitions inattendues comme celles du jour de l'an.

Mon cœur s'emballe. Une chose est sûre... je n'ai reçu aucune lettre de M. pendant l'absence de Tom.

*

* *

— Je suis certaine que c'est lui !

— Rose, t'emballe pas. Ce ne sont que des suppositions, d'accord ?

J'observe Chanelle, Luce et Edgar. Tous ont répondu présents à ma convocation nocturne. Chanelle était en train de fermer le Feliz, Edgar s'ennuyait ferme sans Gauthier parti dans sa famille et Luce batifolait dans les bras de Ramon. Je souris en la regardant, elle ne marche pas, elle vole ! J'en suis ravie pour elle. Je la trouve resplendissante.

— Edgar a raison, surenchérit Chanelle. Tu t'emballes un peu vite, non ? C'est pas parce qu'il t'a paru bizarre avec le père Antoine que, pour autant, c'est M. Tu as bien accusé ton docteur le mois dernier.

— Moi, je suis d'accord avec Rose, c'est suspect tout ça, déclare Luce en se dirigeant vers la cuisine. Qui veut du thé ? J'ai l'impression qu'on en a pour la nuit à refaire l'histoire.

— Qu'est-ce qui est suspect, d'après toi ? demande Edgar.

— Eh bien, d'abord, il apparaît toujours quand on ne s'y attend pas et…

Luce s'époumone dans la cuisine.

— Et alors ?

Edgar nous dévisage, perplexe.

— Alors… Alors… *La tête de Luce réapparaît dans l'encadrement de la porte*. Je sais pas, moi, mais je suis sûre qu'il est relié à cette histoire d'une manière ou d'une autre. Mais tu sais, Rose, je l'aime bien ton Tom, hein. Je le trouvais déjà cool à l'époque. J'ai toujours pensé que vous formiez un beau couple. Ceci dit, comme toi, je suis d'avis que c'est M. !

— Cool ou pas, j'en aurai le cœur net demain.

— Qu'est-ce que tu vas faire ? m'interroge Chanelle.

Je me lève d'un bond, me dirige à mon tour vers la cuisine d'où je ressors presque aussitôt avec dans les mains la photo de Tom arrachée à mon tableau de « je vœux ». Luce me suit en sautillant d'excitation :

— Qu'est-ce que tu vas faire avec cette photo ?

— Simple, je vais aller voir toutes les personnes qui ont reçu une lettre de M. et je vais leur montrer le visage de Tom. Je verrai bien ce qu'ils vont me dire. Et s'ils le reconnaissent, alors il va m'entendre, croyez-moi !

— Rose, tu viens à peine de le retrouver. Ça change quoi que ce soit lui ? Hein ? Ce M., il a l'air de t'aimer et de vouloir ton bonheur, non ? Tout comme Tom. C'est quoi le problème, alors ?

— Désolée, Edgar, mais je ne veux pas être infantilisée par un ex qui décide du jour au lendemain de me donner des conseils de vie, aussi judicieux soient-ils. S'il m'aime, qu'il me le dise en face et qu'il me prenne comme je suis. Je n'ai pas besoin de tout ce cinéma ni de mensonges pour prendre ma vie en main. Et puis, à part à l'enterrement de mon frère, je ne l'ai vu que deux ou trois fois en vingt-trois ans. Qui est-il pour me faire la morale ? Si encore nous étions restés ensemble, mais là, il débarque un beau jour, il chamboule ma vie et décide de ce que je dois faire pour aller mieux ? Non ! Je suis adulte et j'ai presque toutes mes dents.

— Je suis entièrement d'accord avec Rose. Le mensonge est la pire des choses.

— Et omettre de dire, Chanelle, qu'en penses-tu ? ironise Luce d'un petit clin d'œil complice.

— Omettre n'est pas mentir ! Et c'est peut-être le cas de Tom. Personne ne lui a encore demandé s'il était M.

— C'est vrai, et je le ferai dès que j'en aurai la confirmation. Je verrai bien s'il me ment ou s'il m'avoue la vérité. En fonction de sa réponse… je choisirai mon destin.

56

— Je cherche Florian, s'il vous plaît, est-il là ?

La serveuse me dévisage de haut en bas puis, tout en soupirant, braille un « Floriiiiiiiian » à dégommer les verres de whisky.

La tête de Florian apparaît derrière le bar. Il grogne après la Castafiore.

— Melinda, arrête de hurler comme ça ou je te colle dans la réserve. Si tu veux m'appeler, approche-toi de moi ! Ça fait mille fois que je te le répète.

— Ça va, c'est juste une nana qui veut te parler.

Il se retourne.

— Mademoiselle Rose ! Quel plaisir de vous voir ! Comment allez-vous ? Vous êtes rayonnante.

— Merci, Florian. C'est gentil.

— Melinda, un mojito pour mademoiselle, s'esclaffe-t-il.

— Oh là là, non, merci ! Je crois que je ne boirai plus de mojito avant ma prochaine vie !

Florian, j'ai besoin de vous. Pouvez-vous regarder cette photo, s'il vous plaît ?

Après s'être essuyé les mains dans son tablier, il prend délicatement la photo comme s'il s'agissait d'une œuvre d'art. Ses yeux se plissent, il fait une moue dubitative puis s'exclame :

— Oui, bien sûr, je le reconnais ! C'est l'homme qui m'a apporté la lettre, vous savez, celle que je vous ai donnée le lendemain de votre anniversaire.

Je ne sens plus mes jambes. Je dois m'asseoir. Tom est donc bien M.

— Florian...

— Oui, mademoiselle Rose...

— Un double mojito, s'il vous plaît.

La suite fut sans surprise. Le père Antoine me confirma qu'il avait bien reconnu Tom mais qu'il n'avait pas eu envie d'insister. Il trouvait que l'initiative était certes particulière mais bienveillante avant tout. Il ne voyait pas le mal dans cette action. Père Antoine a raison, songé-je, en repartant. Tom ne me veut que du bien. Peut-être m'aime-t-il vraiment ? Finalement, pourquoi lui en voudrais-je de me rappeler à la raison ? Ces lettres sont empreintes d'une grande sagesse. Ça devrait me rassurer sur l'homme qu'il est. Et sur sa philosophie de vie, si proche de la mienne.

Malgré cela, c'est armée de mes lettres que je décide d'aller confronter Tom de ce pas. Je me dis qu'une fois ce point éclairci nous pourrons reprendre le cours de notre vie et repartir sur de bonnes bases tous les deux. Je ne veux qu'une chose : qu'il me confirme qu'il est bien M. et qu'il m'explique pourquoi il a choisi de me revoir de cette façon-là.

J'arrive à son studio. Il n'y a personne. Je lui envoie un SMS et lui demande quand il compte rentrer. Sa réponse est quasiment instantanée. Il est en prospection et devrait être de retour en fin de journée. Il me propose de se retrouver au bistrot des Augustins en bas de chez lui pour 19 h 30.

Je regarde l'heure. Il est 17 heures. Comment vais-je occuper ces deux heures et demie ? Pas assez de temps pour repartir chez moi. Une idée me traverse l'esprit. Pourquoi n'y ai-je pas pensé plus tôt ? Je fouille dans mon sac à main et en sors un petit morceau de papier sur lequel sont inscrits le nom et l'adresse de la jeune fille, Juliette, qui a reçu le bouquet de non-mariage. Mme Carni a fini par consentir à me les donner. Il me reste ce mystère à lever. Quel est son lien avec Tom ?

Je vérifie rapidement sur mon plan. Elle n'habite pas loin d'ici. Me voici donc dans le métro en priant pour qu'elle soit chez elle. Mais, très vite, mon excitation retombe face à la porte fermée. Personne ! Après quelques minutes de désappointement, je décide de retourner attendre Tom dans le bistrot de son quartier. Alors que j'ouvre la porte cochère pour sortir de l'immeuble, une jeune femme entre, les bras chargés de provisions, et me décoche un large sourire de soulagement.

— Un grand merci ! Vous me sauvez la vie, prononce-t-elle essoufflée. Je n'arrivais pas à trouver mes clés avec toutes ces courses.

Je lui souris en retour quand soudain son visage change.

— Vous ? Mais, c'est vous ? s'exclame-t-elle.

Je ne parvient pas à définir si c'est une exclamation de joie ou de colère. Pendant un instant, je ne sourcille plus, puis bredouille :

— Bah… je sais pas… peut-être… ça dépend…

Son visage s'illumine. Son sourire triple de largeur. Je suis rassurée. C'est bien moi ! Oui, oui, c'est moi ! Et j'en conclus que c'est elle, Juliette. Elle lâche ses courses et m'étreint comme si j'étais une vieille amie perdue de vue. Je ne suis plus sûre de vouloir être moi. Que se passe-t-il ?

— Mademoiselle… Je vais mourir étouffée dans le hall de votre immeuble si vous ne me libérez pas.

— Oh ! Désolée, vraiment, s'excuse-t-elle en m'époussetant. Je suis tellement heureuse de vous revoir ! C'est génial que vous soyez là ! J'espérais tant votre venue. Merci pour le bouquet !

Elle recommence à me sauter dans les bras.

— D'accord, dis-je en la repoussant le plus délicatement possible. Euh… Mademoiselle, Juliette, c'est ça ? Je suis heureuse que vous soyez heureuse mais voyez-vous… comment dire… Je… Nous nous connaissons, n'est-ce pas ?

— Quoi ?

Elle semble profondément affectée par ce que je viens de dire.

— Je ne comprends pas… Vous ne vous souvenez pas de moi ?

Je suis cramoisie de honte. J'ai dû la croiser le soir de mon anniversaire, c'est certain ! Je me fais la promesse intérieure de ne plus jamais boire de mojito de ma vie. JAMAIS ! Quelle absurdité ! Déjà que l'existence est courte, si, en plus, on ne se rappelle pas ce que l'on fait de ses jours et de ses soirées.

— Non, je suis désolée, Juliette.

— Mais… Vous… Enfin, vous avez changé le cours de ma vie !

— Ouille… J'ose à peine vous demander ce que j'ai fait pour ça.

— Vous m'avez ouvert les yeux ! Je me trompais de route, de destinée et vous… vous m'avez ouvert les yeux, vous comprenez ?

— Non, pas vraiment… Hum, euh… Changer le cours de votre vie… En faisant quoi exactement ?

— J'ai annulé mon mariage grâce à vous !

— Oh… C'est bien ce que je me disais… Catastrophe… Je sens que je vais faire un malaise…

— Non, surtout pas ! Vous êtes la meilleure chose qui me soit arrivée ces dernières années.

— Je vais me sentir mal…

— Non ! Non ! Venez chez moi, je vais vous faire un café, un thé, ou ce que vous voulez mais allons au chaud. Nous sommes en plein courant d'air, ici.

Une fois arrivée dans son appartement, je m'assois du bout des fesses sur son canapé. Surtout ne plus déranger quoi que ce soit dans sa vie ! Quelques minutes après, Juliette me tend un thé bien chaud. Je l'en remercie. Je presse fortement mes paumes contre le mug. La chaleur me brûle mais je prends ça comme une punition bien méritée.

— Eh bien, madame Baron…

— Appelez-moi Rose, s'il vous plaît. J'ai détruit votre mariage, nous avons désormais un lien indéfectible.

— Mais non, n'ayez crainte, c'était vraiment une bonne chose.

— Ah… Puisque vous le dites…

Elle s'assoit sur un large pouf, boit une gorgée de thé puis me regarde en souriant.

— Bon, commence-t-elle, si vous ne vous souvenez pas de notre rencontre alors je vais vous raconter. Ce soir-là, je fêtais mon enterrement de vie de jeune fille. J'avais autour de moi toutes mes amies. Celles de mon enfance et celles d'aujourd'hui comme mes collègues. Nous étions une bonne tablée ! Elles m'avaient préparé une surprise digne d'un conte de fées. Nous avions un espace réservé dans un magnifique hôtel de luxe. C'était l'avant-première de mon mariage. Elles s'amusaient comme des folles. Mais… c'était loin d'être mon cas. Dès que je le pouvais, je partais pleurer dans les toilettes. Ces toilettes allaient ressembler à ma vie future, vous savez. Luxueuse mais glacée comme le marbre recouvrant les lavabos. La richesse et des chiottes pour vomir, voilà ce qui m'attendait. Une prison dorée que j'allais partager avec Arthur, le mari adoubé par ma famille.

Elle s'arrête mais je ne l'interromps pas.

— Chaque fois que je vomissais dans ces toilettes, je me vidais de mon dégoût pour le mensonge, pour mon manque de courage, pour l'hérédité imposée. Et je pleurais d'amour pour elle. Pour Claire que j'aime passionnément mais avec qui je ne vivrais jamais. Ce mariage allait détruire ma vie.

Abasourdie par son récit, je me demande à quel moment et comment je percute sa vie.

— J'en étais à ma cinquième fuite aux toilettes quand vous êtes arrivée. J'étais devant le miroir. Je me rinçais la bouche, j'essuyais mon mascara, je me recoiffais avant de retourner auprès de mes amies… Vous… Vous êtes arrivée, ivre. Au départ, vous ne m'avez pas calculée. Vous êtes allée direct faire pipi… Vous deviez avoir sacrément envie ! Vous avez fait un de ces boucans ! À croire que vous n'aviez pas uriné de toute l'année.

— Épargnez-moi les détails, Juliette. Je ne suis pas sûre que cela apporte grand-chose à notre histoire.

— Détrompez-vous, Rose ! Vous faisiez un tel vacarme que vous avez réussi à me faire éclater de rire alors que je voulais juste mourir. Du coup, je vous ai attendue.

Je pose mon thé sur la table basse, attrape ma tête entre mes mains, frotte mes paumes contre mes yeux afin que la chaleur récoltée soulage la migraine qui pointe son vilain bout du nez. Je suis fatiguée de moi-même. Je la prie de continuer.

— Vous savez… Personne n'avait vu mon désarroi. Aucune de mes amies. Pas une de mes collègues. Je ne leur en veux pas car je cachais bien mon jeu. J'étais indétectable. « Poker face » comme on dit. Vous êtes arrivée dans ma vie pile au moment où je venais d'ôter mon masque pour quelques minutes. Bon, vous n'étiez pas très en forme non plus, mais ma détresse ne vous a pas échappé. Vous vous êtes approchée et m'avez tendu votre mouchoir… usagé… c'est le geste qui compte. Vous m'avez dit que vous veniez de sauter d'une voiture en marche, probablement un Uber, car vous aviez trop envie de faire pipi et que vous étiez entrée en trombe dans le premier immeuble que vous aviez trouvé. Nous avons ri puis on s'est assises à même le sol des toilettes et, pendant une demi-heure, vous m'avez expliqué combien il est important de se responsabiliser. Que les choix, les décisions que nous prenons demandent du courage et de la force de caractère. Qu'il est difficile de s'affirmer dans sa vérité. Mais qu'une vie réussie est une vie sans regrets et surtout pas celui d'être passé à côté de sa destinée. Vos mots, certes un peu barbouillés, m'ont réveillée. Et provoqué un véritable électrochoc. Pour la première fois de ma vie, je me suis sentie la force d'exprimer qui j'étais et de l'assumer. Sur vos conseils, je suis retournée près de mes amies qui n'avaient même pas remarqué mon absence tellement elles s'amusaient. Vous étiez postée debout juste derrière moi. Enfin, debout... Presque. Vous étiez plutôt un peu comme la tour de Pise. Penchée. D'un seul coup, j'ai vidé mon cœur, j'ai balancé à mes amies que je ne me marierais pas avec Arthur mais que cet enterrement de vie de jeune fille n'était pas vain. J'allais un jour peut-être me marier avec Claire, qu'elles ne connaissaient pas. Je tremblais tellement que le lendemain j'en ai eu des courbatures. Pendant quelques secondes, on aurait entendu une mouche voler dans la salle, puis, incroyable... des cris de joie. Toutes mes amies se sont dites soulagées par ma décision. Certaines avaient depuis longtemps un pressentiment. Par pudeur elles n'avaient pas osé m'en parler. Ceci dit, le plus dur était à venir. L'annonce de mon annulation de mariage à Arthur et surtout à mes parents. Je savais que j'allais leur faire du mal à tous. Mais j'ai réalisé que c'était à moi que j'allais faire du mal si je restais. Et que, finalement, en me mariant, j'aurais fini par faire du mal à tout le monde quand même.

Je l'interroge du bout des lèvres :

— Comment s'est passée l'annonce à votre famille ?

— Mal. Horrible. Des cris, des pleurs, une grande culpabilité de ma part… Arthur me déteste mais ce n'est pas grave. Il ne sait pas encore qu'en réalité je l'ai libéré. Je lui ai rendu un avenir plus authentique. Mes parents, eux, ont fini par me pardonner et commencent à accepter ma nouvelle vie. Je dois leur présenter Claire le mois prochain. On verra bien. Au moins, je suis enfin moi et ça, ça n'a pas de prix.

Elle s'approche et me prend les mains.

— Sans vous, je vomirais sûrement dans des chiottes en marbre pour le restant de mes jours.

Je suis assommée par ce que Juliette vient de me raconter. Elle se lève, m'ordonne de ne pas bouger puis part dans la pièce d'à côté. Elle revient une minute plus tard avec une photo et un paquet.

— Tenez, regardez, je l'ai imprimée pour vous la donner. Je savais que je vous reverrais un jour.

Je baisse les yeux sur la photo. Je trône fièrement au milieu d'une vingtaine de jeunes femmes pleurant de joie. Au vu de ma tête ravagée, je me dis que je n'encadrerai certainement pas cette photo de sitôt. Je la lui rends.

— Non, gardez-la, j'en ai une autre. Celle-ci est pour vous !

— D'accord, merci, Juliette.

C'est au moins une preuve de mon existence sur cette planète ce fameux soir d'anniversaire.

Avec, bien sûr, la photo où je suis dans les bras de Dylan-le-molosse sur le magazine *people*. Je vais pour la ranger dans mon sac quand mon regard accroche un homme situé en arrière-plan. J'approche le cliché de mon visage et découvre avec stupéfaction Tom dans le fond de la salle. Sans quitter la photo des yeux, j'implore Juliette de m'éclairer une fois de plus.

— Que s'est-il passé après, Juliette ? Racontez-moi.

— Eh bien, vous vous êtes affalée sur un canapé de la salle et nous vous avons recouverte d'un manteau. Et c'est là qu'un homme s'est approché et nous a dit qu'il vous connaissait et qu'il allait vous ramener chez vous. Nous nous sommes tout d'abord opposées, mais vous vous êtes réveillée quelques secondes et, en le voyant, votre visage s'est illuminé. Vous avez passé vos bras autour de son cou. Il vous a soulevée et vous l'avez embrassé. Vous ne cessiez de répéter son prénom : Tom. Alors, nous vous avons laissée partir. Mais, avant, je lui ai demandé son nom et son numéro de portable. En retour, je lui ai donné les miens et lui ai fait promettre qu'il me donne de vos nouvelles. Je voulais absolument vous revoir. Lorsque j'ai reçu le bouquet de non-mariage, j'ai cru que c'était de vous.

Je tends la photo à Juliette.

— Est-ce lui ?

Elle prend la photo et déclare :

— Oui ! C'est lui ! C'est votre Tom. Il est drôlement beau, vous avez de la chance !

Soudain, un flash... *Ses bras, son odeur... Je t'aime tant, ne m'abandonne pas...*

Après nous être promis de ne pas nous perdre de vue, je quitte Juliette. Alors que je descends les escaliers, elle me rappelle.

— Rose, attendez ! Vous avez oublié ce paquet que j'ai reçu cette semaine à votre attention. Je ne savais pas comment vous le rendre. J'ai envoyé un message à votre ami Tom qui, je suppose, vous l'a transmis puisque vous voilà.

Je ne relève pas et remonte les quelques marches qui me séparent d'elle, la remercie puis repars avec le paquet en main. Plus rien ne me surprend, maintenant. J'éclaircirai tous ces mystères avec lui tout à l'heure.

Après vingt minutes de métro, j'arrive au bistrot des Augustins, lieu de notre rendez-vous.

— Que puis-je vous servir ?

— Un thé au jasmin, s'il vous plaît, mademoiselle.

Je regarde le paquet donné par Juliette. Je n'ai pas voulu l'ouvrir avant d'être installée au bistrot. Je m'attends à une nouvelle lettre de M., alias Tom, accompagnée très certainement d'un livre. C'est ce que j'en déduis vu la forme du paquet. Peut-être celui qu'il a acheté devant l'église l'autre jour. Je défais délicatement le papier qui l'entoure. Je fais durer le suspense.

Mon cœur s'accélère. Je peine à croire ce que je vois. Entre mes mains, un coffret dans lequel se trouve un joli papier à lettres incrusté d'une rose. Le même papier à lettres utilisé par M.

Un flash…

Je suis surexcitée. J'ai 8 ans. C'est mon anniversaire. Tata Odile m'a offert un cadeau. Je l'ouvre avec frénésie. C'est un coffret qui contient un joli papier à lettres avec une rose incrustée dans la fibre, en haut à droite.

J'ouvre le couvercle transparent en tremblant. Un hypnotisant mélange de parfum de rose et de poussière d'antan me saisit l'âme. Je reconnais ce coffret. C'est celui qui se trouvait dans mon carton disparu lors du déménagement de mes parents, il y a vingt-trois ans.

57

— Tom… Réponds-moi, s'il te plaît. Appelle-moi. Il est 20 h 30 et tu n'es toujours pas là. Ne me fais pas ça. Je t'en prie… Je t'attends. Nous devons parler. Viens. Je ne suis pas en colère, tu sais. C'est juste que j'ai besoin de comprendre. Toi, les lettres, le coffret… C'est trop, Tom… S'il te plaît… Ne me laisse pas comme ça. Le jeu a assez duré. Rappelle-moi.

Je raccroche pour la sixième fois en une heure. Je le harcèle sur son répondeur et par SMS. Mais rien. Pas de nouvelles. Je m'en veux car j'ai sûrement provoqué sa fuite. Je n'ai pas pu m'empêcher de lui envoyer un texto juste avant notre heure de rendez-vous pour lui dire que je savais qu'il était M. et que je le sommais de me donner des explications sur le fait qu'il était en possession du papier à lettres de mon enfance. Depuis, silence radio. Je suis furieuse après moi. Mon impatience et mon immaturité me rendent folle.

Aline, la serveuse avec qui j'ai eu le temps de sympathiser, s'approche de moi.

— Il ne vous répond toujours pas ?

— Non… Je crois qu'il ne viendra pas. Je l'ai effrayé.

— Oh… Peut-être devriez-vous aller chez lui directement ?

— Oui, c'est une idée. Il ne va pas errer toute la nuit. Vous avez raison, je vais l'attendre devant sa porte.

— Et s'il ne revient pas, eh bien, vous revenez ici et je vous préparerai un super-cocktail pour oublier votre peine.

Je ris malgré ma frustration et rectifie le tir. Je préférerais un super-thé au jasmin.

— Comme vous voulez, me dit-elle. Mais c'est moins efficace.

Me voici donc devant la porte du studio de Tom. Je remercie intérieurement Haussmann d'avoir conçu des immeubles aussi cosy à l'intérieur qu'à l'extérieur. Je me pose sur l'épais tapis du palier avec le thé préparé avec soin par Aline. Je rabats sur mes épaules le châle qu'elle m'a gentiment prêté pour que je n'aie pas froid, et m'apprête à squatter le temps qu'il faudra.

Les heures défilent et Tom ne revient pas. Je finis par m'endormir à même le sol. Après un temps indéterminé, je suis réveillée par la sonnerie de mon smartphone. Un SMS. Je suis transie de froid. J'attrape mon téléphone et ouvre ma messagerie.

C'est Tom. Enfin !

Je ne suis pas M.

Son laconique message me rend furieuse. Même démasqué, il s'entête à nier l'évidence. Je ne comprends pas pourquoi et révise une fois de plus mon jugement sur lui. Sa résistance à la vérité m'exaspère. J'essaie de l'appeler. Il ne décroche pas. Je décide alors de lui envoyer la photo du soir de l'enterrement de vie de jeune fille de Juliette sur laquelle il se trouve. J'accompagne le cliché d'un message ironique.

Et là ? C'est ton sosie peut-être ? Et c'est aussi ton sosie qui est allé voir le serveur et père Antoine ?

Je suis tellement déçue par son manque de courage. J'aurais tant aimé l'aimer. Mais je ne peux pas partager ma vie avec quelqu'un qui piétine la vérité.

Au bout de dix minutes, il me répond.

Oui, c'est bien moi sur la photo. Et c'est moi qui ai distribué toutes les lettres de M. à chaque personne, mais… je ne suis pas M.

Je redouble de fureur.

Pourquoi n'assumes-tu pas ? Pourquoi cherches-tu à me rendre folle ? Quel est le but de tout ça ?

Je suis sur le point de lancer mon téléphone contre le mur quand un nouveau message arrive.

Rose. Entre chez moi.

Je ne comprends pas son message.

Quoi ? Tu es là ?

Non…

Tom, je comprends pas ce que tu veux…

Entre, s'il te plaît.

Alors que je sais la porte fermée pour avoir déjà tenté de l'ouvrir, je m'exécute malgré tout. Ce garçon arrive même à me faire douter de ce que je fais. Mais peut-être est-il chez lui et n'a-t-il tout simplement pas voulu m'ouvrir ? Je me lève péniblement et essaie de nouveau de tourner la poignée. Rien n'y fait. Elle reste fermée. Je reprends mon téléphone et explose de rage.

Pourquoi me fais-tu ça, Tom ? Ta porte est verrouillée. Arrête de jouer avec mes nerfs, je t'en supplie.

Tu as de quoi entrer, Rose, cherche et tu trouveras.

Quoi ? Tu veux que je défonce ta porte, c'est ça ?

Je t'aime... Je suis désolé de te faire subir tout ça mais j'ai fait une promesse il y a bien longtemps. Je dois l'honorer jusqu'au bout. Sinon, je ne pourrai plus me regarder en face. Entre dans ce studio, Rose, et tu sauras à quel point tu es aimée. Pardonne-moi... et après, s'il te plaît, rejoins-moi.

Tom, que se passe-t-il ?

Plus de réponse. Je suis complètement désemparée. Après avoir envisagé toutes les possibilités pour pénétrer dans cet appartement, y compris celle d'appeler les pompiers, je me laisse glisser le long du mur. J'ai l'impression de tout perdre une nouvelle fois. De ne plus rien contrôler. Ce jeu ne mène à rien. Je me redresse et agrippe mon sac pour partir. Mal refermé, mal attrapé, il déverse son contenu sur le sol. Décidément, le sort s'acharne ! Je déteste cette vie. Je me baisse pour ramasser les objets étalés sur la moquette. Soudain, je m'arrête. La clé et le code de M. se sont renversés sur le sol. Je regarde la clé. « *Tu as de quoi entrer, Rose, cherche et tu trouveras.* » Et si ? Non, quand même pas...

La clé glisse et tourne dans la serrure. La porte s'ouvre. Je ramasse rapidement mes affaires et pénètre dans l'antre de mon premier amour. Des images de notre folle semaine érotique me reviennent. Mais je les chasse rapidement. Je ne suis pas là pour ça. Tout semble en ordre. Impeccablement rangé. Mon cœur se serre. La porte de son dressing est ouverte, il n'y a plus aucun vêtement. Il est parti. Pourquoi ? Pourquoi me fait-il ça ?

Je me fige. Sur la table basse, un carton.

Ce carton…

Ce carton…

Mon cœur s'acharne à vouloir sortir de ma poitrine. Mon souffle est court.

Ce carton…

Je le reconnais. C'est MON carton. Celui de mon enfance. Celui perdu lors du déménagement. Comment est-ce possible ? Ma colère contre lui revient. C'est donc lui qui a volé les plus précieux souvenirs de mon enfance ! Lui qui a pillé ma vie ! Mais pourquoi ? Pourquoi ?

Je m'approche de la table. Pendant de longues minutes, je le regarde sans pouvoir le toucher. Sur l'un des côtés est inscrit en belles lettres rondes : « Mes trésors. Fragile. Déménagement. Novembre 1995. »

Je finis par l'ouvrir avec la plus grande précaution comme un trésor venu de la nuit des temps. À l'intérieur une vie d'enfant. Mon Kiki, mes stylos parfumés, mon Rubik's Cube, mes albums-photos, mon Walkman et son casque audio tout rabiboché à l'oreille droite… Au milieu de tous ces trésors, mon journal intime. Mon histoire consignée dans ce carnet râpé par le temps. Je le soulève et le porte à ma joue. Je veux ressentir son toucher, le renifler. Il porte en lui mon cœur d'enfant. Je tremble d'émotion. Je m'assois sur le sofa et l'entrouvre délicatement. De nouveau, l'écriture ronde, gonflée de jeunesse, apparaît.

12 juin 1987

Ma copine Hélène est venue à la maison. On a joué au Top 50. C'était trop chouette. Luce a pas pu venir car elle avait danse. Dommage. Je déteste Raphaël. Il m'a encore piqué mon Walkman. J'ai pleuré. Et maman m'a défendue. Il est trop nul.

Je fais défiler les pages et m'arrête au hasard.

25 août 1989

Les vacances sont finies. Je suis triste de quitter pépé, mémé et mes cousines. Je voudrais que l'été ne s'arrête jamais. Je ne sais pas si je reverrai Sophie et Céline, mes copines de plage. On s'est promis qu'on allait s'écrire et qu'on se retrouvera l'année prochaine.

Je continue de tourner les pages.

10 novembre 1992

« Offrir l'amitié à qui veut l'amour, c'est donner du pain à qui meurt de soif. »

Tom... Tom... Tom... Tom... Tom... Tom... Tom... Un jour, tu m'aimeras !

Relire ces mots me bouleverse. Il me faut un mouchoir. Je cherche mon sac du regard. C'est alors que j'aperçois un ordinateur posé sur la table.

Sur le dessus, un Post-it sur lequel est noté : Ouvre-moi. Je m'exécute et allume l'ordinateur. Mais il est verrouillé. J'ai compris. Je fouille dans mon sac et en sors le code donné par M. « A02752B ».

L'écran du bureau s'illumine. Une microseconde plus tard, une fenêtre s'ouvre sur une vidéo. Je ne suis pas sûre de vouloir la visionner. J'attends. 1… 2… 3… 4… 5… 5… 4… 3… 2… 1… J'appuie sur *play*.

Sur un fond noir apparaît mon septième commandement : « Ton pardon, tu accorderas. »

Une musique s'élève. Mon cœur s'arrête de battre. Je me sens défaillir. Charles Aznavour pleure sur ses 20 ans disparus.

Hier encore j'avais 20 ans,
Je caressais le temps
Et jouais de la vie
Comme on joue de l'amour
Et je vivais la nuit
Sans compter sur mes jours
Qui fuyaient dans le temps

Je ne suis pas sûre de survivre à ce que je vais voir ni entendre. Je ne suis pas prête. Je ferme les yeux. Je les serre de toutes mes forces. Je ne veux plus jamais les ouvrir.

Puis… la voix de Raphaël transperce mon cœur :

« Rose, ma Rose, ma petite sœur que j'aime... Ne pleure pas, je t'en supplie. Je suis désolé pour toute cette peine que je t'inflige. Pardonne-moi. J'aimerais tant te serrer dans mes bras mais je ne le peux pas. Pardonne-moi. Je t'aime tant. »

J'entrouvre doucement les paupières. Au travers du mur de larmes, je devine le visage émacié de mon frère. Mon âme se tord de douleur. Je suffoque et laisse échapper un cri de désespoir et d'amour. Je l'étouffe en plaquant ma main sur la bouche.

« Rose, ne pleure pas. Je suis posé sur ton cœur, juste à côté de ton âme. Pardonne-moi pour toute cette mise en scène mais il le fallait. Je voulais que tu te souviennes de qui tu es profondément. Tu as toujours été faite pour le bonheur. Ta force, ton optimisme, ton amour des autres et de la vie. Tu es une lumière et ta mission est d'éclairer le chemin de ceux qui te croisent. Ne t'éteins pas et ne laisse personne souffler sur ta flamme intérieure. Ces lettres sont là pour te rappeler ce que tu sais déjà mais, moi, aujourd'hui au crépuscule de mon existence, j'en comprends désormais toute la puissance et le sens.

Rose, souviens-toi. Je t'ai fait une promesse, celle de veiller sur toi où que je sois et en tout temps. La mort ne m'empêchera pas de tenir cet engagement. Et si je peux le faire, c'est grâce à mon ami de toujours, Tom. Il est mes yeux, mes jambes et mes bras pour t'entourer. Je l'ai chargé d'une mission bien délicate, tu sais. Et malgré la contrainte que cela lui demande, il a accepté. Accepter de m'aider à réparer une erreur vieille de vingt-deux ans. Rose, je te supplie de me pardonner. Toute ma vie, j'ai eu sur le cœur un secret que je n'ai pas pu dévoiler. Un petit rien, une blague entre frère et sœur qui n'a pas su trouver sa fin.

Nous nous aimions autant que nous nous chamaillions, t'en souviens-tu ?

Et te rappelles-tu le jour du déménagement ? Ce matin-là, nous nous étions disputés. Pour une broutille dont je ne sais même plus l'origine. J'ai voulu me venger et, pour t'embêter, j'ai caché ton carton dans la pinède derrière la maison. Nos parents étaient bien trop occupés pour t'aider à le retrouver. Ils m'ont chargé de cette mission que, bien entendu, je n'ai pas honorée. Du moins, pas comme j'aurais dû. Et puis, les heures passant, tu pleurais tellement que maman s'en est mêlée, puis ce fut papa. C'était le branle-bas de combat. Ma blague dégénérait et prenait une tournure beaucoup moins drôle. Voire dramatique. Je n'osais plus me dénoncer. Finalement, papa et maman t'ont expliqué que nous n'avions plus le temps de le chercher. Qu'il nous fallait partir car nous avions beaucoup trop de route. Papa a promis de revenir. Ce qu'il a fait dès le week-end suivant. J'en étais malade. Honteux au point de me jurer de ne jamais t'avouer la vérité. Tu as pleuré pendant des semaines. Cette mauvaise plaisanterie t'a privée de Tom. Tu n'as pas pu lui dire au revoir. Tu n'as pas pu te rendre à votre rendez-vous sur la plage. Tu n'avais plus le temps. Tu as tout perdu ce jour-là. Ton amoureux, ta maison, ta mer et tes souvenirs.

Quelques jours après, j'ai appelé Tom en cachette et lui ai demandé d'aller récupérer le carton dans la pinède. Je lui ai fait promettre de le garder précieusement le temps que je me décide à tout t'avouer. Ce temps-là n'est jamais venu. Alors Tom a continué à veiller sur tes souvenirs tout au long de ces années. J'ai traîné cette culpabilité toute ma vie. À de nombreuses reprises, il m'a adjuré de me dénoncer. Ce secret commençait à devenir lourd pour lui aussi. Je repoussais sans cesse cette échéance. J'ai compensé en te donnant plus d'amour et en essayant de te créer d'autres souvenirs qui compenseraient ceux que je t'avais volés. Mais je me rends compte à quel point les souvenirs sont ce que l'on a de plus précieux et, quand on les perd, ils ne sont jamais remplacés. Ils deviennent des cicatrices que le temps n'efface pas. Notre mémoire contient des trésors, c'est vrai, mais ce carton, lui, contenait les écumes de notre mer, les grains de sable de notre plage et la chaleur d'un soleil adolescent. J'ai donc demandé à Tom de te rendre tes souvenirs le jour de tes 40 ans et, dans le même temps, de te donner les lettres dans lesquelles j'ai déposé les 21 grammes de mon âme et ce que j'ai enfin compris de la vie en regardant la mort en face.

Si tu es devant cette vidéo, c'est que Tom a accompli sa mission. C'est un cœur en or, tu sais. Garde-le près de toi. Il est authentique. Et il ne t'a jamais oubliée. J'espère que vos cœurs se réuniront. Car le plus grand secret d'une vie pleine de sens ne réside qu'en un seul mot. Pour le connaître, ouvre la dernière lettre qui se trouve dans le carton, Rose, et tu découvriras le seul chemin qu'il nous est demandé d'emprunter.

Une dernière chose. Il y a aussi un DVD pour papa et maman. Ils pourront ainsi le garder. Je sais qu'ils ont besoin d'aide. Je leur donnerai cette force. Je suppose que papa brique ma voiture tous les jours. Dis-lui que je voudrais qu'il roule avec. Qu'il se fasse plaisir. Cette voiture est comme moi, elle a besoin de liberté et de vent dans son moteur. Pour le reste de mes affaires, j'aimerais qu'elles servent à ceux qui en ont besoin. Rappelle-le à maman. Nous en avons déjà parlé, elle saura quoi faire. »

Malgré mes larmes, je souris en repensant à notre conversation de l'autre jour. Nous avions tous raison.

« *Rends-moi vie en vivant de toute ton âme, Rose. Ris, aime, engage-toi et donne du sens à tes actes. Sois gourmande de joie. Et souviens-toi que la mort n'existe pas, c'est juste une frontière à franchir, par-delà laquelle je t'aime encore et pour l'éternité.* »

Je renverse la tête en arrière et, dans un sanglot d'amour, hurle en direction du ciel :

— Je t'aime, Raphaël ! Et je te pardonne ! Garde-moi près de toi !

Épuisée, je me laisse retomber sur le sofa. Soudain, je me rappelle la consigne de Raphaël. Je fouille dans le carton et trouve la lettre et le DVD. Je prends conscience que je décachette pour la dernière fois une lettre de M. et, par là même, de mon frère.

58

8e commandement :
« Ton amour, tu partageras »

Rose,

Un seul mot suffit à faire de ta vie une vie pleinement heureuse.
Aime, aime,

aime, aime, aime, aime, aime, aime, aime, aime,
aime, aime, aime, aime, aime, aime, aime, aime,
aime, aime, aime, aime, aime, aime, aime, aime,
aime, aime, aime, aime, aime, aime, aime, aime,
aime, aime, aime, aime, aime, aime, aime, aime,
aime, aime, aime, aime, aime, aime, aime, aime,
aime, aime, aime, aime, aime, aime, aime, aime,
aime, aime, aime, aime, aime, aime, aime, aime,
aime, aime, aime, aime, aime, aime, aime, aime,
aime, aime, aime, aime, aime, aime, aime, aime,
aime, aime, aime, aime, aime, aime, aime, aime,
aime, aime, aime, aime, aime, aime, aime, aime,
aime, aime, aime, aime, aime, aime, aime, aime,
aime, aime, aime, aime, aime, aime, aime, aime,
aime, aime, aime, aime, aime, aime, aime, aime,
aime, aime, aime, aime, aime, aime, aime, aime,
aime, aime, aime, aime, aime, aime, aime, aime,
aime, aime, aime, aime, aime, aime, aime, aime,
aime, aime, aime, aime, aime, aime, aime, aime,
aime, aime, aime, aime, aime, aime, aime, aime,
aime, aime, aime, aime, aime, aime, aime, aime,
aime, aime, aime, aime, aime, aime, aime, aime,
aime, aime, aime, aime, aime, aime, aime, aime,
aime, aime, aime, aime, aime…

Raphaël

59

Je serre la lettre contre mon cœur, rassemble mes affaires et attrape mon journal intime pour le ranger dans le carton. Il me glisse des mains et tombe au sol. Je le ramasse. Une enveloppe dépasse. J'ouvre le carnet.

1er janvier 1994

Cher journal,

Voici la liste de mes dix « je vœux » 1994 !

- *Aller à Euro Disney*
- *Avoir un chien*
- *Partir en vacances avec Luce*
- *Voyager dans l'Orient-Express*
- *Devenir romancière comme Agatha Christie*
- *Chanter avec Jean-Jacques Goldman*
- *Embrasser Tom sur la plus haute tour de New York*
- *Vivre dans une jolie maison en pierre avec une cheminée*

– *Rendre les gens heureux*
– *Rendre ceux que j'aime éternels*

Je regarde l'enveloppe trouvée dans le carnet et sur laquelle est inscrit :

Tes rêves, tu réaliseras, et heureuse tu seras.
Tom

Je décachette l'enveloppe.

À l'intérieur… un billet d'avion pour New York.

Fin

Gratitude

Affalée dans un fauteuil club du café Chineur (eh oui, il existe !), le visage offert aux caresses timides d'un soleil têtu et boudeur, je fais défiler les photos sur mon smartphone. Je remonte les couloirs du temps. Mon regard se pose sur ces instantanés d'il y a trois ans.

Tout était alors si différent. J'étais en transit dans ma propre vie. Tout comme Rose, mon passé et mon futur étaient figés. Maladies, deuils, trahisons. Je n'avais tout simplement plus « d'avant » et pas encore « d'après ».

Il y a trois ans ? Je n'étais que contradiction. À la fois fragile et forte, aussi présente qu'absente, vivante avec un cœur à l'agonie, mal-« heureuse », l'âme entrebâillée.

Il y a trois ans ? Jamais je n'aurais imaginé que j'allais renaître à la vie et croire plus fort encore en l'amour.

Et pourtant… Ce que je vis aujourd'hui n'a qu'un seul prix. Celui d'être passée par des chemins si tortueux qu'ils en deviennent vertueux.

Je sais désormais que le pire affront que l'on peut faire à la mort de toute chose est de renaître de ses cendres et d'honorer la vie plus intensément encore.

Alors, en ce mois de décembre 2019, j'offre ma gratitude à ceux que j'aime et qui m'ont tant inspirée : famille, amis, voisins. Avec un « clin Dieu » à mon Bernou, parti bien trop tôt. Ma gratitude aux Éditions Eyrolles et tout particulièrement Stéphanie, Nolwenn, Chloé, Carole, Céline, Maia Flore, Nicolas qui ont œuvré, à mes côtés, pour que ce rêve d'enfant se réalise. Ma gratitude à mes anges/lectrices/amies/sœurs de la première heure : Cécile, Justine, Caroline, Gabrielle, Pauline, Béa, Virginie, Linda, France, Lauriane, Claire, Sandra, Lucie, Gwenita et ma Belette. Vous avez illuminé de vos rires et de vos larmes les chapitres de ce roman.

Et puis j'offre ma gratitude à tous ceux qui, à cet instant, tiennent ce roman – autant dire mon cœur – au creux de leurs mains. Je vous dois ma joie de vivre.

Enfin, il y a Lui.

Celui que je conjugue à tous les temps. Passé, présent, avenir.

Celui auprès de qui je me sens plus vivante et aimée que jamais.

Celui dont les yeux s'illuminent si divinement dès qu'il sourit… Thomas.

Sophie Machot

Composition et mise en pages
Nord Compo à Villeneuve-d'Ascq

Dépôt légal : juin 2021
Imprimé en France
par CPI Brodard & Taupin
en juin 2021
N° d'impression : 3043570
Cet ouvrage est imprimé
sur du papier bouffant Novel 56 g,
papier issu de forêts gérées durablement.